Roter September

Tom Wolf

ROTER SEPTEMBER

Ein Brandenburg-Krimi

berlin.krimi.verlag
be.bra verlag

Bibliografische Information der Deutschen Nationalbibliothek

Die Deutsche Nationalbibliothek verzeichnet diese Publikation in der Deutschen Nationalbibliografie; detaillierte bibliografische Daten sind im Internet über http://dnb.d-nb.de abrufbar.

KulturBrauerei Haus 2
Schönhauser Allee 37, 10435 Berlin
post@bebraverlag.de
Lektorat: Claudia Jürgens, Berlin
Umschlag: Ansichtssache, Berlin
Satz: ZeroSoft, Timisoara
Schrift: Stempel Garamond 10/12,7 pt
Druck und Bindung: Finidr, Český Těšín
ISBN 978-3-89809-542-6

www.bebraverlag.de

1

Nachts erschütterten Donnerschläge die Gegend. Schon wühlte der Regen im See. Nur kurz hatte er, um hinauszuschauen, den Reißverschluss des Zeltes geöffnet. Schwere, himmelhohe Regenfahnen wehten im Widerschein der Blitze. Als das Unwetter langsam abzog, schlief er wieder ein.

Wie üblich weckten ihn die Vögel. Die ersten Sonnenstrahlen stachen durch die Bäume am Ufer. Sein wertvollster Besitz, das Zelt, das ihm vor einiger Zeit von einem Papierkorb zum Geschenk gemacht worden war, wurde oben schon langsam wieder trocken. Andere hatten es weggeworfen, wahrscheinlich wegen des Risses in der Seite, den er leicht hatte flicken können. Er war früher beruflich viel herumgekommen, konnte stolz behaupten, die Welt gesehen zu haben. Doch jetzt wurden jeder Tag und jede Nacht zu neuen Abenteuern.

An diesem sonnigen Morgen war er ganz allein mit den Fischen, Vögeln, Libellen, Faltern und Mückenschwärmen, die in hohen, länglichen Walzen über dem Wasser des Ruderwischer Sees nördlich von Bad Wiesnack rotierten. Eine Ringelnatter begegnete ihm beim Schwimmen, und er bewunderte die geschmeidige Wellenbewegung ihres Körpers. Die Natter änderte ein wenig ihre Ringelrichtung und verschwand in Richtung aufs verkrautete Ufer.

Erfrischt und völlig wach kehrte er zu seinem Lager zurück und ließ sich in der noch immer erstaunlich heißen Septembersonne braten. Auch seine Kleidung, die er gewaschen und in eine Weide gehängt hatte, war bald wieder so weit, dass sie auf ihm nachtrocknen konnte. Er baute das Zelt ab und legte es einige Zeit mit dem noch feuchten Boden nach oben in die Sonne. An einem kleinen Feuer kochte er Kaffee und rauchte gedankenverloren.

Danach reinigte er den halbwegs abgetrockneten Zeltboden von Sand, Kiefernnadeln, Grashalmen und Erdpartikeln und verstaute seine Behausung im jägergrünen Rucksack. Zusammengerollt war das Zelt kaum größer als ein Kissen. Nur das sperrige Gestänge ragte, auch auf kleinste Länge gebracht, noch wie eine Antenne heraus. Er goss aus dem Topf seiner Feldküche noch einmal Wasser auf die Asche des Feuers, bevor er ihn mit den anderen Teilen zusammensteckte und an den Rucksack hängte. Er schob Sand über den Steinring der Feuerstelle und zog los.

Die alten Sprüche spukten durch sein Hirn, mit denen sie zum Durchhalten animiert, durch die endlose Folge von Projektanbahnungen weitergequält worden waren. *Der Weg ist das Ziel* … Neo-Zen-Quatsch, zur Beruhigung all derer, die auf dem langen Ausbeutungsweg bis zum Tod irre zu werden drohten. Das Ziel war das Ziel, und wer es nicht mit Überschallgeschwindigkeit erreichte, war draußen und durfte in einem kleinen Verschlag sein weiteres Berufsleben fristen.

Wie hatte er auf die kleinen Bewohner dieser Verschläge herabgeschaut! Befehlsempfangende Vermehrer des Profits anderer. Er hatte sich als einer jener *anderen* gesehen, denen die Myriaden von Angestellten ein Leben in höheren Sphären ermöglichten. Spät erst hatte er begriffen, dass er Angestellter war wie sie. Schmerzlich hatte er erfahren müssen, dass sich das Verantwortungsbewusstsein der Oberen, von dem man ihm immer erzählt hatte, nur auf ihren eigenen Gewinn bezog.

Das war in jenem finalen Sommer vor fünf Jahren gewesen, der sein Leben veränderte – so nachhaltig (neudummdeutsch ausgedrückt), dass er jetzt täglich mit der bloßen Hand Tannennadeln und Waldbodenpartikel vom fast durchgescheuerten Boden eines im Papierkorb gefundenen Zweimannzelts der untersten Preiskategorie entfernen musste, das sein einzig verbliebenes und daher geliebtes Zuhause geworden war.

An den größeren Badestellen fand er in den Papierkörben ein halbes Dutzend Wasserflaschen aus Plastik und doppelt so viele minderwertige Bierflaschen, die er aber dennoch alle sorgfältig in einer großen (im leeren Zustand stets gefaltet in einer Rucksackaußentasche mitgeführten) Henkeltasche eines Billigmöbelkonzerns verstaute, um sie in einem Versteck nahe der Landstraße zu deponieren. So wenig Geld war jetzt nötig, um zu überleben – während er sich noch vor gar nicht langer Zeit Sorgen gemacht hatte, wenn sein Monatseinkommen unter dreitausend Euro zu fallen drohte.

Einen Platz wollte er noch abgrasen, bevor er einkaufen ging – einen beliebten Ausflugspunkt im sonst touristisch so mauen Ländchen Wiesnack mit dem kleinen verschlafen-versnobten Kurbad gleichen Namens mittendrin: den *grooten Bloodsteen*, wie er im platten Ländleridiom hieß.

Das Ding erhob sich einen Kilometer weiter südwestlich am äußersten Rand eines Mischwaldes mit reichem Unterholz auf dem letzten Ausläufer einer Endmoräne. Es war ein haushoher, klobiger Block aus einem rötlichen Gestein, das *Kieselsinterhornsteinwacke* genannt wurde. So hatte er es auf der Erklärungstafel gelesen und sich eingeprägt, weil er sperrige Begriffe mochte. Früher in den Sitzungen hatte er damit immer gepunktet.

Die Ausbeute unten am Stein war gering. Aber vielleicht hatte er wieder das gleiche Glück wie neulich, als eine Gruppe von jungen Vandalen oben mehrere Bierkästen geleert und generös stehen gelassen hatte. Es gab zwei Wege, die hinaufführten: eine steile Stiege aus in den Fels geschlagenen Metallsprossen neben einem fest verankerten Stahltau sowie eine schräge, zerklüftete Rinne, die nur mit einiger Gelenkigkeit und sportlichem Ehrgeiz zu bewältigen war. Natürlich wählte er die zweite Variante, nicht zuletzt auch, weil er so unbemerkt wieder abtauchen konnte, für den Fall, dass oben welche wären, denen er nicht begegnen wollte. Auf dem Blutstein wollte er allein sein.

Auf halbem Weg hielt er inne, klammerte sich an einen Felsvorsprung und lauschte. Nichts zu hören außer Fliegengesumm und einer sich entfernenden Propellermaschine am Himmel. Langsam kletterte er weiter, wie ein Tier sichernd und stets bereit, umzukehren. Die Luft schien rein zu sein. Nur in der Mitte des Plateaus lag etwas Dunkles, Pelziges. Ein Bündel weggeworfener Kleidung? Es war erstaunlich, was er schon alles gefunden hatte. Sogar die gar nicht mal unstylische Jeans, die er trug und sich selbst enger gemacht hatte mit einem heruntergesetzten Nähset für 99 Cent …

Er sah nicht sofort, was es war. Aber als er näher kam und sein eigener Schatten darauf fiel, geriet das, was er für einen Pelz gehalten hatte, in Bewegung und erhob sich. Eine Wolke von blauen Schmeißfliegen umbrummte ihn. Was danach vor ihm lag, war ein Mann. Mittelgroß, schwergewichtig und gut gekleidet. Das Gesicht drückte Geist aus, aber auch Überraschung und Erstaunen. Die braunen Augen waren weit aufgerissen. Der graue Anzug hatte an Blut aufgesaugt, so viel er konnte, bevor es zu dick und klumpig und zäh geworden war. Der Regen hatte eine Art Aufguss bewirkt, der noch jetzt in den Unebenheiten des Steins herumsuppte. Der erste Schreck wich dem nüchternen Blick des Landstreichers. *Zu blöd*, dachte er instinktiv. *Schade um den Anzug!* Aber der hätte ihm ohnehin nicht gepasst, und auch die Schuhe waren, wie er durch einen kurzen Vergleich sah, eine Nummer zu klein.

Er hatte schon ein paar Tote gesehen – meistens Verwandte, die, für die Beerdigung vorbereitet, vor ihm gelegen hatten. Diese Leiche hier war ihm jedoch völlig fremd. Vorsichtig tastete er die Anzugbrust ab und griff, als er die Verdickung spürte, durch die Knopfleiste hinein. Irritierend die Kälte des Körpers. Ein kleiner Schauer lief ihm über den Rücken. Er berührte gerade einen Toten … Ein Medaillon an einem Goldkettchen … Er nahm es ab. Besser als nichts. Das Lederetui, das er aus der Innentasche fischte, war im ersten Moment ein wenig enttäuschend. Eine Brieftasche wäre ihm lieber gewesen. Stück für Stück zog er die Papiere heraus und betrachtete sie. Ausweis, Führerschein, Blutspendeausweis. Aber dann kamen sie: große Scheine, flach und penibel zusammengefaltet! Die Farben dieser Geldscheine – drei Fünfziger, fünf Hunderter und zwei Fünfhunderter (lange her, dass er so einen gesehen hatte) – trübten seinen Blick und machten ihn schwach. Er setzte sich neben der Leiche auf den Felsen, hielt die Scheine wie einen Fächer zwischen sich und die durch Blattlücken stechende Sonne und fragte sich, ob er träume. Er sah und hörte alles und schien doch zugleich meilenweit entrückt zu sein.

Ein Eichelhäher rätschte. Fast hätte er die Stimmen zu spät registriert, die jetzt an sein Ohr drangen. Er stopfte die Geldscheine und die Papiere in die leere Vordertasche seines Rucksacks. *Der F*ührerschein, dachte er siedend heiß … Er betastete hastig die Hosentaschen des Toten. Tatsächlich war da ein Schlüssel. Er holte ihn heraus und verschwand mit einem Sprung in der Rinne, die ihn ungesehen hinabführte. Just in dem Moment, da seine Rucksackantenne auf der einen Seite hinterm Blutsteinhorizont abtauchte, ging am anderen Ende der strahlende Kopf einer Touristin auf. *Scheiße*, fiel ihm unten ein, *ich habe die Tasche mit den Flaschen vergessen!* Dann aber lachte er, denn was bedeuteten ihm jetzt noch schlappe drei Euro …

2

Leo Pauluth, ehemaliger Revierpolizist von Karstädt, genoss das dritte Jahr nach seiner Verabschiedung in vollen Zügen. Eins siebzig groß und mäßig gepolstert, dafür reichlich mit Muskeln bepackt, so war er mit gefühlten 45 Jahren aus dem Polizeidienst verabschiedet worden. Jetzt war er noch immer 45. Und er würde auch noch eine ganze Weile 45 bleiben!

Er hatte das Hemd ausgezogen und ließ sich von der Vormittagssonne wärmen. Plötzlich glaubte er an den Klimawandel, den er bislang immer für eines jener Märchen gehalten hatte, mit denen man die Menschen vom Nachdenken über Wichtigeres abhalten konnte. Der Spätsommer hatte durch ungewöhnliche Hitze vergessen lassen, dass man in Brandenburg war. Jetzt machte gar der September genauso weiter, als gäbe es hierzulande gar keine zweite Jahreshälfte mehr.

Auf der Terrasse seines kleinen Siedlungshauses im Dreihundert-Seelen-Nest Krabbe sitzend, spielte Leo verschiedene Möglichkeiten durch, wie er sich weiterhin aktiv ins Gesellschaftsleben einbringen könnte, um nicht einzurosten. Doch noch während er sich verschiedene sogenannte Arbeitsverhältnisse auszumalen versuchte, ließ ihn die Vorstellung von persönlicher Abhängigkeit all das rasch wieder verwerfen. Da würde es besser sein, eine Kneipe aufzumachen oder Bücher zu schreiben wie Markus.

Als sein Blick die Gewächse streifte, die unter ihm am recht steilen Gartenhang wuchsen und gediehen, war ihm plötzlich wieder klar, dass es eigentlich nur eine Zukunftsvision gab, die ihn wirklich begeisterte: den Weinbau. Ein paar Anrufe würden genügen, und er würde Saisonarbeiter an der Mosel. Da wäre ihm sogar die Abhängigkeit von einem Arbeitgeber egal.

Im Frühjahr des letzten Jahres hatte er seinen grasbestandenen Sand- und Lehmhang, den Rand der Krabber Endmoräne, binnen weniger Wochen eigenhändig in einen waschechten Weinberg verwandelt. Es war eine rechte Plackerei gewesen, aber er hatte es genossen. 99 Löcher hatte er gegraben, zwei Spatenbreiten tief und zwei Spatenbreiten breit, und in jedes fachgerecht eine frostresistente und pilzwiderstandsfähige Pfropfrebe gepflanzt und einen Stecken dazugestellt, um ihr zu zeigen, wo es langgehen sollte. 18 Tonnen Feldsteine waren zur Wärmespeicherung am Hang verteilt, 21 dicke Kiefernpfosten mit Einschlaghülsen in den Boden gebracht, mit einem halben Kilometer Spanndraht spalierartig verbunden worden.

Zu Anfang hatten seine Nachbarn skeptisch geäugt und achselzuckend geäußert, dass es in Krabbe ja leider keinen wirklich guten Psychiater gebe, der ihm in seiner geistigen Verwirrung beistehen könne. Ein wenig gezittert hatte er, denn wer macht sich schon gern zum Narren? Doch als dann Ende Mai an jedem wachsummantelten Pfropfreis eine wollige Knospe erschienen und aufgeplatzt war, konnte er aufatmen. Blutenden Herzens, aber voller frisch gepresster Sachkenntnis hatte er alle sich bald zeigenden Blüten an den tapfer aufschießenden Reisern, vom Fachmann *Gescheine* genannt, kurz nach ihrem Auftauchen entfernt. Dann ging es munter ans Anbinden.

In knapp einem Vierteljahr waren die saftigen Triebe bis zu dreieinhalb Metern aufgeschossen. Sie wuchsen bis zu drei Zentimeter pro Tag, wie er an einem Kontrollmaßstab (seinem »Rebstandsanzeiger«) hatte ablesen können. Die letzten anderthalb Meter konnte er schon Ende August des vergangenen Jahres um den oberen Draht schlingen und horizontal weiterleiten. So würden die jungen Pflanzen bis zum Ende der Wuchsperiode wichtige Reservestoffe einlagern. Es hatte bereits nach einem Vierteljahr fast so ausgesehen wie an der Mosel. Lehmboden plus Startbewässerung plus Kuhscheiße minus Klugscheißer – das war sein durchschlagendes Erfolgsrezept gewesen.

Längst hatte sich die Einschätzung der notorischen Dorf-Unken ins Gegenteil verkehrt. Plötzlich hatte jeder ja schon immer gewusst: Wein wurde in der Mark seit Menschengedenken angebaut! Und plötzlich fiel ihnen der eine oder andere Weinstock ein, den sie früher alle irgendwo gehabt hatten, bevor die Fassaden bereinigt worden waren und sämtliche Hausgärten aussahen, als wären sie beim gleichen Versandhaus bestellt worden.

Andere Mitglieder der Krabber Autofreunde, der Feuerwehr Krabbe und des Krabber Geschichtsvereins waren seinem Beispiel gefolgt, und so hatten in diesem Frühjahr schon acht Krabber Hobbywinzer (Leo inklusive) unter dem Namen »Prignitzer Weinfreunde« ihr jeweils erlaubtes Rebkontingent von 99 Pflanzen auf 100 Quadratmeter gepflanzt. Auch Leos Freund Markus Nikolai in Putlitz war dabei, denn er hatte im neuen Garten sozusagen Reben geerbt, mit denen in diesem Jahr sogar schon der erste Kelter-, Gär- und Ausbauversuch gestartet werden konnte. Darauf freute Leo sich besonders. *Müsste demnächst in Putlitz wieder nach dem Rechten sehen*, dachte er. Dieses Wetter würde ein traumhaftes Mostgewicht und moderate Säure bringen.

Wenn man all ihre privat erlaubten Flächen zusammenzählte, waren sie im Besitz von neun Ar Rebfläche, ohne dass der pingelige Weingesetzgeber daran Anstoß nehmen konnte. Sie hatten sogar den Betreiber der größten lokalen Kiesgrube für das Thema anspitzen können. Nun war auch der Feuer und Flamme für die Idee, seine Rekultivierungsfläche in den Dienst des gemeinsamen Weinbaus zu stellen. Dort freilich sollte in größerem Maßstab gewirtschaftet werden.

Leider waren die beantragten fünf Hektar Rebfläche für den neuen Perleberger Weinbau am traditionsreichen Weinbaugebiet Golmer Berg noch nicht bewilligt (wo im 16. Jahrhundert noch die Perleberger Auslese und der legendäre Ehrbare Ratstropfen wuchsen, zu deren Genuss aber – wie eine alte Quelle es ausdrückte – ein ganzer Kerl und ein guter Magen vonnöten gewesen waren), und es sah auch nicht danach aus, als ob dies alsbald geschehen könnte. Absurderweise wurde der gesamtdeutsche Weinbau durch ein West-Gesetz aus Kalten-Kriegs-Zeiten geregelt, genauer gesagt von 1974, demzufolge Betriebserweiterungen nur durch den Hinzuerwerb bereits bestehender Anbauflächen möglich wurden. Und keiner der 27 aktiven Winzer im Land dachte ans Aufgeben.

Die jüngste Novellierung des Gesetzes war ein Witz – ab 2016 waren Pflanzrechte nicht mehr frei handelbar, sondern wurden auf Antrag vom Staat vergeben. Die Rebfläche durfte per EU-Dekret nun theoretisch um fünf Prozent jährlich wachsen, intern hatte man sich in Deutschland jedoch auf maximal ein Prozent geeinigt. Aber das brachte für einen kleinen Betrieb keine Verbesserung, sondern war erst ab Betriebsgrößen von hundert bis zweihundert Hektar von Belang. Die gab es aber in Brandenburg nicht. Hier teilten sich rund dreißig Weinbauern ganze dreißig Hektar erlaubte Gesamtanbaufläche. *Das wird noch böse enden, wenn man den Knoten nicht endlich zerschlägt*, dachte Leo. *Aber da wäre die EU gefordert und das Bundeslandwirtschaftsministerium. Also vergiss es …*

Ein Grünspecht lachte, und Leo überlegte, während Mutter zu seinen Füßen lag und schnarchte, was er mit diesem wunderschönen Tag nun weiter anfangen sollte. Er trank einen Schluck eisgekühlte Weißweinschorle aus Werderaner Müller-Thurgau und suchte mit dem Fernglas den Krabber Himmel ab. Störche, Rauch- und Mehlschwalben, ein Rotmilanpärchen, ein eilig und sehr hoch durchziehender Habicht …

Die Mundharmonika aus *Spiel mir das Lied vom Tod* erklang im Haus, bei deren Tönen Mutter unweigerlich ihre flach geklopften Fäustlinge von Ohren hochstellte. Leo stand auf und lief hinein, wo sein kleines Handy auf dem Küchentisch lag und rumorte. Eigentlich diente es nur als Wecker oder Eieruhr, und das Smartphone, das ihm Markus zum Geburtstag geschenkt hatte, lag noch unausgepackt irgendwo auf einem Schrank und veraltete bereits. Er las auf der Anzeige den Namen Markus Nikolai und fragte ungespielt fröhlich, während er in die Sonne zurückkehrte:

»Na, was gibt's? Ist der Roman fertig? Können wir feiern?«

Das war frech, denn Markus, von Hause aus Schriftsteller, musste sich leider noch immer hauptberuflich von der *Prignitzer Allgemeinen Zeitung* (PRAZ) ausbeuten lassen, um sein neues Haus in Putlitz, das er seit einem Jahr zu renovieren versuchte, überhaupt halten zu können. Er hatte sein altes Anwesen in Lübzow verkauft und sich stattdessen eine Halbruine in Putlitz angelacht – immerhin die einstige Behausung von Jan-Dirk Fuchs, einem schon beinahe überregional bekannten Autor.

Markus' Freundin Jenny Storck, in der Redaktion des ARD-Magazins *Meinung, Fakten, Charaktere* beschäftigt, hatte leider kein großes Interesse daran, ihr hart erkämpftes Gehalt in sein Prignitzhausprojekt zu stecken, und so war er noch immer auf jedes kleine Zubrot aus Lokaljournalismus und Feuilletonbeiträgen angewiesen. Der Roman, den er schreiben wollte, nur einer von vielen, versteht sich, hielt sich nach wie vor in unerreichbarer Ferne und ließ ihn einfach nicht an sich herankommen. Was nun leider auch für Jenny galt. Sie schien zunehmend mit ihrer Arbeit in der Bundeshauptstadt zu verschmelzen – die wie ein irritierender Fremdkörper im Land Brandenburg lag – und ließ sich nur selten noch in der Prignitz blicken.

Markus' Stimme klang schwach, als er Leo antwortete:

»Du kannst dir deinen Spott sparen! Außerdem liege ich im Krankenhaus.«

»Wie bitte?«

»Ja, blöder kleiner Unfall.«

»Unfall? Mach keine Sachen! Erzähl! Du hast doch nicht etwa allein mit dem Dachdecken angefangen?«

Leo befürchtete Schlimmstes, denn es war seinem jungen Freund durchaus zuzutrauen, dass er gegen alles Zuraten das Unmögliche doch gewagt hatte.

»Nein, das nicht. Ich hab nur etwas aufgeräumt und mich dabei an altem Glas geschnitten.«

»Mensch, nu lass dir doch nicht alles aus der Nase ziehen! Was ist passiert? Warum liegst du deswegen im Krankenhaus?«

»Na ja, es war offenbar doch ein etwas tieferer Schnitt. Ich hab einfach versucht, es mit 'nem Pflaster hinzukriegen.«

»Ach Gott. Hat sich entzündet, was?«

»Heute Nacht fing's an, wehzutun und zu klopfen. Bin dann heute Morgen widerwillig zum Arzt. Pockrand in Putlitz ... Hat mich sofort nach Pritzwalk eingewiesen.«

»Wo denn, verdammt?«

»Na, in die KMG-Klinik.«

»Das ist mir schon klar, Mann. Ich will wissen, wo du dich geschnitten hast. Am Fuß, am Bein, am Arm, im Gesicht?«

»An der Hand.«

»Hoffentlich an der linken?«

»*Die* war es nun gerade nicht ...«

»Ach, du Scheiße.«

»Das kannste laut sagen.«

Leo brüllte so laut *Scheiße*, dass das kleine Spatzenbataillon, das sich auf seinen Rebdrähten niedergelassen hatte, erschrocken zeternd aufflatterte und das Weite suchte.

Markus war froh, dass er endlich einem Freund sein Leid klagen konnte:

»Nur ein bisschen aufräumen wollte ich, dabei ist mir einer von den Fuchs'schen alten Weinballons zerbrochen, und beim Wegfegen der Scherben geriet mir eine ins Gelenk vom rechten Ringfinger. Ich hab ein Pflaster draufgeklebt, und das war's. Wer rennt denn gleich wegen jeder kleinen Schnittwunde zum Arzt?«

»Verstehe. Alte Weinballons, sagst du? Wie viele sind denn noch übrig, und wie groß sind die?«

Markus stöhnte entnervt auf.

»Ich hätt's mir denken können – das ist das Einzige, was dich interessiert. Sind noch fünf übrig, und es gehen jeweils fünf Liter rein. Ich glaube, das waren seine Versuchsballons …«

»Die Dinger sind teuer für einen, der im ersten Leben bloß 'n kleener Revierpolizist war. Von denen kostet einer bestimmt seine zehn bis fünfzehn Euro!«

»Ach ja? Kannst du mir gerne abkaufen, dann hole ich den Honorarverlust wieder rein. Ich konnte gerade noch so 'ne kleine Meldung über die Blutsteingeschichte tippen, mit schon klopfendem Finger. Die Sache ist wichtig, jeder größere Artikel zahlt sich aus. Und ich bin ja quasi vor Ort. Wäre ja vor Ort … Keinen blassen Dunst, wie es jetzt weitergehen soll. Die wollen mich hier mindestens fünf Tage festhalten, wenn nicht noch länger. Angeblich läuft der Arm sowieso Gefahr abzufallen. Und sie pumpen mich wieder mit diesem Antibiotikum voll, bei dem der Urin nach Hühnersuppe stinkt.«

»Ach, das wird viel schneller gehen. Nur keine Panik. Übermorgen bist du wieder draußen. Die sind doch froh über jedes freie Bett! Jetzt lehn dich zurück. Du bist da gut aufgehoben. Die retten dir deine Hand und deinen Arm und damit deine Karriere. Was deine aktuelle Arbeit angeht … In welchem Zimmer liegst du denn?«

»Station C4, Nummer 408.«

»Ich könnte dir deinen tragbaren Computer vorbeibringen, da hast du doch dieses Spracheingabedingsbums drauf.«

»Du kannst ruhig *Laptop* dazu sagen, so nennt man das nämlich heutzutage. Ja, und die Spracherkennung ist eine gute Idee. Wahnsinnsidee! Würdest du das denn machen? Hast du nicht im Weinberg zu tun?«

»Natürlich hab ich im Weinberg zu tun«, gab Leo zurück. »Ich hab immer im Weinberg zu tun. Aber für dich mach ich heute mal Pause. Liegt dein Schlüssel immer noch in dem verfaulten Baumstumpf neben dem Holzschuppen? ... Alles klar, hab verstanden. Kann aber fünf werden, bis ich da bin. Muss erst mal duschen. Okay, bis nachher ... Und was ist das für eine Blutsteingeschichte?«

Aber Markus war schon weg.

3

Leo stand auf, warf Mutter einige Knochen in die Schale, stellte frisches Wasser daneben, zog sich das Hemd wieder über und schlenderte zum Hoftor.

Vergeblich versuchte er, die Zeitungen aus dem Postrohr zu ziehen. Wie es der Briefträgerin gelungen war, auch die heutige Ausgabe noch in die gestopfte Metallwurst hineinzudrehen, war ihm ein Rätsel. Da die Röhre ohnehin nur noch locker mit zwei durchgerosteten Schrauben am ebenfalls schon baufälligen Gartentürchen befestigt war, riss er sie kurzerhand ab und trug die Fracht nach hinten, um sich in Ruhe der nachrichtendienstlichen Hauptfrage zu widmen: Was zur Hölle war da auf dem Wiesnacker Blutstein passiert?

Es wird immer schwieriger, an wirklich gute, interessante Nachrichten heranzukommen, dachte er, während er mit seiner alten Rohrzange eine Zeitung nach der anderen aus der Röhre zerrte, die er in den Schraubstock auf der Holzbank vor seinem Schuppen gespannt hatte.

Mit allen befreiten Ausgaben der PRAZ auf die Terrasse zurückgekehrt, suchte er die Ausgabe vom amtierenden Montag heraus, füllte die halbe Schorle mit Wein auf und blätterte sich zum Lokalteil vor. Ein Phantombild war zu sehen, darunter die Frage: *Wer kennt diesen Mann?* Daneben stand Markus' Artikel.

Vermutlich Raubmord

Toter bei Bad Wiesnack gibt Polizei Rätsel auf

(manik) Ein Touristenpaar, das am vergangenen Wochenende den Blutstein, einen beliebten Aussichtspunkt in der Nähe des Kurstädtchens Bad Wiesnack besuchte, fand dort am Sonntagmorgen die Leiche eines

Mannes, der offenbar Opfer einer schweren Straftat wurde. Über die Identität des Toten herrscht bislang Unklarheit, wie Karl Ernst, Polizeihauptmeister bei der Polizeidirektion Nord in Perleberg, erklärte. Man geht von einem Raubmord aus.

Die Staatsanwaltschaft Neuruppin hat die Ermittlungen aufgenommen, und der Tote wurde ins Potsdamer Institut für Rechtsmedizin überführt. Inzwischen sind überall in Bad Wiesnack und Umgebung Flugblätter mit dem Bild und der Personenbeschreibung des Mannes verteilt worden. Polizeihauptmeister Ernst hofft so zu erfahren, ob sich das Opfer bereits vor dem Tag der Tat in der Gegend aufgehalten hat.

Wer den Mann anhand der nebenstehenden Abbildung identifizieren und etwas über seinen Aufenthalt am Ort mitteilen kann, ist hiermit aufgerufen, sich mit der Polizeidirektion Nord in Perleberg oder einer anderen Polizeidienststelle in Verbindung zu setzen. Für Hinweise, die zur Aufklärung des Verbrechens führen, wurde eine Belohnung von 5.000 Euro ausgesetzt.

Leo besah sich die Computerzeichnung noch einmal. Er hielt sie in einiger Entfernung vor sich, stand dann auf und ging ein paar Schritte. Er wurde das merkwürdige Gefühl nicht los, dass er diesen Mann schon einmal gesehen hatte. Sicher, man täuschte sich leicht, vor allem wenn man der irrigen Ansicht war, als Polizist von vornherein ein besseres Personengedächtnis zu haben als der Rest der Menschheit. Aber das seine war tatsächlich seit jeher gut trainiert. Wenn er jemanden einmal gesehen hatte, so konnte er auf sein Gefühl vertrauen, wenn es ihm sagte: *Den hast du doch schon mal gesehen!*

Manchmal half es, wenn man den Geist etwas ablenkte, und so blätterte er, eher lustlos, denn von bestimmtem Interesse getrieben, diese Ausgabe der PRAZ von vorne bis hinten durch, las mit gelinder Enttäuschung, dass Energie Cottbus weiter im Absteigen begriffen war, bis er plötzlich, aus reinem Zufall, an einer Richtigstellung hängen blieb. Vielleicht war es der Instinkt, geboren aus seiner Tätigkeit, bei der er immer die kleinsten Notizen in den Ermittlungsakten mit besonderer Aufmerksamkeit gelesen hatte, der ihn dort landen ließ, wahrscheinlicher aber eher das Wort »Wein«, welches ein inzwischen extrem überentwickelter Nerv in seinem Gehirn durch die Augensensorik selbst beim flüchtigen Darüberstreichen aus dem vorbeirauschenden Text mühelos herausgefiltert und sofort *Halt!* gebrüllt hatte.

Wir bitten um Entschuldigung!
In unserem Hinweis auf das diesjährige Weinfest in Hitzacker, wo das 35-jährige Bestehen des Weinbergs be gangen wurde, unterlief uns ein Fehler.

»Nachweislich wurde hier erstmalig im Jahr 1521 unter Ernst, dem Bekenner, Wein angebaut. Ein verheerender Hagelsturm im Jahr 1713 vernichtete sämtliche Reben. Seither lag der Weinberg brach, doch seit 1980 wird von einigen Unentwegten dort wieder Wein angebaut und das Hidesaker Weinbergströpfchen auf traditionelle Weise im Holzfass ausgebaut.«

Im Folgenden war fälschlicherweise von »999 Reben« die Rede. 99 Weinstöcke sind es jedoch immerhin, die aus einer alten schwäbischen Rebschule stammen, in Lauffen am Neckar, deren Betreiber aus Anlass des Jubiläums auch anwesend war, gemeinsam mit einem weiteren seiner Kunden, dem rechtselbischen Weinbauern Wenkstern-Eldenburg.

Leo atmete tief durch. Lothar Brändle – der Tote auf dem Blutstein war Lothar Brändle! Von dem stammten auch seine eigenen 99 Regent-Reben ... Es dauerte eine Schrecksekunde, bis die Erkenntnis in seinen Gehirnwindungen die Runde gemacht hatte. Und da Brändle seinen Betrieb in vierter Generation ohne Nachkommen allein führte, wie Leo durch die Lektüre des fünfzigseitigen Brändle-Katalogs mit reicher Bebilderung und Erläuterung der Arbeit in Lauffen wusste, war mit Brändles Tod auch die günstigste Bezugsquelle für Pfropfreben gestorben …

Er warf einen Blick auf die Handyanzeige. Es war kurz vor drei, die obersten Reben warfen ihren Schatten genau bis an die Hauswand. Er hatte keine Zeit mehr zu verlieren. Er fühlte wieder dasselbe Kribbeln wie im vergangenen Jahr. Und wieder begehrte der Ruheständler in ihm auf und riet ihm, doch endlich zu resignieren und die mörderische Welt da draußen sich selbst zu überlassen. Doch sein Herzschlag beschleunigte sich, und er wusste, dass es jetzt nur drei Dinge zu tun gab: Weinschorle austrinken, duschen, was Vernünftiges anziehen und den Mustang aus dem Stall holen.

Mutter, die weibliche Promenadenmischung unbekannten Alters, die ihm vor fünf Jahren zugelaufen und die bei ihm geblieben war – was sie von allen seinen unehelichen Frauen rühmlich unterschied, die über kurz oder lang wieder das Weite gesucht hatten –, war in die Senkrechte gegangen und gähnte herzhaft, sich dehnend und streckend, während Leo barfuß ins Haus rannte, um schon wenig später mit todschicker, mittig zu teilender, ovaler bernsteinfarbener Sonnenbrille, hellblauen Jeans und schwarzem T-Shirt wieder herauszukommen. Das kurze Jahr, das er mit Thea zusammen gewesen war, hatte seine Garderobe ohnehin grundlegend verändert. Keine Hemden mit Geschirrhandtuchkaro mehr, keine braunen Cordjacken, dagegen eine italienische kleine, schwarze Herrentasche für Portemonnaie, Papiere und Schlüssel. Verschwunden war außerdem der Tüff-Rasierwasser-Geruch. Dagegen waren erfreulicherweise die Blue-Jeans zurückgekehrt, die er zuletzt 1975 getragen hatte, wenn auch nie die echten amerikanischen, wie jetzt.

Er öffnete die hellgrün lackierten Türen des durch Moos und Hopfenranken gut getarnten Unterstandes, in dem sein dunkelbrauner Ford Mustang Coupé Baujahr 1971 bereits sehnsüchtig auf den Einsatz wartete. Er warf die Herrentasche aufs karamellbraune Sitzleder, ließ den Motor an und wirbelte wie üblich, bevor er losfuhr, mit Lederpflege einmal quer durch den Innenraum. So hatte der treue Motor Zeit genug, sich zu erwärmen. Auch die Walnusshölzer des Armaturenbretts wurden poliert und zuletzt noch mit Glasreiniger Tachometer, Drehzahlmesser, Tankanzeige und Uhr spiegelblank gewienert.

Endlich rollte Leo mit dem Gefährt auf die Straße hinaus. Hier stoppte er noch einmal, stieg aus und schloss die Türen der Garage und das Gartentor. Er winkte dem 98-jährigen Nachbarn von gegenüber, der mit Unkrautjäten beschäftigt war und jetzt mit angewinkeltem rechtem Unterarm und zur Faust geballter Hand zurückgrüßte. Leo drückte auf die Hupe, während er sich aufs heiße, unebene Pflaster der Krabber Dorfstraße wagte. Vorsichtig rollte der Mustang über die ersten Krater und Schluchten bis zum Ortsschild »Krabbe« und erklomm erfreut das anschließende flachere Asphaltfahrwasser, wo er von Leo endlich grünes Licht erhielt, rasant davonzugaloppieren.

4

Wie würde er wohl jemals ohne diesen Wagen auskommen? Gar nicht, er ginge ein wie eine Primel. Leo dachte kurz darüber nach, wie Primeln eigentlich eingehen, danach dachte er eine Zeit lang gar nichts. Tief atmete er den Geruch des Indianersommers ein, der von den Mais- und Getreidefeldern beidseits der Kastanienallee zwischen Krabbe und Dallmin zu ihm hinströmte. Die Sonne spülte die Kastanienblätter mit Lichtwasser, während bruchstückhaft Vogelstimmen vorbeiflogen. Eine Goldammer schlug, und es waren auch immer noch Schwalben da.

Vor Dallmin bog er links ab und erreichte über einen Agrarweg, bestehend aus zwei Streifen von Betonplatten, zwischen denen üppig das Gras wuchs, schon nach wenigen Minuten das einsam in der sommerlichen Ebene liegende Reetz. An der Hauptkreuzung, wo sich die Landstraße zwischen Putlitz und Karstädt und die von Berge nach Perleberg kreuzten, musste er lange anhalten, weil eine endlose Kolonne polnischer Lkw aus Richtung Putlitz durchfuhr, sodass er aus alter Gewohnheit die Nummernschilder der Autos studierte, die in langer Reihe vor dem weithin bekannten und für seine rustikale ländliche Küche geschätzten Gasthof *Moos* standen.

PR, PR, PR, HH, PCH, PR, HN, HH, PR … Er verfluchte die Sitte der Fuhrunternehmen, seien sie niederländisch, polnisch oder deutsch, die Land- und Kreisstraßen zu benutzen, um die Lkw-Maut auf der Autobahn zwischen Hamburg und Berlin zu sparen. Auf diese Weise würde man den Fernverkehr niemals aus den Dörfern holen. So viele Ortsumgehungen könnte keiner bauen.

HN? Das war nicht Hannover, Hannover war H! HN war … Heilbronn. Soviel wusste er inzwischen, denn seine zweite Westdeutschlandreise (nach der Moseltour) hatte ihn ins Württembergische geführt. Ohne zu wissen, dass er wenige Monate später bei Reben-Brändle telefonisch einkaufen würde, hatte er die großen Pflanzungen im Vorbeifahren gesehen und auch das Schild, an das er sich später erinnerte. Lauffen am Neckar hatte als Kennzeichen HN!

Leo stoppte so abrupt, dass hinter ihm ein wildes Gehupe losging. Der Nachfahrende hatte nur gerade eben so zum Stehen kommen können.

»Selber Arschloch! Fahr halt nicht so dicht auf!«, brüllte er, während einer dieser unglaublich dicken Brummer von Blechkiste mit aufheulendem Motor an ihm vorbeizog.

Eine wütende Mami drohte Leo durchs Seitenfenster mit der Faust. *Fährt wahrscheinlich mit ihrem bulligen Monstertruck einen Drei-Kilo-Einkauf spazieren,* dachte er.

Leo spürte, dass er ein bisschen zu viel Weinschorle getrunken hatte, doch das war bereits im nächsten Moment vergessen. Mit quietschenden Reifen drehte er um und sprintete zur Kreuzung, wo er den Mustang am Ende der kleinen Reihe parkender Wagen abstellte, fast schon an der Ecke des Gehöfts, am Beginn der Wiese mit der großen Trödelscheune. Er stieg aus, schlenderte an den Autos entlang, bis er das mit dem Heilbronner Kennzeichen erreichte. Es war ein weißer BMW 730i, Baujahr 1994 schätzte er, aber erstaunlich gut gepflegt. Eine Oberklasselimousine, damals das Nonplusultra, V8-Motor, Katalysator ... aber noch Türknöpfe mit Wulst.

Der geübte Blick des Revierpolizisten scannte den Innenraum. Ein Nickdackel im Heck. Fehlte bloß die umhäkelte Klorolle ... Alles sauber, alles gesaugt, kein Schmutz, kein Fussel, allerdings änderte sich das Bild vorne auf der Ablage. Da lag ein Taschentuch, da war eine Getränkedose (Holsten) neben die Handbremse gerutscht, entweder ausgelaufen oder ausgetrunken, und da lag ein aufgefledderter Katalog von Reben-Brändle!

Leo enterte die Wirtsstube und verkündete mit sonorer Stimme:

»Tachschön! Hab gerade beim Einparken den weißen Heilbronner BMW zusammengeschoben. Tut mir wirklich leid! Wem gehört der denn?«

Funkstille. Elf Augenpaare glotzten ihn dämlich an. Hie und da Achselzucken. Dann kam Frau Moos, die Wirtin, herangeschlappt.

»Nanu, der Herr Pauluth? Wieder im Dienst? Mit solchen Scherzen haben Sie doch auch früher Ihre Kandidaten gefunden, oder?«

»Wieso Scherze?«, fragte Leo, sich keiner Schuld bewusst.

»Na, ich hab Sie doch ganz vorsichtig einparken sehen! Dann haben Sie sich diese weiße Kiste angeguckt, die hier schon seit gestern steht, ohne dass ich wüsste, von wem die ist. Morgen sollte ich wohl die Polizei rufen, oder? Was meinen Sie?«

Leo war plötzlich wieder ganz nüchtern.

»Seit gestern? Haben Sie den Fahrer gesehen?«

Frau Moos schüttelte den Kopf.

»Dann wüsste ich ja, wem er gehört, oder?«, sagte sie und schien ihn zu bedauern, dass er darauf nicht selbst gekommen war. »Denke mal, das wird irgend so ein Pensionsgast sein. Warum er dann gerade vor unserem Gasthof parken muss, das weiß ich auch nicht. Schließlich nimmt er hier den zahlenden Gästen den Platz weg. Sehr ärgerlich.«

»Es gibt da noch eine andere Möglichkeit«, orakelte er.

»Wat denn für eene?«, fragte Frau Moos, deren immense Leibesfülle bei dieser Frage schlagartig in sich zusammenfiel wie das anstrengende Hochdeutsch in den Teig des Prignitzberlinerisch.

»Sie müssen die Polizei nicht alarmieren, ich bin ohnehin auf dem Weg nach Perleberg. Ich werde die Kollegen vorbeischicken, der Wagen wird wahrscheinlich noch heute Nachmittag sichergestellt. Sie haben doch sicher das Bild von dem Wiesnacker Toten in der Zeitung gesehen?«

Ihre Hand war vor ihrem Mund, kaum, dass Leos Frage verklungen war.

»Bitte sprechen Sie nicht darüber, damit nicht alle dran rumgrabbeln – könnten die Fingerabdrücke des Täters drauf sein! Haben Sie mich verstanden, Frau Moos?«

Auf dem Weg nach draußen überlegte er einen kurzen Moment. Doch nur einen Moment ... Er langte in den Kofferraum seines Mustangs, wo noch immer eine Rolle Spanndraht lag. Natürlich hatte er eine Zange im Auto. Jeder auf dem Land hat eine Rolle Spanndraht und eine Zange im Auto. Ebenso eine Motorsäge und einen Spalthammer.

Rasch war ein Stück Draht abgeknipst und zu einem Spezialwerkzeug gebogen. Er zog sich seine ledernen Handschuhe an und ging zurück. Flugs rutschte der lange, gerade Draht mit der kleinen Schlinge am Ende durch die obere Gummidichtung des rechten Seitenfensters. Die Schlinge legte sich um den Türknopf, und Leo zog diesen vorsichtig nach oben.

Er öffnete die rechte Seitentür des BMW und durchsuchte mit raschem Griff das Handschuhfach, wo er sofort die Bestätigung für seine Vermutung fand. Wie hineingeschleudert lagen dort der Personalausweis, der Führerschein und noch einige andere amtliche Papiere, die auf Lothar Brändle ausgestellt waren. Im Fahrtenbuch sah er penibel eingetragen die letzten Tankstopps: Kassel und Hitzacker. Im Katalog waren zwei lose Blätter eingelegt, die herausgerutscht waren. Leo nahm sie an sich und griff instinktiv unter jeden der beiden Sitze, denn das waren Stellen, an denen sich für gewöhnlich Dinge fanden, mit denen man nicht rechnete. Unversehens hielt Leo eine Papierkugel in der Hand. Schon waren die glatten Papiere gefaltet in seiner Jacken- und die Kugel in der Hosentasche verschwunden.

»Dit is denn doch nicht rechtens, oder?«, fragte Frau Moos, die rausgekommen war und sich unbemerkt neben ihm aufgebaut hatte, die Arme angewinkelt und die fleischigen Hände anklagend aufs Hüftpolster gestützt.

Er reagierte nach außen hin gelassen und blitzschnell:

»Der Wagen steht ja auch nicht rechtens hier, oder?«

Instinktiv hatte er das nachgestellte »oder?« der Wirtin verschwörerisch aufgegriffen. Bevor sie dahinterkam, dass diese Gegenfrage absurd war, hatte er den Knopf wieder runtergedrückt und die Tür zugeschlagen. Nur an der kleinen Druckstelle am Türgummi hätte man den Einbruch bemerken können. Aber die wurde von Sekunde zu Sekunde schwächer.

»Keine Sorge, das bringe ich jetzt direkt zum Kollegen Ernst nach Perleberg. Nicht dass einer in der Zwischenzeit den herrenlosen Wagen stibitzt.«

Ich darf mir dieses nachgestellte »oder?« nicht angewöhnen, dachte er, als er selbstbeschwichtigend pfeifend zum Mustang schlenderte. Während er hupend losfuhr, konnte er Frau Moos beobachten, wie sie mit vorgehaltener Hand in den weißen BMW spähte. In fünf Minuten würde ganz Reetz dort stehen und sich die Nase an den Scheiben platt drücken, das war sicher.

5

Kurz nach vier fuhr Leos Mustang ein Stück die Berliner Straße entlang, bog in die Ritterstraße ein und rollte auf dem Parkplatz hinter dem Perleberger Polizeipräsidium aus. Leo blickte sich um. Einige der Autos erkannte er als die von Kollegen, andere nicht mehr. Zwei der vier Figuren, die jetzt nach ihrer Normalschicht in den Feierabend drifteten, hatte er noch vom letzten Grillfest in Erinnerung. Die beiden anderen waren ihm neu. Er wartete, bis sich die Türen ihrer Autos geschlossen hatten, dann stieg er aus und ging ins Präsidium. *Diese heutigen Autos,* dachte er angewidert, *aufgeblähte Turnschuhe aus Blech; überdimensioniert, unförmig, hässlich, stillos.* Man konnte die Marken nicht mehr auseinanderhalten, alle glichen einander.

Erwartungsgemäß wurde er vom Pförtner gestoppt, als er versuchte, ohne weitere Erklärung in den ersten Stock zu gelangen.

»Äh, hallo! Wohin wollen wir denn?«

Es war nicht der linientreue, übereifrige Pförtner, der ihn zuletzt auf ähnliche Weise empfangen hatte.

»Tschuldigung, Macht der Gewohnheit! Bin einer von hier, nur schon seit einigen Jahren außer Dienst. Möchte die Exkollegen zu einem Grillabend einladen. Sie sind auch herzlich willkommen! Könnten Sie mal bei Ernst durchklingeln?«

»Wie ist Ihr Name?«

Leo lächelte, denn in der Pförtnerloge hing, riesenhaft und wie ein Fahndungsfoto gestaltet, sein eigenes. Nach der letztjährigen Preuß-Geschichte hatten sich Ernst und Konsorten diesen kleinen Scherz erlaubt.

»Leo Pauluth, ehemaliger Revierpolizist von Karstädt«, antwortete er geduldig, was eine abrupte Veränderung in der Haltung seines Gegenübers hervorrief.

Witzigerweise drehte der Pförtner sich um und schaute sich genau dieses gefakte Fahndungsplakat an, bevor er auflegte und zu Leo sagte:

»Sorry, jetzt sitze ich hier schon monatelang und erkenne doch nicht den Staatsfeind Nummer eins, wenn er hereinkommt!«

Der Junge hatte Humor, das gefiel Leo.

»Sie werden oben erwartet, Herr Pauluth. Tschuldigung noch mal. Kommt nicht wieder vor.«

Leo tippte an seine nicht vorhandene Hutkrempe und eilte die Treppe hinauf.

Oben war das Hallo nicht weniger groß als bei seinem letzten Besuch. Fast schien es Leo, als wäre es diesmal echte Freude, die ihm entgegenschlug.

»Leo Pauluth, der märkische Mister Marple!«

Diese Eröffnung, die Karl Ernst zu verantworten hatte, der Ein-Meter-neunzig-Mann mit dem Ballongesicht des Hochdruck-Patienten, dämpfte Leos Hochstimmung jedoch sofort wieder.

»Also ich bitte dich, wenn ich diese Beleidigung noch einmal höre, raste ich aus! Da wollte ich meinen Exkollegen und auch den Kollegen meiner Exkollegen einen Freundschaftsbesuch abstatten, und schon werde ich wieder mit Hohn und Spott empfangen …«

»Nein, nein, nein!«, sagte Ernst mit Bedauern. »So war das überhaupt nicht gemeint! Ich sag's nie mehr, großes Indianerehrenwort! Freut mich, dass du mal wieder vorbeischaust. Wie geht's?«

»Nun, also, ich kann nicht klagen«, sagte Leo. »Fände es schön, wenn ihr mal wieder zu mir in den Garten kämt. Es ist zwar jetzt ein bisschen eng geworden, seit ich meinen Weinberg habe, aber ein Eckchen für den Grill wird sich schon finden. Oder wir machen es bei der Weinlese in Putlitz …«

»Weinberg?«, fragte einer, den Leo nicht kannte. »Soll das heißen, es gibt nur Wein?«

»Natürlich gibt es auch Bier! *Tannenzäpfle!*«

Nachdem alle begeistert zugestimmte hatten und sich auch in der Terminfrage schnell der Sonnabend in drei Wochen herauskristallisiert hatte, machte Leo schon Anstalten, wieder zu gehen, drehte sich jedoch, bereits beinahe am Ausgang des Großraumbüros, wieder um und sagte:

»Ach, übrigens, fast hätte ich's vergessen – der Tote vom Blutstein heißt Lothar Brändle und betrieb eine Rebschule in Lauffen am Neckar. Wer immer ihn am Blutstein zuletzt gesehen und ausgeraubt hat, sei es tot, sei es zuerst noch lebendig, hat seinen Wagen benutzt, um wegzukommen. Es ist ein weißer BMW 730i mit dem Kennzeichen HN–LB 3000. Er steht seit gestern herrenlos vor dem Gasthof *Moos* in Reetz.«

Das schlug stärker ein, als wenn er gesagt hätte: Übrigens habe ich sechs Richtige im Lotto! Die Os der Münder hielten sich sekundenlang, während verschiedene Exkollegengesichter mit hochgezogenen Brauen im Wechsel zueinander Front machten. Ernst war der Erste, der sich wieder fasste.

»Woher weißt du das alles? Und wie kommst du drauf, dass du sein Auto gefunden hast?«

»Das Zweite ist eine Mutmaßung, das gebe ich zu, und ich bin gekommen, damit ihr das mal überprüft. HN–LB, verstehste? LB: Lothar Brändle. Im Wagen liegt ein Katalog von Reben-Brändle, das habe ich durchs Seitenfenster gesehen. Ich habe den gleichen Katalog zu Hause, und wenn man den aufschlägt, ist vorn ein Bild von Brändle drin. Seht euch das an oder schaut im Internet nach, und ihr wisst sofort, dass ich recht habe. So, und jetzt rückt mal raus mit der Belohnung!«

Während Ernst noch nach Luft rang, hatte Leo schon das Großraumbüro mit Argusaugen nach verwertbaren Material durchmustert und die Fotos von der Fundstätte der Leiche, die über Ernsts Schreibtisch an der Pinnwand hingen, in seinem fotografischen Gedächtnis abgelegt. Groß stand auf einem Zettel mit Filzer: »WPPK 7,65 HDS/LDS D: 3–4«, und auf einem zweiten: »0:00–3:00«.

»Er hat recht! Das sieht verdammt nach dem Toten aus, oder?«, sagte ein Junger, der sofort die Internetseite von Reben-Brändle aufgerufen hatte. Alle umringten seinen Bildschirm.

»Verdammt, Mister …«, begann Ernst, konnte sich aber gerade noch retten, »… Marlowe, ich bin sprachlos.«

»Schade, denn du musst mir sagen, wo ich das Geld abholen kann.«

»Was für Geld?«

»Na, die Belohnung!«

Ernst lächelte.

»Die ist leider nicht für die Identifizierung, sondern für die Hilfe bei der Ergreifung. Was aber nicht heißen soll, dass du auf deine alten Tage wieder anfangen musst, Detektiv zu spielen. Da bist du doch meiner Meinung, oder? Eigentlich wäre es bei dieser blöden Belohnungsphrase immer nötig hinzuzufügen: für alle, nur nicht für Leo Pauluth – der hat die gleiche Summe hinzublättern, wenn er nicht still sitzen bleibt, oder?«

Dieses angehängte »oder?« scheint epidemisch im Landkreis zu grassieren, dachte Leo und sagte zu Ernst mit vertraulich gedämpfter Stimme:

»Kann ich dich mal kurz unter vier Augen sprechen?«

Ernst seufzte, gab aber klein bei und verkündete:

»Bin mal kurz bei Oma. Ach, und ihr zwei« – er zeigte auf zwei Junge, die Leo zuvor noch nie gesehen hatte –, »verständigt die Spurensicherung und fahrt nach Reetz, um das Opferfahrzeug sicherzustellen und hier im Hof einzuschließen. Bleibt dabei, bis alles erledigt ist, und verständigt rechtzeitig den Abschleppdienst. Sonst müsst ihr vorm Gasthof *Moos* übernachten.«

Am genervten Augenrollen der zwei konnte Leo leicht ermessen, wie begeistert sie von diesem Auftrag waren.

In Olga-Marias Mokkastube standen sie kurz darauf und schlürften an der neuesten Erfindung für den müden Polizisten: doppelter Cappuccino mit doppeltem Espresso, kurz C-Zwo-E-Zwo. Leo spürte, dass Karl Ernst ganz auf Abwehr eingestellt war. Schließlich musste ihm klar sein, dass Leo nach einem solchen Auftakt nicht einfach die Segel streichen würde. Dazu kannte er ihn inzwischen zu gut – viel besser, als Leo lieb sein konnte.

»Ich will euch nicht in die Arbeit reinpfuschen, das musst du mir glauben!«, sagte er rundheraus.

Ernst nickte mechanisch, wie man einem notorischen Lügner zunicken würde.

»Klar doch. Und was wirst du in der Sache jetzt weiter unternehmen?«, fragte er.

»Gar nichts. Oder sollte ich?«, sagte Leo. »Ich habe noch etwas gefunden, das ich dir zeigen wollte.«

Er gab Ernst den Zeitungsschnipsel mit der Berichtigung.

»Da solltet ihr anfangen, wenn ihr seine letzten Tage rekonstruieren wollt.«

Ernst seufzte.

»Danke. Gute Arbeit, Herr Pensionär.«

»Das aufgefundene Fahrzeug spricht gegen einen Raubmord, wenn du mich fragst«, sagte Leo.

»Ich frag dich zwar nicht, aber dennoch würd mich interessieren, warum.«

»Weil aus dem Apparat eine ganze Menge Kohle rauszuschlagen wäre. Das ist ein Oldtimer, aber er ist gut gepflegt. Man müsste ihn nur erst mal verstecken und dann mit neuen Nummernschildern versehen. Alles keine große Sache. Ab damit nach Osteuropa, und fertig. Warum hat der Täter das nicht gemacht?«

»Ich denke, unser Mann hat aus Kostengründen darauf verzichtet. Ist zu unrentabel: Du müsstest jede Menge Mitwisser bezahlen. Und falsche Kennzeichen etc. Das schluckt mehr, als du dafür kriegst. Der rechnet mit jedem Cent, die Tasche mit den leeren Flaschen, die er zuvor gefunden hatte, stand noch neben dem Toten.«

»Das heißt, ihr habt Fingerabdrücke.«

Ernst nickte.

»Die Tatortfotos zeigen keinerlei Blutspuren auf dem Stein. Seid ihr sicher, dass das der Tatort war?«

»Doch, da *war* Blut! Es war nur durch den Starkregen beim nächtlichen Gewitter verwaschen und verteilt. Saß in allen kleinen Taschen auf der Oberfläche des Steins.«

»Ich glaube trotzdem nicht, dass Brändle dort getötet wurde. Und die Sache mit dem Raubmord kommt mir zu simpel vor.«

»Dann verrat mir mal deine Theorie!«

»Da steckt was anderes dahinter, das rieche ich!«

»Riecher ist gut, Fakten sind besser. Wenn du noch was hast, was Gott verhüten möge – du weißt ja immerhin scheinbar noch immer, wo du mich findest. Die Vergreisung geht langsamer vonstatten, als uns allen lieb ist.«

Karl Ernst war mit seinem C-Zwo-E-Zwo zu Ende und schien gehen zu wollen, aber dann fügte er mit einem Blick hinzu, der seinem Namen alle Ehre machte:

»Aber merk dir: Wenn ich wieder nachts irgendwelche Koordinaten von dir gesimst bekomme, unter denen wir dich finden und ausgraben sollen, wie damals in Rosenow, dann dreh ich mich auf die Seite und schlafe weiter!«

6

Leo fuhr strikt achtzig den Golmer Berg hinauf Richtung Groß Buchholz. Er kannte die Stelle genau, an der sie immer standen mit ihrer Laserpistole. Kurz lugte er in die Kiesgrube zur Rechten und stellte sich vor, dass hier der künftige Prignitzer Versuchsweinberg läge … In Putlitz bog er in den Kiebitzberg ein, preschte an der Feuerwehr vorüber und dann das Burghofer Feld runter, bis er an Markus' Haus kam, in dem bis vor Kurzem noch der Journalist und Sachbuchautor Jan-Dirk Fuchs gewohnt hatte. Seine Fachbücher zum Hobbyweinbau und sein Kompendium zum jungen Weinland Brandenburg waren auch für Leo nach wie vor eine Fundgrube. *Aufbruch zu neuen Weinorten* … Allein der Titel war eine Offenbarung! Leider inzwischen auch schon hoffnungslos veraltet.

Natürlich waren da auch noch die Reben des Weingartens neben dem Haus und die zugehörige Winzerkate: ein Juwel in der kleinen Stadt, in der es sonst nicht viel Sehenswertes gab neben Heimatstube, Gänseburgturm, Fledermausburgkeller und Freibad. Das Erste, was Leo tat, nachdem er den Mustang in der schmalen Einfahrt abgestellt und mangels Torschlüssel eine Grätsche über den Gartenzaun vollführt hatte, bestand denn auch in einer eingehenden Inspektion der Weinstöcke. Sieben sauber angelegte Reihen mit insgesamt 99 Reben alter Sorten, ein Mischsatz aus Möhrchen und Blauem Ortlieber, etwa zehn Jahre alt, kerngesund und in vollem Ertrag stehend. Zur Abwehr der Wespen hatte Markus auf Leos Ratschlag hin Marmormehl verstäubt und engmaschige blaue Netze gegen Stare und Konsorten gespannt.

Leo löste eine Netzklammer und probierte eine Beere: gefühlte 85 Grad Oechsle. Sein Taschenrefraktometer zeigte allerdings nur knappe 16 Grad Brix, das waren … 16 mal

4,25 = 68. Da konnte irgendwas mit dem Gerät nicht stimmen. Er suchte eine andere Beere und wiederholte die Messung: Saft auf die Testfläche ausquetschen, Objektträger draufklappen und dann ins Okular schauen, während von oben Sonnenlicht darauffiel … 17! Das waren 72,25. Nun ja, also 70 im Mittel, dann müssten sie eben noch etwas hängen bleiben.

Er schloss das Netz und ging an der Winzerkate vorbei rechts in Richtung Haus. Der Schlüssel lag da, wo er sein sollte.

Drinnen der übliche leicht erdige Landhausgeruch. Leo liebte diese Note und schnappte sich als Erstes das Laptop und das Netzteil, auch das Headset und die externe Festplatte und packte alles in Markus' Pilotenkoffer. Er warf einen Kontrollblick auf den Sicherungskasten im Einstieg zum Keller, dann tauchte er in dieses Zwergenbergwerk ab, wo er die Weinballons vermutete. Und richtig: Da standen sie! Fünf unversehrte Exemplare!

Leo barg die fragilen Gefäße, die laut Glasmarke einst in der Baruther Glashütte produziert worden waren, und trug sie vorsichtig auf den Rasen vorm Haus, neben die Feuerstelle aus Feldsteinen. Vorsichtig wischte er den Staub ab, bis sie in der Sonne funkelten.

Als er wieder abschließen wollte, fiel ihm das Blinklicht am Anrufbeantworter auf, und er fragte sich kurz, ob er ihn abhören sollte oder nicht. Kurzerhand tat er es und vernahm Folgendes:

Sie haben zwei neue Nachrichten. Erste neue Nachricht, empfangen heute, 8 Uhr 27: Ein Anruf von Rufnummer 0356025 78346 … Piep … Empfangen heute, 10 Uhr 12: Hallo, lieber Markus Nikolai, hier spricht Jan-Dirk Fuchs. Ich wollte mich ja eigentlich von allem trennen, was ich zurückgelassen habe. Jetzt merke ich aber, dass es etwas gibt, das ich für ein aktuelles Projekt gut gebrauchen könnte. Es mag sein, dass Sie schon alles entsorgt haben, das ist Ihr gutes Recht und auch höchst wahrscheinlich. Falls Sie es aber noch nicht getan haben und es einrichten können, wäre es schön, wenn Sie ein-

mal nachsehen würden, ob Sie eine daumenbreite, mit einem Druckknopf verschlossene Aktenkladde in der kleinen Weinbibliothek finden, die ich Ihnen hinterlassen habe. Es ist ein großes weißes X hintendrauf geklebt. Da sind einige Kopien drin mit handschriftlichen Anmerkungen, die mir eine Menge doppelter Arbeit ersparen würden. Wenn Sie die noch finden sollten und … Piep … Empfangen heute, 10 Uhr 14: Also wenn Sie mir die Mappe schicken würden, wäre ich Ihnen sehr verbunden! Bitte an: Jan-Dirk Fuchs c/o Wolkenwerda GmbH, Am Weinberg 1, 03047 Dröbkau. Sagen Sie mir, was Sie an Auslagen haben, und Sie bekommen es umgehend erstattet! Ich hoffe, es geht Ihnen gut und das Kleinklima der alten Lehmgrube bedrückt Sie noch nicht! Wenn doch, machen Sie es wie ich und zögern Sie keine Sekunde: Hauen Sie ab! Bevor es zu spät ist! … Piep …

Leo lächelte. Er wusste genau, wo die besagte »Weinbibliothek« stand: im Wohnzimmer mit dem Ratskachelofen und dem großen geblümten Sofa. Auf roh gezimmerten Regalen, die die ganze Wand ausfüllten, gegenüber vom riesigen Biedermeierkleiderschrank aus Nussbaumholz. Er sah die Kladde sofort, zog sie aus dem Regal und öffnete den Druckknopf.

Lauter Kopien. Teils von Zeitungsartikeln: *Wölfe in Brandenburg / Bombodrom. Freie Heide! Demos in den Neunzigern. Die Heide ist frei! / NSG Stechlin wird Totalreservat / Die Geschäfte des Exilrussen Wladimir Abramow in Deutschland. Abramow und Fluppes starten mit Online-Weinhandel der Superlative: grapezone – Finest Wines.* Es folgten einige Blätter mit Kopien aus dem Bundesarchiv in Berlin-Lichterfelde, die Rebenzucht der Jahre 1933 bis 1945 betreffend. Einige Seiten einer Liste alter Rebsorten mit Fundorten in ganz Brandenburg. Weiterhin ein Fuchs'scher Zeitungsartikel von 2011: *»Rank und schlank muss die deutsche Rebe sein!«*

Leo wog die Papiere in der Hand. Dreißig Seiten. Auch wenn er wusste, dass Markus' kleiner Kopier-Scanner endlos lange brauchte pro Seite, entschied er sich, eine Sicherungskopie anzufertigen. Das dauerte fast eine halbe Stunde. Er fand einen großen Briefumschlag, auf dem er als Absender seinen eigenen Namen angab und in Klammern hinzufügte: »i. A. wg. Krankheit von M.N.« Danach schloss er das Haus ab und legte den Schlüssel ins Versteck zurück.

Er öffnete das große Tor von innen – hierbei der Putlitzer Invalidengestalt zulächelnd, die gerade auf einem Elektrokrankenstuhl vorbeisurrte –, faltete seine Kopien und schob sie ins Handschuhfach. Er setzte vorsichtig mit dem Mustang in die kleine Einfahrt zurück, wo Fuchs einen Versuch im Pflastern mit Feldsteinen veranstaltet hatte, der jeden Autonarren zur Weißglut treiben konnte. Schier unmöglich, diese Briefmarke am Boden zu treffen und waagerecht zum Stehen zu kommen …

Leo verstaute drei der Weinballons im schmalen Fond, wo sie gerade eben Platz hatten. Vorsichtig hatte er eine Umzugsdecke untergelegt, eine zweite als Bruch- und Klapperschutz um den mittleren geschlungen, auch die Seiten noch ausgestopft. Die zwei restlichen zogen neben ihm vorm Beifahrersitz ein, mit einem Kissen zwischen sich. Er fuhr den Wagen wieder aus der Einfriedung und schloss das Tor von außen, indem er den senkrechten Riegelstachel kunstvoll mit dem rechten Zeigefinger anhob und beim Zuziehen erst im letzten Moment losließ. Mit einem Klicken fiel er nach unten in die dafür vorgesehene Aussparung, und das Tor war zu.

7

Leo stoppte vor der Pritzwalker Post und brachte die Sendung an Fuchs auf den Weg. Anschließend brauste er zum KMG-Klinikum.

»Mensch, Junge, was machst du denn für Sachen?«, sagte er, als er ins Krankenzimmer kam, in dem Markus und ein weiterer Unglücksrabe lagen.

»Die ganze Hand sah aus wie Eisbein in Sülze.«

»Na, zum Glück ist alles gut eingewickelt, da muss ich's nicht sehen.«

»Aber das wäre noch vergleichsweise harmlos. Bei meinem Nachbarn hier« – der fröhlich mit einer voluminösen Armbindenkeule grüßte –, »sah es eher aus wie Gehacktes.«

»Was hat Er denn gemacht?«, fragte Leo, ungewollt in die unpersönliche Anredeform des Landstriches fallend, die ihm selbst genauso unergründlichen Ursprungs war wie das nachgestellte »schön« in »Tachschön«.

Der Nachbar konnte selbst antworten:

»Kleiner Fehlschlag beim Holzmachen. Skalpierungsverletzung ... Hatte Glück, scheint alles wieder anzuwachsen. Hätte leicht 'n abber Daumen sein können!«

Leo legte die Hand vors Gesicht und sagte so mitfühlend wie möglich:

»Na dann fröhliches Weiterhacken! Immer schön, dass man wieder weiß, wie viel man am Leben hat, wenn man auch sonst nichts hat. Dreimal auf Holz gehackt! Übrigens wird das Holz von uns nur gehackt, aber von Gott gemacht!«

Der Nachbar klopfte, zum Zeichen, dass er diese Weisheit verstanden hatte, dreimal auf seinen Gipsarm und wandte sich dann wieder dem Fernseher zu. Leo stellte Markus das Laptop auf den Nachttisch, berichtete von Fuchsens Anruf und seiner Sicherungskopie.

»Hab das gleich eingetütet und eben abgeschickt.«

»Reichsrebenzüchter ... Hatten die eigentlich überall ihre Finger drin?«, fragte Markus, und Leo zuckte die Achseln.

»War mir auch neu. Aber ich habe es gelesen, während dein Scanner gerödelt hat – die Süddeutschen hatten schon damals die Nase vorn, was den Wein betrifft. Ist ja irgendwo klar. Um 1890 haben sie die amerikanischen Krankheiten besiegt.«

»Die amerikanischen Krankheiten ... Nannte man nicht auch die Syphilis so?«, fragte Markus.

»Gar nicht mal so falsch: Beim Wein sind's Reblaus und Mehltau, echter und falscher«, erläuterte Leo. »Die Syphilis wurde übrigens je nach Blickwinkel spanische oder englische oder französische Krankheit genannt. Und alle weiteren möglichen verhassten europäischen Nachbarn nah und fern. Bei den anderen genauso, nur umgekehrt, immer die eigene Nationalität ausgespart, versteht sich.«

»Und was hatten die Schwaben sich nun gegen die Rebpest ausgedacht?«

»Sie suchten nach dem schlimmsten Agrarland im ganzen Reich, um die armen Reben dort auszupflanzen: die Mark Brandenburg, selbstverständlich. Nur die Härtesten sollten überleben. Dort wurden sie auch noch in einem Großflächeninfektionsverfahren mit allen Keimen besprüht, die man nur auftreiben konnte.«

»Widerlich!«

»Nur die Harten komm' in' Garten!«, sprudelte Markus' Bettnachbar treffsicher heraus, ohne die Fernsehton-Ohrknöpfe aus den Ohren zu nehmen.

»So ist es. In Müncheberg war das Hauptinstitut, wo ein Forscher namens Bernward Feldenhain und ein Badener namens Justus Adamanthus Korb arbeiteten. Über den hat Fuchs was geschrieben.«

»Und? Was Interessantes?«

»Das konnte ich noch nicht lesen. So langsam ist dein Scanner nun auch wieder nicht. Übrigens war ich heute Nachmittag auch noch in Perleberg.«

»Erzähl!«

Leo spulte den Nachmittag zurück und schaltete dann auf Wiedergabe. Markus lauschte und sank erschöpft ins Kissen zurück, als der Berichterstatter fertig war.

»Unfassbar, und das alles wegen unserer Schlamperei. Da sieht man mal, wofür schlechter Journalismus gut sein kann! Aber jetzt verrat mir, was dich annehmen lässt, dieser ... Brendel ...«

»Brändle!«

»... Brändle könnte woanders abgemurkst worden sein. Und der Typ, der ihn gefunden und seinen Wagen vom Blutsteinparkplatz entführt hat, muss nicht der Mörder sein.«

»Ganz genau. Aber das konnte ich dem lieben Exkollegen nicht auf die Nase binden, der ja schon stolz war, dass er herausgefunden hat, dass der Mann erschossen wurde ...«

Sie nickten einander lächelnd zu.

»Der Brändle war ein Pfennigfuchser. Ich weiß es, weil er mir trotz meiner wiederholten Bestellungen nicht eine Bonusrebe spendiert hat. So einer führt Buch über den letzten Cent, auch beim Tanken. Ich habe mir sein kleines Fahrtenbuch geschnappt und gesehen, dass er zuletzt in Hitzacker eigenhändig an der Tanke war, vor oder nach dem Weinfest. Wer so genau Buch führt wie Brändle, tankt immer voll. Danach kein Eintrag mehr. Als ich den BMW fand, war der Tank aber fast leer.«

»Dann ist er ein ziemliches Stück durch die Gegend gefahren.«

»Richtig.«

»Wie weit kommt man mit einer Tankfüllung eines BMW 703i?«, fragte Markus.

»Ich würde sagen, bis Hamburg oder bis Berlin – und zurück!«

»Du meinst …«

»Genau. Dann war er zuletzt schon als toter Mann im eigenen Wagen unterwegs. Der Mörder hat nicht getankt, weil noch genug Benzin im Tank war, und der Finder der Leiche hat nicht getankt, weil er den Wagen ohnehin nicht länger an der Backe haben wollte. Im Wagen eines Toten durch die Gegend zu fahren, den man irgendwie schon bald identifiziert haben wird – also ich würde auch bei nächster Gelegenheit auf die Öffentlichen umsteigen, wenn ich die Taschen voller Kohle hätte …«

Markus nickte und fragte:

»Mordmethode?«

»An der Wand meines Exbüros stand es groß und breit für jeden unangemeldeten Fachbesucher: WPPK 7,65 HDS/LDS D: 3–4, 0:00–3:00.«

»Hä?«

»Erschießung aus etwa drei bis vier Metern Distanz, zwei Schüsse: Herzdurchschuss/Lungendurchschuss. Waffe: Walther PPK 7.65 mm. Das war übrigens die gleiche Waffe, mit der sich Hitler erschossen hat … Die letzten Ziffern bezeichnen die Zeitspanne, in der sich die Tat – der Mord – ereignet hat.«

»Klingt nach Hinrichtung.«

»Könnte man meinen.«

»Und was hast du jetzt vor?«, fragte Markus mit mühsam unterdrücktem Schmerz angesichts der eigenen Gefangenschaft.

»Ich hab nicht übel Lust, mich einmal mit dem Vorbesitzer deiner schmucken Bruchbude zu treffen. Telefonnummer und Adresse habe ich ja jetzt.«

Markus packte das Laptop mit der Linken, setzte es auf die Krankenhausbettdecke, und Leo half ihm beim Aufklappen.

»Was willst du schreiben?«, fragte Leo leise, sich des absoluten Desinteresses des hellohrigen Nachbarn versichernd.

»Du darfst nichts schreiben, was ich im Büro erfahren habe, und nichts von meinen sonstigen Erkenntnissen.«

»Ist schon klar. Aber die Identität, die ja doch von dir allein festgestellt wurde, reicht mir schon mal, um mich als investigativer Prignitzjournalist bei meinem Chefredakteur in Erinnerung zu rufen. ›Aus Polizeikreisen‹ klingt gut und ist nicht falsch. Ruf mich bitte sofort auf dem Handy an, falls du etwas herauskriegst, das ich verwenden kann. Hoffentlich haben die hier so was wie einen Hotspot.«

»Kannst meinen Surfstick haben!«, sagte der Nachbar, dessen Ohren wacher waren als gedacht. »Und ich helf dir auch gern beim Installieren von Windows 10 – ist nur noch ein paar Tage kostenlos! Gib einfach rüber! Ich hab ja die Rechte zur Verfügung … die rechte Hand, meine ich.«

Auf dem Parkplatz fielen Leo die Papiere ein, die er in Brändles BMW stibitzt hatte. Er nahm die glatten Bögen aus der Jackeninnentasche und las zunächst, was auf dem einen stand:

Die Weinbruderschaft Schwabenland
(gegr. 1969)

lädt ein
zur 4. Gedenksitzung für ihr Gründungsmitglied
Justus Adamanthus Korb
(1920–2011)

am 5. September 2015
in den Gasthof »Blautopf«,
Berlin-Schöneberg, Belziger Straße 54,
Beginn ist um 19.30 Uhr.

Brändles Berliner Termin! Auf dem zweiten Blatt fand Leo eine Liste von Rebsorten, die er größtenteils noch nie gehört hatte: Madeleine Angevine / Früher Blauer Wildbacher / Tressot Panaché / Früher Malingre / Möhrchen / Tauberschwarz / DXC 6745 / Castor / Pollux …

Dahinter waren Ortsnamen und Kürzel von Namen, vereinzelt Straßen und Hausnummern notiert. Bei einigen nur Fragezeichen. Bei genauerer Betrachtung war es die Fotokopie einer Fotokopie einer Fotokopie, auf die mit Kuli und Bleistift Eintragungen gemacht worden waren. Von Brändle? Vermutlich, Leo hatte Brändles Handschrift allerdings nur in Form einer Unterschrift auf einer Rechnung und beim flüchtigen Blick ins Fahrtenbuch gesehen.

Er nahm die Kopien der Fuchs'schen Mappe aus dem Handschuhfach und suchte den Nachruf auf Korb – ein Artikel aus dem *Tagesspiegel*, vier Jahre alt.

»Rank und schlank muss die deutsche Rebe sein!«

Der einstige Reichsrebenzüchter Justus Adamanthus Korb gründete 1969 die Berliner Weinbruderschaft Schwabenland: Nachruf auf einen Urheber und Verfechter der PIWI-Sorten

Von Jan-Dirk Fuchs

Er stammte aus gutem schwäbischem Hause, kam 1920 im Mörike-Wallfahrtsort Cleversulzbach unweit der Weinmetropole Weinsberg auf die Welt. Sein Vater war Professor, die Mutter Pastorentochter – selbstverständlich ging so einer an die Universität, studierte und wurde wie der Vater Wissenschaftler, nur wurde er nicht Jurist, wie er sollte, sondern Biologe, wie er wollte.

Als sich die Deutschen anschickten, die Welt zu erobern, war Justus Adamanthus Korb gerade ein aufstrebender blutjunger Wissenschaftler, der sich in seiner Doktorarbeit mit der *Vererbung von Resistenzmerkmalen bei »Vitis vinifera«* befasste. Ohne dass man ihn gefragt hätte, stellte man ihn und das junge Feldenhain-Institut in Müncheberg, in dem er arbeitete, in den Dienst der nationalen *Erzeugungsschlacht*. Auch Wein wurde im NS-Staat so essenziell gebraucht wie Weib und Gesang. Und die Reblaus – »der Jude der deutschen Weinwelt«, wie Reichsminister Ley einmal in in seinen promillereichen Vortrag vor der Arbeitsfront hatte einfließen lassen – bedrohte den Kulturrebenbestand noch immer.

Korb war maßgeblich an der Geburt der Sorten Hibernal, Reichensteiner, Siegfried, Aris und Wolfsrebe beteiligt sowie einer dritteldeutschen Unterlage mit *vitis-riparia-* und *vitis-cinerea-*Anteil.

Bei einem Bombenangriff auf eine nahe Rinderzuchtanstalt verlor Korb die linke Hand und das linke Auge und erlebte den Exodus in einem Berliner Krankenhaus. Als vorbelasteter Reichsrebenforscher durfte er schon froh sein, nach dem Krieg wieder in seinem Beruf zu arbeiten.

Bernward Feldenhain holte ihn wie viele »alte Müncheberger« in den ersten Nachkriegsjahren nach Niebeldingen in die neu gegründete Forschungsstelle Geißenweiherhof, wo Korb trotz seiner schweren Behinderung in der Stabsstelle Resistenzzüchtung mit anderen die Fundamente des heutigen Ertragsweinbaus legte.

Hier beschäftigte sich Korb fortan mit der Perfektionierung der sogenannten PIWIs, der pilzwiderstandsfähigen Neuzüchtungen. Was die wenigsten wissen: Im Genpool von Sorten wie Agent, Malteser, Ikarus, Cabernet Pilot, Rumba und Brunner stecken die gleichen Väter wie in den ranken und schlanken, durch Züchtungsterror abgehärteten Weinreben des Dritten Reiches.

Doch die dunkle Vergangenheit drängte Korb schließlich doch noch aus dem Beruf. Ein Prozess wegen der Beschäftigung von Zwangsarbeitern in einem der Reichsrebpflanzgärten, der einem Korb-Gefolgsmann von 1942 bis 1945 unterstand, machte seine Weiterbeschäftigung am Geißenweiherhof politisch unhaltbar, obwohl man ihm persönlich keine Verfehlungen hatte nachweisen können. Korb ging nach West-Berlin und wurde 1956 Berufschullehrer an der Fachschule für Landwirtschaft in Britz mit Versuchsfeldern und Lehrgärten in Britz und Lübars.

In den Sechzigern begründete er in West-Berlin die Tradition der Weinfahrten, die den interessierten Teil seines Lehrerkollegiums in mitteleuropäische Anbaugebiete führte, wo man tagsüber Museen und Weingüter besichtigte, am Abend dann die Erzeugnisse der Region genoss. Das Alibi war einleuchtend: »Wein ist Kulturgut!«

Und hatte nicht schon Johann Wolfgang von Goethe in den Gesprächen mit Eckermann die »weingeschmückten Landesweiten« Süd- und Mitteldeutschlands gepriesen und vom Wein als »Sorgenbrecher«, »Balsamsaft« und »Medizin« gesagt, er diene gleichsam als »Lebenselixier der Schaffenskraft«? Der stets alles bedenkende Weimarer Minister hatte jedoch hinzugesetzt: »Es liegen im Wein allerdings produktivmachende Kräfte sehr bedeutender Art, aber es kommt dabei alles auf Zustände und Zeit und Stunde an, und was dem einen nützt, schadet dem anderen.«

Korb und seinen Mitstreitern hat der Wein nicht geschadet. Stets hat er ihre Fantasie beflügelt. In einer besonders angeregten Runde in Weinsberg entstand 1969 die Idee von der Komturei Schwabenland, einer inoffiziellen Untergruppe der im selben Jahr gegründeten Weinbruderschaft Baden-Württemberg, die seither in Berlin-Schöneberg an der Pflege der Weinkultur arbeitet. Selbstverständlich konnte Korb auch hier bald etwas Außerordentliches vorweisen: die 400 Rebstöcke im Garten der Britzer Berufsschule, der seinerzeit nördlichste Weinanbau mit Erzeugerabfüllung in Deutschland. Eine renommierte süddeutsche Rebschule spendete die Weinstöcke, Berliner Berufsschüler pflanzten sie ein. Justus Adamanthus Korb war der Komtur der Weinbruderschaft Schwabenland und gleichermaßen der Weinbauernvorsitzende Berlins: »Bruder Amanthus« war sein Ordensname. Der blieb er selbstverständlich auch nach seiner Pensionierung als Berufsschullehrer 1977.

Zwar wurde er in Diskussionen, zu denen ihn Rebforscher und Biologen bis ins hohe Alter immer wieder einluden, nie müde, die prinzipielle Richtigkeit des in der

Rebenzucht eingeschlagenen Weges hin zu den neuen Sorten zu verteidigen. Doch mitunter schwang ein fast goethisch anmutendes Staunen vor der »Formkraft der Mutter Allnatur« in seinen Beiträgen mit und deutet darauf hin, dass er gern das eine oder andere ungeschehen oder doch in seiner aktiven Forschungszeit anders gemacht hätte.

Im biblischen Alter von 91 Jahren ist »Bruder Adamanthus« nun gestorben. Dutzende von einstigen Gefährten und Freunden kamen zu seiner Beerdigung am vergangenen Mittwoch. Weinbrüder und -schwestern und viele Winzer aus ganz Deutschland gaben sich in Berlin-Britz ein Stelldichein, um dem Vorreiter der neuen Sorten die letzte Ehre zu erweisen. Auch ein Vertreter des Kreises der »alten Müncheberger«, der Leiter der Staatlichen Lehr- und Versuchsanstalt für Wein- und Obstbau Weinsberg, der Präsident des Bundessortenamtes und der stellvertretende Direktor der Weinbau-Universität Meisenheim waren anwesend. Die Weinbruderschaft Schwabenland wird Korb vermissen. Ebenso tun es alle, die je das Glück hatten, ihn näher kennenzulernen und mit ihm bei einem Glas Württemberger über den Wein und seine Natur zu philosophieren.

»Fahren Sie raus?«, fragte eine Stimme von hinten.

Leo zuckte zusammen, so sehr hatte ihn die Lektüre gefesselt. Dann erinnerte er sich wieder, wo er war, hob die rechte Hand zum Zeichen, dass er verstanden hatte, und gab den Parkplatz frei. Ohne weiteres Nachdenken stand das Ziel seiner Ausflugsfahrt am kommenden Tag fest: Berlin, genauer gesagt Westberlin, genauer gesagt Schöneberg.

9

Er hatte einen Krabber Vereinskollegen gebeten, sich für ein paar Tage um Mutter zu kümmern und ein Auge auf etwaige Vandalen zu haben, die seinen Weinberg verwüsten könnten. Auf neugierige Nachfrage konterte er nur mit dem Wort »Wein«, das ihn seit einem Jahr hinreichend für alles entschuldigte und alles erklärte.

Mit dem beseligenden Gedanken, auch in der Prignitz, diesem Bierland, künftig eine Weinbruderschaft zu gründen, rauschte er durch das verschlafene Putlitz, wo gerade die ersten Bürgersteige ausgeklappt wurden, dann überholte er mit Mühe einige überbreite Erntemonster des lokalen Energiepflanzenbarons und fädelte sich kurz nach neun bei Telschow auf die A 24 ein. Eine Zeit lang genoss er die neidischen Blicke der Seifenkistenfahrer. Bald aber vergaß er sie und hing wie üblich beim Fahren seinen Gedanken nach.

Eine Walther PPK (die reichlich beschränkte Abkürzung für »Polizeipistole kriminal«) war eine so verbreitete Waffe, dass sich darüber wenig sagen ließ. Ungezählte Exemplare dieser seit Urzeiten eingesetzten Pistole waren auf dunklen Kanälen privat im Umlauf. Bei Waffennarren ungefähr so selten wie Hitler in einer Briefmarkensammlung.

Brändle war zur Gedenksitzung für diesen Korb eingeladen worden; nicht weiter rätselhaft. Unter Umständen war die namhafte Rebschule, von der die Berlin-Britzer Berufsschüler unter Korb einst ihre Reben erhalten hatten, sogar Reben-Brändle gewesen? Die ganz ähnliche Liste mit den alten Rebsorten aus Lothar Brändles Wagen kam Leo in den Sinn. Er musste herausfinden, von wem sie stammte und zu welchem Zweck Brändle sie mit sich geführt hatte.

Von den Äckern kamen riesige Staubwolken – die Energiepflanzen wurden geerntet, Vergasungsrohstoffe sozusagen.

Leo hielt sich die Hand vor den Mund, musste aber dennoch heftig niesen. Als er sein Taschentuch aus der Hosentasche ziehen wollte, erwischte er hartes Papier. Die Kugel aus Brändles Auto! Wildes Hupen zeigte ihm an, dass er unkontrolliert nach links abgedriftet war. Er riss das Steuer herum und wartete ungeduldig auf den nächsten Parkplatz. Dort hielt er, schaltete den Motor aus, entknüllte die Papierkugel und sah, dass es ein Brief war.

20.8.2015

Hallo Herr Brändle,

hier kommt der Auszug aus meiner Feldstudie in Nord-Brandenburg; es ist einiges Interessante dabei, wozu aber nicht die Müncheberger Neuzüchtungen aus dem NS gehören. Wie ich dazu stehe, wissen Sie. Ich habe in M. nur die Rumänen gefunden; aber keine Feldenhain'schen oder Korb'schen Neuzüchtungen. Diesen Ort A., von dem Sie schrieben, habe ich nicht gefunden. Falls Sie dorthin gekommen sein sollten, bin ich trotzdem interessiert, ob sich ein Besuch lohnt.

Ich würde mich freuen, falls Sie Ihrer Kundschaft die wirklich alten Sorten ans Herz legen würden! Die haben vor Ort bewiesen, dass sie mit allen Bedrohungen fertig werden. Ganz ohne Spritzen, ganz ohne Bewässern, ganz ohne Düngen.

Sehr wahrscheinlich wurden Stammsorten wie Süßschwarz bereits von Völkern wie den Ma-Eri (Mavro), Cucu (Susa, Choka), Vinca (Vainakh) und den Dakern (Daci, Tokay) angebaut, die vor 7500 Jahren in Zentralasien, im Transkaukasus, in den südlichen Karpaten und auf dem Balkan lebten. Karpaten und Brandenburg, das ist sich vom Klima her gar nicht so unähnlich (kommt aber drauf an, welche Karpatenregion ...). Der Tokayer hat sich im Oberrheingraben übrigens prächtig gemacht, auch der Tauberschwarz und der Frühe Blaue Wildbacher.

Bisher habe ich mit REBUS gut zusammengearbeitet, aber Ihre Konditionen sind interessant. Kommen wir zusammen? Schauen Sie vorbei, wenn Sie in Berlin sind. Dann können wir das vielleicht besprechen.

Gruß, M. Keller

Michael Keller (Mag.) Freier Ampelograf
Alte Sorten | Sortenweinberg: Lustädter Str. 67,
67433 Neustadt an der Weinstraße | Tel. 06321 7900569
Hauptstadtbüro: Martin-Luther-Str. 98, 10779 Berlin
www.altesorten.de | E-Mail: keller@altesorten.de

Ein Ampelograf war ein Rebsortenkundler – jemand, der sich so lange und intensiv mit Weinreben befasst hatte, dass er schon allein anhand von Blattunterseite und Blattform einen Blaufränkisch von einem Süßschwarz unterscheiden konnte. Das war der Brief, der zu der Sortenliste mit den Ortsnamen gehörte. Ob Brändle Keller besucht hatte? Das waren also schon zwei Termine. Und stammte nicht die Fuchs'sche Liste vielleicht auch von diesem Keller? Der Vergleich war schnell erledigt und positiv ausgefallen.

Als Leo an Walsleben West vorbeifuhr, ging er noch einmal Brändles wahrscheinliche Tour durch: eventuell am 4. beim Freiherrn von Wenkstern-Eldenburg, danach mit diesem in Hitzacker beim Weinfest (Übernachtung eventuell in Eldenburg); unter Umständen am 5. tagsüber bei Michael Keller in Berlin-Schöneberg, abends bei der Sitzung der Weinbrüder im *Blautopf*, ebenfalls Schöneberg. Danach Rückfahrt.

Aber die wird er nicht mehr so genossen haben, dachte Leo, während er sich Kremmen und dem Dreieck Havelland näherte. Ermordet nach Mitternacht, spätestens um drei Uhr am Sonntagmorgen, höchstwahrscheinlich im Berliner Raum.

Er zog das Handy aus der Tasche und versuchte, ohne von der Fahrbahn abzukommen oder auf die linke Spur zu geraten, das Telefonbuch zu öffnen und die Nummer von Jenny Storck, Markus' Freundin bei der ARD, anzutippen. Allerdings rutschte er mit dem Finger im Eifer des Gefechts ab und geriet an eine andere Stelle, denn es meldete sich eine scheußlich aufgeräumte Männerstimme:

»Landesinstitut für Rechtsmedizin Potsdam, Sie sprechen mit Günther Föller, was kann ich für Sie tun?«

Eigentlich sollte es heißen, was kann *er* für Sie tun, dachte Leo, grinste und sagte, sein Versehen als gottgegeben hinnehmend und das Beste daraus machend:

»Staatssekretär Dr. Krabbe hier, geben Sie mir bitte Frau Direktor Dr. Unckel!«

»Aber sofort, Herr Staatssekretär!«

Es ist doch immer wieder erstaunlich, dachte Leo, *was Titel bewirken können.* Schon hörte er ein trockenes Husten, das als Indiz genügte, um die nach wie vor überbordende Arbeitsbelastung seiner ehemaligen Lebensgefährtin einzuschätzen.

»Der Trick zieht immer, was? Ich habe es leider vergessen, beim lieben Föller eine Liste mit deinen Pseudonymen zu hinterlegen. Sollte ich tun, damit du mich nicht immer von meiner staatswichtigen Tätigkeit abhältst!«

»Tachschön hätte es auch getan, oder?«, sagte er.

»Mach's kurz, Rentnerchen! Wat willste? Doch wohl nicht wieder Speichel von irgendwelchen Hausmäusen zur Überprüfung einschicken?«

Leo sah sie vor sich in ihrem weißen Kittel und der Zigarette im Mundwinkel, wie sie genervt vor dem großen Fenster auf und ab ging und sich schon darauf freute, den Hörer wieder weglegen zu können.

»Frau Direktor, ich hätte nur eine winzige Kleinigkeit, die mich wahnsinnig interessieren würde. Ich bin schon die ganze Zeit am Überlegen, womit ich dich erpressen könnte, um in dieser Geschichte weiterzukommen ... Wie wär's mit einer kleinen Einladung zum Essen heute Abend, im berühmtesten Schwabenlokal Berlins, dem Schöneberger *Blautopf*?«

»Sparbrötchen! Ein andermal, aber heute Abend geht's nicht, ich bin bei den anonymen Rauchern!«

Leo lachte so tonlos wie möglich.

»Da gibt's gar nichts zu lachen, außerdem ist das Telefonieren per Handy auf der Autobahn verboten! Das war doch eben ein Lastzug, stimmt's? Du fährst wieder deinen Oldtimer spazieren und traust dich nicht, über siebzig zu fahren, weil er sonst auseinanderfällt, gib's zu!«

»Erwischt!«, sagte er, erfreut registrierend, dass sie sich langsam entspannte.

»Wofür wolltest du dich denn ruinieren, was interessiert dich denn so brennend?«, fragte sie, und er konnte das Knistern ihrer Zigarette hören.

»Ich will bloß wissen, was der Mann zuletzt gegessen hat, den man Sonntagmorgen bei Bad Wiesnack gefunden hat.«

Funkstille im Äther.

»Du hast sie nicht mehr alle, oder?«

Das nachgestellte »oder?« ist bis in die höchsten intellektuellen Rauch-Kringel der Landeshauptstadt Potsdam vorgedrungen, dachte Leo und entgegnete:

»Nein, alle habe ich noch lange nicht, aber diesen Mörder will ich unbedingt kriegen, denn er hat den Mann auf dem Gewissen, von dem meine 99 Weinreben stammen, und wen, bitte schön, soll ich jetzt verklagen, wenn mein Weinbau in die Binsen geht?«

»Lass die Finger von dem Toten! Dieses Blutbad müssen deine Exkollegen in Perleberg diesmal ganz allein auslöffeln!«

»Mit denen habe ich schon einen Deal. Ich störe sie nicht, sie stören mich nicht. Lass doch deine Raucher heute alleine anonym sein und iss mit mir zu Abend. Der *Blautopf* ist bekannt für seine elegante schwäbische Speisekarte. Da kannst du dir alles, und ich sage wörtlich: ALLES bestellen, was du willst. Und wir plaudern nur ein bisschen über alte Zeiten.«

Es knisterte förmlich vor Spannung in der Leitung. Vielleicht war es aber auch nur ihre Zigarette.

»19 Uhr, aber sei pünktlich. Man lässt eine Dame nicht warten, du verstehst? Eine Minute zu spät, und ich bin wieder weg.«

Das war sie dann am Telefon sofort, und Leo stieß einen Freudenschrei aus. Diesmal gab er acht beim Anwählen und erwischte tatsächlich Jennys Handynummer.

»Hi Leo, kann ich dich in zehn Minuten zurückrufen, bin gerade in einer Besprechung.«

Diese sich selbst beantwortende Frage war in ein gesprächsbeendendes Knirschen übergegangen.

10

Es war wie üblich ein Vabanquespiel, in der Nähe des Hauptstadtstudios nach einem Parkplatz zu suchen. Leo verlor ... Eine Lücke in der Ziegelstraße war das Einzige, was sich auftat. Fünf Minuten Fußweg, wenn er sich ranhielt. Selbst die zwei Euro fünfzig für den Parkscheinautomaten ärgerten ihn kaum. Er setzte sich ins *Eins* und wartete auf Jennys Anruf. Nach fünf Minuten simste er ihr: »Sitz im 1!« Nach weiteren zehn Minuten, einem Bier und einem Espresso hatte er das Warten satt und tippte Michael Kellers Nummer ins Handy. Es meldete sich eine Automatenstimme und bestätigte ihm, dass er auf der gewählten Nummer angerufen hatte. Er drückte auf Rot, klappte das Handy zu und schob es in die Jackentasche.

Leo lauschte dem Publikumsrauschen im hauptstädtischen Äther und wäre beinahe eingedämmert, da klingelte die kleine Aufklappzwetschge in ihrer Versenkung, und er musste sie wieder hervorkramen. Er las Jennys Namen auf dem Display und freute sich, als sie ihn bat, noch einen Espresso zu trinken. Gefühlte fünfzehn Minuten später saß sie bei ihm am Tisch.

»Hi Leo!«

Sie hatte sich wirklich unglaublich entwickelt, und er sah hier bereits die künftige Chefin von *Meinung, Fakten, Charaktere* vor sich. Das wäre nur noch eine Frage der Zeit, dachte er, und eine Frage der Schnelligkeit des weiteren Verfalls ihrer Vorgesetzten.

Beim Ausrichten der nie bestellten Grüße von Markus zuckte Jenny kaum mit der Wimper. Es tat Leo sehr leid, dass zwischen den beiden eine solche Entfremdung eingetreten war, aber als Dritter ist man in jedem dieser Fälle absolut machtlos und sollte den Gedanken an Einmischung vergessen.

»Er hat mich vorhin angerufen«, sagte sie knapp. »Dumm, was ihm da wieder passiert ist. Ich glaube, das Landleben wird ihn noch umbringen. Was aber führt *dich* in die Hauptstadt des Verbrechens?«

»Eine Leiche!«, sagte er wahrheitsgemäß.

Jenny lachte, sie glaubte ihm kein Wort, und er entschied sich dafür, sie in diesem Nichtglauben zu lassen.

»Und, wie gehen die Geschäfte? Hast du die Sendung schon übernommen?«

Das war natürlich genauso unverschämt, wie Markus zu fragen ob der Roman schon fertig sei.

»Uff! Viel Stress! Schön wär's – das heißt, eigentlich weiß ich gar nicht, ob ich das will. Es wäre ein Leben auf dem Schleudersitz.«

Sie senkte die Stimme und sagte verschwörerisch:

»Die Günther sieht nach drei Jahren schon aus, als wäre sie über sechzig!«

»Ist sie das nicht?«, fragte Leo, der daran nie gezweifelt hatte.

»Sie ist nicht mal fünfzig. Aber das nur nebenbei. Was machst du denn nun in Berlin?«

»Ich treffe einige Leute aus dem Weinmilieu. Nichts also, was dich besonders interessieren dürfte. Ein neues Hobby von mir, weißt du.«

»Ja, ich weiß. Du hast mir schon oft davon erzählt. Und über einen gemeinsamen Bekannten habe ich auch einiges erfahren. In dessen Garten wächst der Wein ja auch schon gewaltig … Weinmilieu sagst du? Du glaubst gar nicht, wen ich vor einer Stunde interviewt habe!«

»Wen? Hugh Johnson, den Wein-Papst?«

Sie kicherte.

»Nicht ganz, aber fast: Stephen Pott, den verrückten englischen Weinkritiker, der seit Urzeiten bei uns lebt!«

»Sag bloß, ist er noch hier?«

Sie sah sich geziert um, schüttelte jedoch den Kopf.

»Worum ging es?«, fragte er.

»Um sein Scheitern als Winzer, seinen jüngsten Fauxpas bei der Blindverkostung von Discounterweinen und das heikle Thema Tiefpreis und Wein.«

»Die sind zum Teil gar nicht mal so schlecht!«, sagte Leo, der in Ermangelung besserer Quellen in der Nähe öfter Lidl und Konsorten in Putlitz, Pritzwalk, Wittstock oder Perleberg heimsuchte.

»Sieht so aus, als ob er bald Deutschland den Rücken kehrte.«

Leo zuckte die Achseln, denn Reisende sollte man ja bekanntlich nicht aufhalten, aber er sagte:

»Schade. Ich mochte den. Der war witzig. Markus hat mir auf Youtube einige Filmchen von dem gezeigt. Hätte ruhig mal ein bisschen mehr zu Brandenburger Weinen machen sollen. Da fällt mir ein: Willst du nicht über Brandenburgs Winzer berichten?«

»Wie bitte? Gibt's denn so was wie Weinbau in Brandenburg? Mal abgesehen vom Werderaner Wachtelberg, den jeder kennt. Über den hat Stephen auch schon was gemacht.«

Stephen, dachte er, *so, so, man ist also per du …*

»Ja, gibt es! Ungefähr dreißig Winzer, vorwiegend in der Lausitz, aber auch hoch bis Prenzlau im Osten und Eldenburg im Westen. In der Prignitz geht's – dank meiner Wenigkeit – jetzt ja auch los. Das ist der eigentliche Hintergrund meines Besuchs.«

»Kannst du mir ein Exposé schreiben?«

»Nein, aber ich kenne jemanden, der das kann.«

»Ach, Markus … Du bist doch der Experte. Wenn ich eine Sendung mache, dann nur mit dir!«, sagte sie lachend, besann sich dann jedoch und wurde ernst.

»Hey, gar keine schlechte Idee, ich könnte eine Kleinserie daraus machen: Weinkarrieren! Erst Pott, der Weinkritiker, dann ein Brandenburger Winzer, und ... es müsste noch andere Karrieren geben. Die Fakten und die Charaktere kommen dann von selbst, dem alten Leitspruch von Rudi Preuss folgend.«

Leo nickte.

»Kein Problem: Außerdem hätte ich noch eine Berliner Weinbruderschaft anzubieten, einen Rebkundler, der von Berlin aus mit alten Reben handelt, und ein Forschungsinstitut, an dem zu brauner Zeit neue, gegen Weinkrankheiten besonders widerstandsfähige Reben gezüchtet wurden. Das wäre dann allerdings die Karriere eines Mannes, der bereits 2011 gestorben ist.«

Bei den Worten »zu brauner Zeit« wurde Jenny wacher als nach dem Espresso. Leos Handy klingelte. Er entschuldigte sich, drückte auf den grünen Hörer und hörte eine unerkennbar süddeutsche Stimme.

»Ja, wer ist denn da? ... Ach, Herr Keller! ... Ja, ganz richtig, ich hatte vorhin versucht, Sie anzurufen, aber es war nur der AB dran ... Ich, äh, das ARD-Magazin *Meinung, Fakten, Charaktere* plant eine kleine Serie über Menschen, die ihr Leben dem Wein verschrieben haben, da wären Sie als Ampelograf ...«

Jenny saß mit offenem Mund da, machte dann abwehrende Gesten mit Händen und Armen, schüttelte demonstrativ den Kopf.

»Es wäre nur ein Vorgespräch. Eine halbe Stunde ... Wir versuchen, es bis zwei Uhr zu schaffen. Und dann hätten wir ein Stündchen Zeit? ... Wunderbar, bis dann.«

»Prima!«, sagte Leo, als er aufgelegt hatte, »Das wäre schon mal abgemacht.«

»Also hör mal, du kannst doch nicht einfach ...«, wollte sich Jenny empören, doch ihr Lachen zeigte, dass sie produktiv mit der Situation umzugehen begann. »Warte mal kurz hier auf mich.«

Das wäre ja was ganz Neues, dachte Leo, der sicher schon eine Stunde auf sie gewartet hatte. Jetzt war sie gerade mal ein paar Minuten da gewesen und verschwand schon wieder. Bereits im Gehen sagte sie:

»Ich finde das eigentlich sogar wirklich gut. Wenn ich dich schon mal da habe ... Moment. Lauf nicht weg. Bestell dir noch was. Ich bezahle. Bin gleich wieder da.«

Das war sie dann nach einem weiteren Bier und einem Stück Käsekuchen – seinem Lieblingskuchen neben Frankfurter Kranz – tatsächlich. Schon an ihrem hüftschwingenden Gang, der ihren zweiten Auftritt zum Hingucker des ganzen Ladens machte, konnte Leo erkennen, dass etwas Unerwartetes geschehen war.

»Ich kann's kaum glauben – die Günther ist einverstanden! Uns bricht vielleicht tatsächlich was weg, und da ist es gut, was in petto zu haben. Einen Plan B zu haben ist ohnehin immer gut. Drei, vielleicht auch vier Beiträge für eine ganze Sendung zum Thema Wein. Mit dem Pott kann man anfangen, aber was du da hast, ist noch viel interessanter, finde ich! Die meisten trinken Wein, ohne mehr als Rot und Weiß unterscheiden zu können. Machen wir heute den Rebsortenkundler. Vielleicht morgen die Brüder? Übermorgen das Nazi-Reb-Institut? Sicher, das ist auf den Punkt genäht, aber anders geht es manchmal bei uns nicht.«

Leo frohlockte innerlich.

»An mir soll's nicht liegen. Hauptsache, ich komme nicht im Film vor.«

»Na, ob ich *das* versprechen kann, das weiß ich nicht!«, entgegnete Jenny.

Leo schwankte innerlich bei dem Gedanken, ihr reinen Wein einzuschenken, den Fall Lothar Brändle betreffend, verwarf ihn aber dann. Zu verlockend war es, unterm Deckmantel der ARD schneller voranzukommen.

»Zu den Weinbrüdern wollte ich heute Kontakt aufnehmen, hab's aber noch nicht hingekriegt«, sagte Leo etwas unsicher. »Weißt du, ich will so was in der Prignitz aufziehen und hatte mir diese Vereinigung als Vorbild ausgesucht. Ist aber schwierig, irgendeinen Ansprechpartner zu finden, wenn man das Internet noch nicht ganz so gut beherrscht.«

Sie lächelte und war in ihrem eng anliegenden grauen Kostüm plötzlich ganz die Abteilungsleiterin. Sie zückte ihr Smartphone, tippte einmal darauf und hielt es ans Ohr, zuvor elegant das schulterlange Blondhaar mit der perfekt manikürten Rechten zurückschiebend.

»Hi Christa, bei uns hat sich etwas verschoben. Ich brauche heute noch ein kleines Team, ebenso prophylaktisch schon mal morgen Nachmittag und übermorgen. Wir müssen unbedingt schnelle Termine machen, und zwar mit einer Gruppe, die heißt ...«

Sie blickte kurz fragend und fordernd zu Leo, der sofort soufflierte:

»Weinbruderschaft Schwabenland!«

Sie machte die Mundwinkelgeste des angewiderten Entsetzens, die jedoch sogleich von Heiterkeit hinweggewischt wurde, und sagte zu dieser Christa, die offenbar ihre Assistentin war:

»Eine Weinbruderschaft mit dem Namen Schwabenland ... Ja, hier in Berlin, wahrscheinlich in einem dieser Spätzleviertel! Sag mal, haben Hansi und Felix nicht sowieso Freiraum, weil das Seehofer-Interview wegen der Flüchtlingsghettos vor den Flughäfen geplatzt ist? Frag die beiden mal, ob sie morgen und übermorgen mitmachen. Und wenn wieder das mit den Überstunden kommt, natürlich dürfen sie die abfeiern, nur nicht mehr dieses Jahr.«

Leo konnte sein Glück gar nicht fassen, und der Gedanke an die üblen Folgen, wenn er irgendwann mit dem Grund seiner Berliner und Brandenburger Weinreise herausrücken müsste, verblasste vor der wachsenden Gier nach neuen Erkenntnissen.

11

Er kannte die beiden Figuren noch vage von ihrer zurückliegenden Begegnung vor Jahren. Erstaunlich, wie sich die Dinge manchmal glichen: Gewisse Jobs konservierten förmlich diejenigen, die sie verrichteten. Als er noch Polizist gewesen war, hatten andere das wahrscheinlich genauso empfunden, wenn sie ihn sahen. Kameramann Hansi Mellen war noch immer der anämische, spindelige, leicht wuschige Typ, den nichts aus der Ruhe bringen konnte, und Tontechniker Felix Rölligk gab sich wie damals souverän und welterfahren, wiewohl schon die Frage, ob mit Schöneberg das Schöneberg in Berlin gemeint sei, die Fassade einstürzen ließ. Leo wurde als Weinspezialist vorgestellt und von beiden sofort als Teamkollege akzeptiert. Es wäre ihnen auch nichts anderes übrig geblieben, denn Jenny, die Einzige, die sich hier entwickelt zu haben schien, war inzwischen wirklich die Generalin geworden, als die Mellen sie schon vor Jahren scherzhaft betitelt hatte. Die beiden packten ihre Rucksäcke, die Coffee-to-go-Schnabeltassen und angebissenen Schoko-Donuts und dackelten hinter Jenny her zum Fuhrpark, wo der kleine Kombi in Metallicgrau und Hellblau, mit dem Logo des Senders bedruckt, bereits abfahrbereit auf sie wartete. Das Auto schnürte aus dem Hinterhof durch die Pförtnerschleuse in die Wilhelmstraße und bog rechts ab, fuhr über die Marschallbrücke und die Luisenstraße hinunter bis zum Karlplatz. Reinhardtstraße, Friedrichstraße, Ziegelstraße. Als sie neben Leos Mustang hielten, entfuhr Mellen und Rölligk ein anerkennendes Pfeifen.

»Cooler Schlitten!«, sagte Mellen, und Rölligk, der vom Steuer aus leicht gebückt hinüberlinste, hob den Daumen der rechten Hand und bemerkte bekräftigend: »Echt groovy, Mann!«

»Ich fahre hinter euch her, wenn's recht ist«, sagte Leo. Kein Navi zu haben verstand sich für ihn von selbst, denn das gab es noch nicht, als sein Wagen gebaut worden war, und wie würde denn so ein Technodings aussehen in einem gepflegten Innenraum mit edlem Holz und echtem Leder? Mal ehrlich ... Und Westberlin? Das weigerte er sich nach wie vor, in allen Einzelheiten zu begreifen.

Nach Bewältigung der üblichen Parkplatzprobleme war es kurz nach zwei, und Leo befürchtete schon, dass sich die Sache damit erledigt haben könnte. Doch der gertenschlanke, baumlange Mann, der ihnen öffnete und verdutzt auf Kamera und Tongalgen schaute, schien die Zeit ohnehin völlig vergessen zu haben: Die Frisur war Siebzigerjahre pur, es war der verrückte Wissenschaftler, wie er im Buche stand, ein Einstein des 21. Jahrhunderts. Weißblondes, langes Haar, löwenmähnenartig verwildert, dazu eine rote Plastikbrille, durch deren dicke Gläser zwei treuherzige blaue Augen schauten.

»Nanu, ich dachte nicht, dass Sie heute gleich loslegen«, sagte er erstaunt, bat sie jedoch sofort herein. »War nicht das Wort ›Vorgespräch‹ gefallen?«

»Wir dachten, wenn schon, warum dann nicht gleich? Vereinfacht die Sache!«

Jenny stellte sich vor und skizzierte kurz ihr Projekt, als wäre es bereits seit Monaten vorbereitet, während Michael Keller sich in sein Schicksal ergab und sich vielleicht ausrechnete, dass es eine bessere Werbung für ihn gar nicht geben könnte, als in einem Beitrag für MFC vorzukommen.

Die Wände der riesigen Altbauwohnung mit den drei Meter hohen Decken waren tapeziert mit Landkarten, Luftbildern, endlosen Computerausdrucken und Bildern, Bildern, Bildern. Alle diese Bilder zeigten entweder Michael Keller neben einer Rebe oder eine Rebe neben Michael Keller bzw. Weinberge voller Reben, zwischen denen man unschwer auch Michael Keller erkennen konnte.

»Bis vor einem Tag«, sagte Jenny, »wusste ich gar nicht, was ein Ampelograf ist!«

Lügnerin, dachte Leo lächelnd, *das wusstest du bis vor einer Stunde noch nicht*. Er selbst stellte sich kurz als interessierter Hobbywinzer aus der Prignitz und Ideengeber für die kleine Interviewreihe vor, worauf Keller sofort abspulte:

»Prignitz, das ist doch da, wo Jan-Dirk gewohnt hat, mein Freund Jan-Dirk Fuchs! Er hat damals bei mir eingekauft, Blauer Ortlieber und Möhrchen. Sonst hatte er zwar nur einen Gelben Kracher an der Feldsteinmauer zur Nachbarin, aber am Hühnerstall beim Nachbarn und zwei Häuser weiter standen zwei Stöcke der Sorte Blauer Heunisch, die in ganz Brandenburg einmalig sind. Stehen jetzt auch in meinem Sortenweinberg.«

»Das Haus gehört jetzt einem Freund von mir, Markus Nikolai, Journalist und auch bald Buchautor! Heute früh war ich noch dort. Dass da solche Schätze in den Nachbargärten stehen, hätte ich nicht gedacht. Kann man die Sorte schon bei Ihnen kaufen?«

»Na klar, kosten etwa 15 Euro das Stück.«

Na, dachte Leo, *da wird es einfacher sein, ich mach es wie die Nachbarn und vermehre sie einfach durch Runterlegen*.

Als hätte Jung Leos Gedanken gelesen, fügte er hinzu:

»Die Stöcke bei den Nachbarn waren zwar virusfrei. Vermehren durch Runterlegen oder Eintopfen würde ich Ihnen aber trotzdem nicht empfehlen, denn dabei fangen sich zwei von drei Reben meistens einen Virus ein. Der deutsche Boden ist unglaublich nematodenverseucht, das kriegen Sie einfach nicht raus. Und die nutzen jede Chance, um reinzukommen. Das fängt bei den Erdbeeren an und hört bei den Weinreben auf.«

»Moment, Moment«, sagte Jenny. »Wie wär's, wenn wir unsere ganz normalen Fernsehzuschauer einmal darüber informieren würden, was man als Rebkundler eigentlich macht und wozu das für den Weintrinker von Nutzen sein kann?«

»Rebsortenkundler!«, berichtigte sie Keller.

Mellen und Rölligk hatten sich in Position gebracht.

»Stopp, du bist mit der Krücke im Bild«, rügte Mellen, worauf Rölligk das Mikro mit dem grauen Riesenpuschel etwas anhob.

»Okay, wir können!«

»Herr Keller, Sie sind einer, der weiß, woher unser Wein kommt. Genauer gesagt, Sie sind ein Rebsortenkundler. Sie kennen praktisch den Stammbaum unserer heutigen Weinreben. Woher kommt der Wein?«

Leo grinste in sich hinein, denn er konnte schon absehen, was jetzt passieren würde.

»Ab 6000–5500 v. Chr. korreliert das regelmäßige Auftreten von Rebsamen in archäologischen Artefakten mit dem Auftreten von chinesischen Hirsen und buntbemalter Keramik, sowohl im südlichen Zentralasien und im östlichen Transkaukasus als auch am Schwarzen Meer und in den Donaukulturen. 9000 Jahre alte Überreste von Wein wurden in der Provinz Henan in China nachgewiesen, wo die ältesten Keramikfunde in den Kulturen am Gelben Fluss und rund um das Gelbe Meer bis über 15.000 Jahre alt sind. Man kann davon ausgehen, dass sich ostasiatische Stämme auf dem Höhepunkt der Jahrtausendtrockenheit des sogenannten 8200 year climate event nach dem Ausbleiben des Ostküstenmonsuns aus dem ausgetrockneten Nordchina in die von Gletscherwasser gespeisten Flussdeltas Zentralasiens retteten. Andere …«

Bis dahin kam er, denn Jenny war so konsterniert, dass sie völlig zu widersprechen vergessen hatte.

»Halt, halt, halt!«, brachte sie nun hervor, doch Keller war zu vertieft in den eigenen Singsang, dass er es gar nicht wahrnahm.

»… durchquerten Kasachstan und ließen sich an den Mündungen der Wolga, im Flussdelta von Kura und Araxes, am Kuban-Fluss, auf der Krim und in den Flussdeltas am

Schwarzen Meer nieder. Um 5500 v. Chr. wurde die Donau von den Donaukulturen besiedelt, wenig später auch Transsilvanien, Mähren und der Balkan. Verbunden mit der Ankunft der buntbemaltkeramischen Kulturen am Kaspischen und Schwarzen Meer sind auch Funde von Rebkernen, die mit ihren einheitlich langschnäbligen Samen insbesondere in den Überresten der Schulaveri-Shomutepe-Kultur im Kura-Tal Georgiens auf domestizierte Kulturrebenimporte aus Nordchina hinweisen. In den kupfersteinzeitlichen Donaukulturen überwiegen zunächst noch Rebkerne mit kurzen Schnäbeln, die von Archäologen als Donauwildreben interpretiert wurden. Jedoch sind die ältesten Funde von Rebkernen in Weinpressen auf dem Südostbalkan in Dikilitash hinsichtlich der Samenformen sehr heterogen, von fast rund bis länglich birnenförmig, von kurzschnäblig bis schmal lang- und breit langschnäblig.«

Jenny zog selbst einen recht langschnäbligen Flunsch und gab es auf.

»Man kann deshalb davon ausgehen, dass auf dem östlichen Balkan bereits sehr früh autochthone Rebsorten entstanden sind, die man als Sämlingssorten aus der Kreuzung von importierten, chinesischen Wildarten mit den jeweiligen, lokalen Wildrebenpopulationen interpretieren kann, die man an der Donau, am Pontus Euxinus, im Kaukasus und in Zentralasien nicht der subtropischen *Vitis vinifera subspecies sylvestris*, sondern der zentralasiatischen Weinrebe *Vitis vinifera subspecies caucasica* zurechnen muss.«

Jetzt erst bemerkte Keller, dass sich mit Jennys Mundwinkeln auch Kamera und Tonaufnahmehaken gesenkt hatten, und verstummte.

»Sicher habe ich es etwas zu vorschnell angefangen«, sagte Jenny. »Natürlich können Sie uns erklären, woher der Wein kommt, aber wir haben leider nur drei Minuten für unseren Beitrag. Wäre es möglich, dass Sie uns in drei Sätzen schildern, was Sie machen?«

Er nickte, wonach sich die Aufnahmegeräte wieder hoben, und Jenny fragte:

»Herr Keller, sie nennen sich Ampelograf, ja sogar ›Deutschlands einziger freier Ampelograf‹. Könnten Sie unseren Zuschauern einmal erklären, was das ist?«

Keller erklärte tatsächlich kurz und bündig seinen Berufsstand:

»Ich befasse mich mit Weinreben, genauer gesagt, mit ihrer Genetik und Systematik. Wenn Sie mir als Rebsortenkundler eine Weinrebe zeigen, möglichst in natura vorführen, kann ich Ihnen nach einiger Zeit mit Sicherheit sagen, um welche Sorte es sich handelt, soweit sie in irgendeiner vorhandenen Sortendatenbank gelistet bzw. in einer gepflanzten genetischen Datenbank vorhanden ist.«

»Was ist eine gepflanzte genetische Datenbank, das klingt ja sehr interessant!«

»Das ist zum Beispiel ein Sortenweinberg, wie ich ihn im pfälzischen Weingarten betreibe: eine Sammlung von Weinreben, etwa so wie eine Briefmarkensammlung. Nur dass Briefmarken keine Wurzeln haben und zum Leben keinen echten Mutterboden brauchen, sondern bloß ein Album. Mit Blättern in einem Herbarium kann ich nichts anfangen, ich brauche immer eine lebende Pflanze bzw. ein von einer lebenden Pflanze abgeschnittenes Pfropfreis. Ich habe vor Jahren im Auftrag des Bundeslandwirtschaftsministeriums alle alten Weinberge in Deutschland besucht und solche Reiser von alten Sorten gesammelt. Eine Rebschule in der Pfalz hat daraus dann durch Pfropfen pflanzbare neue Reben gemacht, die jeder bei mir kaufen kann. Alte Sorten sind im Trend, sogar im Supermarkt können Sie Weine finden, auf deren Etikett ›Alte Reben‹ steht.«

»Halt! Das war schon einmal prima, aber wir müssen da ein wenig langsamer vorgehen, denn Sie müssen sich vorstellen, dass der normale Fernsehzuschauer Wein nur aus der Flasche kennt. Die wenigsten haben eine Weinrebe in natura gesehen, und wenn, dann bloß im Kollektiv in einem Weinberg. Kein Mensch weiß – oder nur die wenigsten –, was eine Weinsorte ist. An denen müssen wir uns leider orientieren.«

Keller lachte.

»Darf ich Ihnen übrigens ein Schlückchen anbieten? Sie müssen wissen, dass in meinem pfälzischen Sortenweinberg auch Wein gemacht wird. So, wie er auch im Mittelalter gemacht wurde, nämlich aus allen Rebstöcken, die am Ort vorhanden sind. ›Gemischter Satz‹ hieß das früher. Das kommt heute wieder in Mode, wo so viel von Nachhaltigkeit die Rede ist. Es gibt nichts Nachhaltigeres als alte Reben.«

Der Mann ist auf seine Weise doch ein Verkaufsgenie, dachte Leo und schmunzelte.

»Ich nehme gerne einen Schluck!«, sagte er.

Wiewohl Mellen und Rölligk ebenfalls Interesse angemeldet hatten, schüttelte die Chefin den Kopf.

»Später vielleicht, aber jetzt sollten wir erst einmal vorankommen.«

Mit einem Seitenblick vergewisserte sie sich, das Mellen bildlich aufnahmebereit und Rölligks Mikropuschel nicht wieder im Bild war, und fragte:

»Alte Rebsorten? Wie viele Rebsorten gibt's heute eigentlich bei uns, und was ist das Besondere an alten Sorten?«

Ein Drei-Minuten-Beitrag soll das werden, dachte Leo, *da kann ich nur sagen: Viel Spaß!*

Michael Keller erkannte jedoch, dass das Einzige, was ihm hier weiterhelfen konnte, die Kurzfassung war.

»Natürlich ist es relativ, wenn man von alten Rebsorten spricht. Für einige sind Sorten aus den Siebzigerjahren schon alt. Was ich mit alten Rebsorten meine, das bewegt sich meistens im Zeitraum von vor 1933. Denn als die Nazis anfingen, ihre Vorstellung von Reinheit auf die Weinreben zu übertragen, war Schluss mit den meisten Sorten, die man im 19. Jahrhundert noch kannte. Meine Arbeit besteht darin, anhand von alten gedruckten Quellen zunächst Register alter Sorten anzulegen, die ich dann in der Natur wiederzufinden hoffe. So habe ich aus verschiedenen Katalogen von Rebschulen aus dem 19. Jahrhundert Listen von über 400 Sorten zusammengestellt, von denen ich bislang über 200 in der Natur tatsächlich wiedergefunden habe. Zum Teil geschah dies auf Weinbergen, die seit Jahrzehnten, ja seit Jahrhunderten nicht mehr bewirtschaftet werden, zum Teil an alten Bauernhäusern, zu einem geringen Teil sogar mitten in der freien Wildbahn.«

Über diese konzise Zusammenfassung seines Tuns war Jenny sehr froh, und Leo staunte, denn das hatte er ihm eigentlich nicht zugetraut.

»Wer hilft Ihnen bei Ihrer Arbeit? Denn irgendwie müssen Sie ja an die alten Reben in der Natur auch herankommen?«

»Da bin ich auf alle möglichen Hinweise angewiesen, die ich erfreulicherweise immer mehr erhalte, denn das Bewusstsein, dass die alten Sorten sterben, greift inzwischen um sich.«

»Hat die Bewegung hin zu Bio und Öko dabei eine Rolle gespielt?«

»Mit Sicherheit, auch das Schlagwort von der ›Nachhaltigkeit‹, von dem eigentlich keiner weiß, was es bedeuten soll. Vor allem nicht in der Natur. Die entwickelt sich nämlich ständig weiter, und wenn ich nach alten Sorten suche, dann sind es freilich auch nicht mehr die gleichen wie früher. Es sind Arten, die sich inzwischen an die heutigen Bedingungen angepasst haben. Und die sind erfreulicherweise meistens widerstandsfähiger als die, die man höchst aufwendig in Labors gezüchtet hat.«

»Erstaunlich!«, sagte Jenny, und es kam ganz ehrlich rüber. »Was kennzeichnet die alten Sorten sonst noch, außer dass sie von Natur aus widerstandsfähiger sind?«

»Interessanterweise sind die Weine, die wir aus der Mischung vieler alter Sorten gewinnen, viel komplexer im Geschmack, viel aromatischer und mit dem gewohnten Aromenrad, das heutzutage jedem vorsagt, wie er Weiß- bzw. Rotweine sprachlich zu bewerten habe, gar nicht zu beschreiben. Sie haben höchste Auszeichnungen erhalten, obwohl sie eigentlich, offiziell, gar nicht existieren dürften. Denn alle alten Sorten, die ich in meinem Sortenweinberg, in dieser lebenden Rebgendatenbank, anbaue, sind amtlich nur im Versuchsweinbau geduldet. Für den Massenanbau sind diese alten Rebsorten nicht zugelassen.«

»Wie kommt es, dass es eine Beschränkung für Sorten gibt? Ist denn die Vielfalt nicht immer erstrebenswert?«

»Das sollten Sie eigentlich nicht mich, sondern das Bundessortenamt fragen«, sagte Keller, nahm dieser Entgegnung jedoch gleich wieder die Spitze: »Das geht auf die Zeit der Nazis zurück. Damals war es, in der Botanik wie in der Zoologie, unwidersprochene Voraussetzung, dass Vielfalt gleichzusetzen sei mit qualitativer Verminderung. Man war der Ansicht, dass es einer Art schade, wenn sie auf einen großen Genpool zurückgreifen könne. Reinheit wurde bevorzugt, Vielfalt galt als Verflachung. Diese Denkweise hat sich in der Botanik und in der Landwirtschaft seltsamerweise bis heute gehalten. Obwohl man schon längst durch die Natur eines Besseren belehrt wurde! Die reinen Arier etwa hat es nie gegeben: Auch der reinste Arier – und Altnazi – ist ein Ergebnis der menschlichen Vermischung, der Vermischung des plattnasigen und des hochstirnigen Typs über zig Jahrtausende! Die alten Sorten bei den Reben, als Mischsatz gepflanzt, etwa in einem Weinberg wie meinem Sortenweinberg in der Pfalz, liefern einen viel interessanteren Wein als den, den man sortenrein von jedem x-beliebigen anderen Weinberg bekommen kann. In der Mischung liegt die Kraft! Sie müssen einfach einmal einen Wein probieren, der aus vielen alten Rebsorten erzeugt wurde. Und schon verstehen Sie, was ich meine.«

Leo, der den Wein bereits probiert hatte, von dem hier die Rede war, machte eine auffordernde Geste, und so ließ Jenny sich nicht länger bitten und sagte:

»Jetzt haben Sie mich überredet. Schenken Sie ein!«

»Aber gern!«, sagte Keller.

Sie nippte erst vorsichtig, nahm dann einen vollen Schluck, und man sah, wie ihre Augen sich veränderten.

»Holla, das hätte ich nicht erwartet! Das schmeckt ja vollkommen anders als alles, was ich bisher getrunken habe.«

Keller grinste zufrieden.

»Wie sollte es auch nicht? Der Discounterwein und auch der Wein der meisten deutschen Weingüter besteht zu 99 Prozent aus den 111 heute zugelassenen Rebsorten. Dabei gab es noch vor 100 Jahren über 400, und die wenigsten Weine waren damals sortenrein ausgebaut. Hinzu kommt, dass man damals noch nicht, aus Sicherheits- und Gewinnstreben, die heute gängigen Reinzuchthefen bei der Verklärung verwendete. *Rein* – hier ist das Wort schon wieder. Früher waren die Hefen eines Weinbergs sozusagen das Alleinstellungsmerkmal eines Weinguts. Damals konnte jeder sagen: Dieser Wein kommt vom Calwer Heuberg oder vom Rottweiler Teufelsrücken oder vom Unterjesinger Spätzlesberg, jetzt mal fiktiv gesprochen. Aber es gibt auch in der Hinsicht heute ein Umdenken. Vor allem junge Winzerrinnen und Winzer vertrauen mehr und mehr den Hefen, die sich auf den Trauben aus ihren Weinbergen befinden, und verzichten darauf, alles mit vorprogrammierten Hefen auf Einheitsgeschmack zu trimmen. Freilich besteht ein geringes Risiko, dass damit einige Hektoliter Wein ungenießbar werden.«

»Also ist Natur in diesem Falle Risiko?«, resümierte Jenny.

»Genau. Natur ist immer Risiko. Das ist das Grundprinzip der Evolution. Leider verträgt sich das nicht mit freier Marktwirtschaft. Die freie Marktwirtschaft ist überhaupt nicht frei, sie ist an vorgegebene Ziele gebunden. Und um diese zu erreichen, beschränkt sie das Risiko, wo immer sie nur kann. Risiko heißt Spekulation. Und das ist das Letzte, was ein Unternehmer verträgt. Nur die wenigsten Unternehmer sind Börsenspekulanten. Die meisten Unternehmer sind Buchhalter …«

Leo goss sich selber nach. Dieser Wein war eine Erfüllung. Beinahe hatte er bereits vergessen, weshalb er eigentlich hier war, als Jenny ihre hörbar letzte Frage stellte:

»Glauben Sie, dass die alten Sorten jemals wieder mehr als eine Randerscheinung sein werden?«

»Ja, das glaube ich durchaus. Allerdings kann es noch eine sehr lange Zeit dauern. Wir sind, was diese Dinge betrifft, erst ganz am Anfang. Aber das wachsende Interesse zeigt mir, dass das noch lange nicht der Endpunkt der Entwicklung ist.«

»Herr Keller, haben Sie vielen Dank. Und viel Erfolg mit den alten Sorten!«

Jenny hatte ihr Glas erhoben, um mit Keller kamerawirksam anzustoßen. Durch einen Blick von ihr aufgefordert, kam Leo mit dem seinen, rasch nachgefüllten hinzu, und so war er zum ersten und einzigen Mal ebenfalls im Bild.

»Das war ja denn doch ein Kinderspiel, von meiner schlecht gestellten Anfangsfrage abgesehen«, sagte Jenny zu Michael Keller. »Man merkt, dass Sie das nicht zum ersten Mal gemacht haben.«

Keller lächelte und rückte seine rote Plastikbrille zurecht.

»Na ja, das eine oder andere Mal stand ich zum gleichen Thema schon vor der Kamera, das ist wahr. Und doch bin ich nicht Profi genug, um auf elegante Art, also wie nebenbei, mitzuteilen, dass man diese alten Rebsorten auch bei mir kaufen kann. Meistens kommt es so gezwungen und direkt, dass es später rausgeschnitten wird. Sie werden das genauso machen.«

»Das ist mir zwar gar nicht aufgefallen. Wir können aber sicherheitshalber eine entsprechende Stelle noch mal nachdrehen. Oder wir hängen ein zwei Sätze dazu an, jetzt, wo wir so entspannt beieinanderstehen …«

Sie blickte unmissverständlich zu Mellen und Rölligk, die sich auch mit Gläsern versehen hatten, diese sofort diensteifrig beiseitestellten und nochmals zur Aufnahme antraten. Es wurde dreimal wiederholt, bis es so beiläufig klang, dass man es auch gut hätte wegschneiden können. Jetzt wirkte es aber ungezwungen genug, um als unaufdringlicher Nachspann durchzugehen.

Leo hatte inzwischen Kellers Wohnung inspiziert, insbesondere sich in der Küche umgeschaut, wenn man das Küche nennen konnte. ›Gewächshaus‹ wäre der bessere Ausdruck gewesen. Hier keimten Rebkerne, hier wuchsen kleine Reben in Blumentöpfen, hier zogen Reiser Wurzeln. Nur eines fand hier ganz gewiss nicht statt – das, was gewöhnlich in bundesdeutschen Küchen gepflegt wurde: das Kochen. Unwahrscheinlich, dass Brändle hier bewirtet worden war, und wenn doch, dann nur über Essen auf Rädern, sprich: mittels Pizza- oder Cateringservice.

»Ach, was ich Sie noch fragen wollte«, sagte Jenny schon im Gehen zu Keller. »Kennen Sie die Weinbruderschaft Schwabenland?«

Keller verzog das Gesicht zu einem gequälten Grinsen.

»Natürlich kenne ich die, bei denen bin ich sogar Ehrenmitglied. Ich muss aber gestehen, dass ich nur ein- oder zweimal im Jahr zu ihren Sitzungen gehe. Ich bin kein so großer Vereinsmeier. Meistens sprenge ich solche Veranstaltungen allein dadurch, dass ich einfach nur meinen Mund aufmache. Die finden Sie dienstagsabends, immer im *Blautopf* in der Belziger Straße. Also heute!«

»Das klingt nicht gerade so, als wenn Sie die Herren schätzen würden«, sagte Jenny, und Keller erwiderte:

»Korb, der alte Nazi, war irgendwo in den Fünfzigern stehen geblieben. Ein bisschen verstaubt und oberlehrerhaft das Ganze. Hin und wieder hält irgendein auswärtiger Historiker einen Vortrag über Weinbau, wie es ihn gar nicht mehr gibt. Mich interessiert es nur, wenn er alte Reben erwähnt, die noch von irgendetwas übrig geblieben sind. Aber diese Fälle sind so selten, dass ich mir lieber von einem aus dem Kreis über interessante Neuigkeiten berichten lasse, als dass ich meine Zeit damit verschwende, mir diesen ganzen Sermon selbst anzuhören.«

»Heißt dieser eine zufällig Lothar Brändle?«, warf Leo ein, die Gelegenheit beim Schopf packend. »Von ihm bekam ich übrigens den Hinweis auf Sie.«

Keller schwieg irritiert.

»Von dem stammen auch meine 99 Regent-Reben.«

Kellers Miene entspannte sich wieder.

»Nein, Brändle ist es nicht. Brändle ist auch so eine Nummer. Ich mag den, hab ihn auch vor ein paar Tagen erst getroffen. Brändle war nun auch nicht gerade das Verkaufsgenie, daher haben wir uns gut verstanden. Aber das hängt bei dem mit anderen Sachen zusammen. Der ist durch seinen Vater vorbelastet. Der alte Brändle und der alte Korb und noch ein paar konnten einfach nicht über den braunen Schatten springen. Deshalb stöbert der Brändle in der Vergangenheit – aber an der falschen Stelle und aus falschem Antrieb.«

»Was meinen Sie?«

»Dass er nicht auf die alten Sorten einschwenkt. Er war Sonnabendnachmittag hier, und ich wollte ihn überzeugen, dass er künftig meine Traditionssorten vermehrt und in seinen überregional so weit verbreiteten Katalog mit aufnimmt. Aber er hat sich nicht dazu bereitgefunden. Dabei würde das mit seinem Traditionsunternehmen so gut zusammengehen – die Firma Brändle gibt's immerhin schon seit 1848. Aber der interessiert sich viel mehr für die Müncheberger, Niebeldinger, Freiburger und Weinsberger Neuzüchtungen. Klar, muss er auch – die PIWI-Kiste bringt ihm einfach noch den größten Input … Auf dem Konto!«

»Sind Sie nicht auch Schwabe?«, fragte Jenny Storck.

Keller lachte.

»Da müssen Sie aufpassen, auch wenn's bei mir zufällig stimmt. Ich bin ein Schwabe im badischen Exil. Das sind alles sehr unscharfe Begriffe – irgendwo sind alle Süddeutschen Schwaben, das können Bayern, Württemberger und Badener sein. Übrigens: Sagen Sie bitte niemals zu einem Badener ›Badenser‹ … Das schwäbische Kernland, wenn Sie so wollen, ist heute grob gesagt alles zwischen Schwarzwald, Lech, Bodensee und Stuttgart. Aber Achtung: Es gibt auch einen bayrischen Regierungsbezirk Schwaben!«

Jenny schaute hilfesuchend zu Leo, der nur die Achseln zuckte und verkündete:

»Ich werde mir die besagten Herren heute Abend einmal aus der Nähe ansehen, denn zufällig bin ich in ebendiesem Lokal nachher mit einer früheren Lebensgefährtin verabredet.«

»Was meinst du, sind die Schwabenbrüder für uns überhaupt interessant?«, fragte Jenny, als sie draußen vor dem traumhaften Gründerzeitbau standen, in dem Keller wohnte. »Eventuell hat er ja recht, und man sollte sich nicht mit solchen ewiggestrigen Vereinsbrüdern abgeben.«

»Er hat nicht gesagt, dass sie alle Nazis sind!«, sagte Leo.

Jenny nickte.

»Sollen uns die Herren doch selbst erzählen, was sie so umtreibt. Und wenn sie jeden Dienstagabend öffentlich einen Toast auf den Führer ausbringen, um das Leben der Nazireben zu feiern, dann werden wir darüber eben auch berichten.«

Das wage ich zu bezweifeln, dachte Leo. *Soll mir aber alles recht sein.*

»Ich ruf dich morgen früh um neun an. Auf deinem Handy, oder fährst du wieder nach Hause?«, kam es noch von Jenny.

»Auf dem Handy ist besser. Ich weiß noch nicht, ob ich heute Abend zurückfahre oder wo ich schlafen kann.«

Durch ihre Erwiderung zeigte sich, dass das Band zwischen Berlin und der Prignitz wieder langsam neu geknüpft wurde:

»Falls du keine andere Möglichkeit hast, bei mir steht eine Couch. Schreib mir einfach bis zehn heute Abend eine SMS, dann leg ich dir den Türschlüssel unter die Fußmatte. Ins Haus kommst du unten immer.«

»Danke! Ich schreib dir, falls es nötig wird. Hoffe aber, dass sich Lucy meiner erbarmt.«

»Das ist doch die Potsdamer Rechtsmedizinerin?«

»Ja.«

Jenny sah ihn kurz durchdringend an, dann entspannte sich ihr Blick, und sie winkte, bevor sie zu ihren Kollegen in den Aufnahmewagen stieg und dieser rasch das Weite suchte.

12

Es war nicht einmal halb fünf, und Leo hatte somit für Berliner Verhältnisse alle Zeit der Welt. Nach menschlichem Ermessen war es quasi ein Ding der Unmöglichkeit, den Termin mit Lucy nicht einzuhalten. Doch es verging schon wieder eine halbe Stunde, bis er in der Belziger Straße war, denn er war aus unerfindlichen Gründen auf die Stadtautobahn geraten und erst einmal bis Steglitz gefahren. Im Berufsverkehr dann über die B1 zurückzukommen bis Schöneberg, das dauerte. Eine weitere Viertelstunde brauchte er, bis er den Mustang sicher und kostenfrei abgestellt hatte, und eine dritte Viertelstunde anschließend, um zu Fuß zum *Blautopf* zu kommen, weil ihn zwei Mexikaner, die sich ortskundig gaben, erst in die falsche Richtung geschickt hatten.

Äußerlich war das Lokal unscheinbar, fiel weder durch gehäkelte oder gestrickte Vorhänge auf, noch bestach es durch offen zur Schau gestellte Vorvorgestrigkeit. Kein röhrender Hirsch im Fenster, kein verstaubter Kaktus, kein versteinerter oder geräucherter Gummibaum, keine chinesische Glückskatze, kein Hinweis auf die letzten Preisskat-Ergebnisse, den nächsten Bingoabend oder dergleichen. Von außen betrachtet war es eine traditionelle deutsche Kneipe in einer von Kriegszerstörungen weitgehend verschonten Schöneberger Häuserzeile: vier Obergeschosse, Balkone, Blumenkästen, mäßiger Sprühvandalismus. Nur ein kleines Hakenkreuz, mühsam entfernt, war noch durch das Nachzeichnen beim Schrubben erkennbar.

Der Kellner begrüßte ihn reserviert-kühl, indes nicht offen ablehnend. Der hoch aufgeschlossene, schlanke Herr in schwarzem Anzug und hellgrauer Weste, mit Lackschuhen und blütenweißem Hemd war der klassische Oberkellnertyp, den man immer seltener sah. Gemessen an seinem Alter hatte er bestimmt sogar die Gründung der Weinbruderschaft miterlebt.

»Ich warte noch auf jemanden, eine Dame, bringen Sie mir bitte schon einmal die Karte und ein *Viertele* Muskateller.«

So weit hatte er sich schlaugemacht: Als Schwabe bestellte man ein *Viertele*.

»Aber gern. Einen Degerlocher Schinderberg könnt ich empfehlen!«

Leo nickte und fragte, nachdem dieser Start so gut gelungen war:

»Mein Freund Leo Brändle hat mir erzählt, dass sich hier die Weinbruderschaft Schwabenland trifft – angeblich immer dienstagabends.«

Das Gesicht des Kellners leuchtete förmlich auf, und er fiel ins Idiom der kieztragenden ethnischen Minderheit, aber nur kurz und dann nie mehr an diesem Abend:

»Des isch richdich! Die sitzat immer unter dera schönen Kard!«

»Dann zieh ich noch mal um, wenn Sie nichts dagegen haben. Ich kenne, glaube ich, noch ein paar Herren aus dem Kreis von früher und bin gespannt, ob sie mich wiedererkennen.«

Der Kellner ging voraus und rückte ihm höchstpersönlich den Stuhl an einem Zweiertisch direkt neben der Stammtischbank unter der Karte so zurecht, dass er Platz nehmen konnte.

»Aber warum setzen Sie sich nicht dazu? Der Brändle kommt doch bestimmt auch, der ist doch in Berlin.«

»Sonnabend war er hier, hat er mir erzählt?«

Der Ober nickte.

»Ist leider schon wieder weg«, sagte Leo so genau wie ungenau und setzte hinzu: »Wäre mir nicht so lieb, die Dame, Sie verstehen …«

Der Ober verstand und verschwand.

Leo besah sich den Innenraum der Wirtschaft genauer, beginnend mit der beinahe wandfüllenden *Karte des Schwäbi-*

schen Kreises von 1572, wie ein Schildchen rechts unten erläuterte. Da waren sie alle, die kleinen Orte mit Weinbergen, und die großen auch. Die Wanddekoration bestand im Übrigen aus unzähligen signierten Fotografien – ein buntes Gemisch aus Wirtschaft, Kunst und Politprominenz –, aus alten und neueren Ölbildern, schwäbische Landschaften vorstellend (auch der pflügende Ackerbauer auf goldenem, steil ansteigendem Stoppelfeld vorm Strahlenkranz der Sonne hinterm Alprand fehlte nicht), sowie aus zahllosen lokalspezifischen Sammlerstücken, die dem Ganzen den liebreizend-heimeligen Charme einer Kneipe verliehen, wie es sie in Stuttgart oder Tübingen gab. Ein abschließbarer Wandschrank mit Glastür, hinter der eine ganze Batterie von gläsernen Trinkstiefeln zu sehen war, legte die Vermutung nahe, dass sich hier auch die Berliner Landsmannschaft einer studentischen Burschenschaft traf.

Leo fragte sich, was ihm den Ort von Anfang an so heimelig hatte vorkommen lassen. Jetzt wusste er es: Es war der Regulator an der Wand neben der Schwabenland-Karte. Dieses langsame Hin-und-her-Schwingen des metallenen Löffels hinterm Guckglas, dieses gemächliche Pendeln, bei dem man sich immer fragte, tickt es noch einmal, tickt es noch einmal, noch einmal? Das hatte er sich schon als Kind gefragt, wenn er in der elterlichen Stube saß, wo es eine Uhr gegeben hatte fast genau wie die da ...

Sein Viertele Degerlocher Schinderberg kam.

»Ab wann sind die denn da, die Weinbrüder?«, fragte Leo.

»Da kommen schon die ersten!«, sagte der Kellner und wies mit dem Kopf zur Tür. »Na'md die Herra!«, setzte er übergangslos, zu den Eintretenden gewendet, hinzu.

Leos Aufmerksamkeit verweilte jedoch nur kurz bei den beiden Gestalten, die weder von der Physiognomie her noch von ihrer Kleidung – Anzugträger, mäßig salopp bis kleinkariert – als Schwaben erkennbar waren, sondern wurde sofort von Lucys Erscheinen abgelenkt:

Direktor CA Dr. med. Lucy Unckel, 59, eine diamantbesetzte Brille im Fünfzigerjahre-Design auf der schmalen, geschwungenen Nase und die Haare neuerdings hellblond gesträhnt, angetan mit einem dunkelgrauen Hosenanzug, aus dem unten hellbraune Pumps mit Pfennigabsätzen und höllischen vorderen Spitzen herausstachen, betrat den Raum mit ihrem typischen geistesabwesenden Blick.

Dieser Blick, dachte Leo, *der nichtsdestotrotz einen Raum, eine Gesellschaft oder eine Veranstaltung aufs Schärfste und Genaueste seziert, ohne dass ein Außensteher es mitbekommt.* Er sprang auf, ging ihr entgegen, und sie umarmten einander auf die geschäftliche Art, die sich zwischen ihnen leider eingebürgert hatte. Er versuchte verzweifelnd, ihr den dünnen Mantel abzunehmen, unbeholfen wie immer, und es gelang erst im dritten Anlauf.

»Sieh an, der Krabber Rentner! Ganz der Bauer alter Schule. Wie wär's mit einem Kursus *Wie helfe ich einer Dame aus dem Mantel ohne letalen Ausgang*?«

»Ich weiß ja, dass du uns alle vom gegnerischen Geschlecht nicht für entwicklungsfähig hältst, aber du musst zugeben, dass ich in dreißig Jahren sichtliche Fortschritte gemacht habe – ich *denke* wenigstens daran, die Form zu wahren.«

»Warum musstest du dann unbedingt einen Tisch direkt neben dem Stammtisch dieses unsäglichen Völkchens für uns auswählen? Komm, lass uns weiter weggehen, vielleicht dahinten hin!«

Er sah sie beschwörend an.

»Bitte entspann dich doch mal kurz und füge dich in dein Schicksal. Ich habe dich eingeladen und diesen Tisch für uns ausgesucht. Also bitte, bleib ganz kurz bei mir sitzen. Falls es wirklich unangenehm wird, können wir immer noch umziehen.«

Er betete innerlich, obwohl er nicht katholisch war, einen halben Rosenkranz, dass sie das schluckte, ohne aus der Haut zu fahren.

»Na gut, hast ja recht. Tut mir mal ganz gut. Mein normaler Umgang tagsüber ist meistens nicht so gesprächig. Wie ich sehe, hast du dich schon mit Flüssigkeit versorgt. Und was ist mit mir?«

Als hätte der Kellner all dies bereits geahnt, stand er plötzlich mit einem Tablett und zwei gefüllten Sektgläsern am Tisch und sagte, während er die Flöten vor sie hinsetzte:

»Das ist im *Blautopf* so üblich beim ersten Paar, das sich hier niederlässt. Sektkellerei Fluppes, 2014er Badenweiler Krämer Chardonnay, Spätlese trocken. Wohl bekomm's!«

Er zwinkerte Leo verschwörerisch zu, so als hätten sie sich das zusammen ausgedacht, und war gleich wieder verschwunden.

»Respekt, mein Lieber. Auf dich!«, sagte Lucy. »Aber was immer du im Schilde führst, ich kann dir schon jetzt sagen, dass ich nichts damit zu tun haben will. Wenn die Speisekarte hier nichts Vernünftiges enthält, dann werde ich einfach das Teuerste bestellen, das ich finden kann, und dazu den besten Rotwein.«

Er schluckte, allerdings nicht wegen der finanziellen Bedrohung. Er hatte extra genug Geld eingesteckt, um sich in dieser Hinsicht nicht zu blamieren. Alles, was er hoffen konnte, war, dass sich seine Vermutung bewahrheitete und Lothar Brändle am vergangenen Sonnabend hier gespeist hatte, bevor es ans Gedenken für Korb gegangen war.

Der Ober legte zwei Speisekarten auf den Tisch.

»Na, dann wollen wir doch mal sehen, was das Haus alles zu bieten hat!«, sagte Lucy mit angriffslustigem Unterton und verschlang bereits mit gierigen Augen die Speisekarte. Was Leo nun auch tat, denn er hatte einen ziemlichen Hunger. Dennoch suchte er instinktiv zunächst nach der teuersten Position und war einigermaßen beruhigt, diesbezüglich wahlweise ein »Saftiges Rumpsteak vom Rind mit Kräuterbutter«, einen »Zwiebelrostbraten vom Rind« oder ein »Schweinefiletsteak an Pfefferrahmsauce« zu jeweils

17,80 Euro vorzufinden. Der teuerste Weißwein war Mundelsheimer Spätburgunder Weißherbst für 4,90 Euro das Viertele. Er atmete erleichtert aus, was sie mit schmunzelndem Aufblicken quittierte.

Das Angebot war tatsächlich so zugeschnitten, dass man sich genauso gut im berühmten Stuttgarter *Spätzleschwob* hätte befinden können. Insbesondere die Maultaschen- und die Spätzleabteilung ließen nichts an Lokalkolorit zu wünschen übrig:

Krautspätzle mit Schinken, Linsen mit hausgemachten Spätzle und einem Paar Saiten, Schinkenspätzle, in Ei gebacken, mit Feldsalat, Kässpätzle mit Kopfsalat (vegetarisch), Saure Kutteln in Trollingersauce mit hausgemachten Spätzle und Filderkraut, Saure Nierchen vom Schwein mit Bratkartoffeln und Ruccolaspinat, Schwäbischer Sauerbraten vom Rind mit hausgemachten Spätzle und gemischtem Salat, »Schwabenteller«, »Schwobepfännle« und jede Menge hausgemachte Maultaschen: gefüllt mit Fleisch oder mit Spinat und Fleisch in der Brühe mit Kartoffelsalat, im Rahmsößle, in Pfefferrahmsauce, »geschmelzt«, in Ei gebacken, »Jäger Art« und als Krönung: »Feuriger Maultaschenauflauf«.

»Haben die Herrschaften schon etwas gefunden?«, fragte der Kellner, ihre Speisenmeditation unterbrechend.

Lucy strahlte übers ganze Gesicht. Leo wusste im ersten Augenblick nicht, was er davon halten sollte, und hing an ihren Lippen, als sie sagte:

»Saure Kutteln mit hausgemachten Spätzle und Filderkraut! Kutteln wollt ich schon immer mal essen.«

»Ausgezeichnete Wahl! Und der Herr?«

»Schließt sich der Dame an!«, sagte Leo.

»Was darf ich zu trinken bringen?«

»Was würden Sie zu den Kutteln empfehlen?«, fragte Leo vorsichtig, denn er wusste genau, dass er dann am wenigsten falsch machen konnte, was gerade beim jungen Weinfreund leicht vorkommt. Wenn Wein in der Sauce war, so viel wusste er immerhin, sollte man die gleiche Sorte auch trinken. »Trollinger steht leider nicht auf der Karte ...«

Der Ober war sichtlich froh, es mit einem Kenner zu tun zu haben und sein Fachwissen einmal ausspielen zu können.

»Sie haben völlig recht, die meisten hier nehmen das gar nicht so genau. Aber zu der Trollingersauce sollte es wirklich auch ein Trollinger sein. Wir haben natürlich« – er grätschte zu einem kleinen Tisch, wo Besteck, Servietten und Gewürzmenagerien deponiert waren –, »eine eigene Weinkarte, und da würde ich empfehlen« – er klappte die Weinkarte auf und präsentierte sie so, dass beide gut lesen konnten –, »einen 2013er Fellbacher Roter Mergel ›Alte Reben‹.«

Leo nickte, obwohl sein Kurzzeitgedächtnis sich weigern wollte, den Flaschenpreis von 35 Euro zu akzeptieren.

»Ausgezeichnet! Ich werde dem Koch sagen, dass er auch für die Trollingersauce diesmal eine Kategorie besser nehmen soll, vielleicht eine Heuchelheimer Klinge«, sagte der Ober gönnerisch und zog sich vornehm zurück.

»Sag mal, sind die Renten erhöht worden?«, fragte Lucy und legte ihm begütigend die Hand auf den Arm. »Deine Freigebigkeit ehrt dich, aber wenn du nichts dagegen hast, machen wir halbe-halbe, einverstanden?«

»Kommt überhaupt nicht infrage!«, schoss Leo sofort zurück. »Ich habe ein Jahr auf diesen Moment hingehungert und -gedarbt! Jetzt verdirb mir bitte nicht die Freude!«

Zuinnerst freilich betete er inständig zum Himmel: *Gebt, o Götter, dass mein Kleingeld reiche!*

13

Leo schwebte im siebten Kutteln-, Spätzle- und Trollingerhimmel. Was immer er Schreckliches von diesem schwäbischen Nationalgericht gehört hatte – es erwies sich als absolut falsch. Und wer immer gedacht hätte, dass zu fein geschnittenem, gekochtem Vormagen von Wiederkäuern am besten ein Weißwein passen würde, hatte von schwäbischer Küche keine Ahnung.

Mehr als all dies freute ihn natürlich, dass Lucy das Spiel mitspielte, und zwar ohne dass sie sich etwas vorzuwerfen hatte. Ihr dezenter Hinweis (und was konnte wohl dezenter sein, als im Berliner Szenegasthaus *Blautopf* eine Portion saure Kutteln in Trollingersauce zu bestellen?) war der absolut sichere Beweis, dass Brändle am Sonnabend nicht irgendwo gesessen hatte, ob nun mit oder ohne Michael Keller, sondern hier. Und anschließend hatte er an der Gedenkrunde für Korb teilgenommen.

Leo hatte sich eingeschärft, Lucy gegenüber den Namen Brändle nicht zu erwähnen. Auch war er froh, dass sie mit keiner Silbe auf den Grund dieser Einladung zu sprechen kam. Möglicherweise freute sie sich ja tatsächlich, einfach mal wieder mit ihm zu Abend zu essen? Ohne dass er sich dies oft eingestanden hätte, vermisste er das Gespräch mit ihr hin und wieder sehr. Es war wenigstens nicht das übliche fleischlose Geplausche, das man im nächsten Augenblick schon vergessen hat. Auch wenn er auf ihre Ruppigkeit und unberechenbare Gehässigkeit mitunter gerne verzichtet hätte, so riss sie ihn doch damit immer aus den gefährlichen Untiefen des geistigen Sumpfgebietes, welches die Prignitz in der Regel vorstellte und das er immer wieder froh war, einmal tageweise wirklich oder minutenweise im Zwiegspräch mit weit Auswärtigen zu verlassen.

Leo merkte, wie ihn die Getränke des Tages unter der Deckschicht des Trollingers langsam, aber sicher in eine wattige Wohligkeit schaukelten. Daher erreichte ihn auch nicht mehr jeder Satz, den seine Gesprächspartnerin heraussprudelte, denn auch sie genoss diesen Göttertrunk sichtlich.

»Sag mal, hörst du mir überhaupt zu?«

»Du hast gesagt, dass ich gar nicht so übel bin, wie ich aussehe!«, griff er auf eine früher oft in diesen Fällen benutzte Ausflucht zurück.

»Wenn ich gesagt habe, dass du dich entwickelt hast, wobei ich eigentlich glaube, dass eher *du* das gesagt hast, dann widerrufe ich jetzt, was irgendwer gesagt hat …«

»Schön, dass du auch mal wirr redest. Sag's doch einfach noch mal, und ich schwöre dir, jetzt wieder höllisch aufzupassen!«

Sie knurrte, blickte angewidert zum Tisch der Weinbrüder, wo sich die Lautstärke inzwischen doch unangenehm erhöht hatte, und wiederholte:

»Lass die Finger von diesem fetten Kuttelsack! Auch wenn er dir noch so schöne Rotweinreben verkauft hat. Das sieht gefährlich aus. Wer sich in so was reindrängt, der gehört eigentlich wegen seiner Blödheit gleich mit erschossen! Und das ist alles, was ich zu diesem Thema heute Abend sage. Ich glaube, wir sollten bald aufbrechen. Schließlich hast du noch eine ganze Strecke Fahrt vor dir, oder?«

Ist das nachgestellte »oder?« jetzt sogar schon in Potsdam angekommen?, fragte er sich und wollte ansetzen, sich zu rechtfertigen, doch sie nahm eine Zigarettenschachtel aus ihrer Handtasche, die aussah wie eine graue, prall gefüllte Maultasche ohne den gezähnten Rand, und sagte:

»Bin mal kurz weg!«

Nachdem sie hinausgegangen war, betrat ein mittelgroßer Nadelstreifenanzugträger das Lokal und ging – das eindeutig gefärbte Braunhaar mit Gel bearbeitet und zurückgekämmt, an den Tisch der Weinbruderschaft Schwabenland hinüber, wo er mit unheilschwangerer Stimme verkündete, dabei eine *Süddeutsche* wie eine Keule überm Kopf schwenkend:

»Den Brändle hat's verrissen! Zwei Schüsse aus nächster Nähe. Ausgeraubt!«

Die Stimmen der Schwaben überschlugen sich.

»Heilandsack! Erschossen? Bisch du sicher? Das kann doch gar net sein! Der Lothar Brändle? Im Leben net. Das muss ein andrer sein.«

»Wenn ich's euch sag! Es gibt ja doch nur einen Reben-Brändle aus Lauffen am Neckar ...«

Lucy erfasste die Zusammenhänge blitzschnell, als sie vom Rauchen zurückkehrte und den Grund des Aufruhrs am Nachbartisch mitbekam. Leo war froh, dass sie es ihm gegenüber bei einigen bösen Blicken und einem wortlosen Nicken beließ.

»War schön, mal wieder mit dir geplaudert zu haben, auch wenn ich es mehr genossen hätte, wenn *ich* der Anlass zu diesem Treffen gewesen wäre und nicht diese Bande am Nachbartisch. Danke für die Einladung, Herr Polizeihauptmeister in Rente. Das Essen war gut, trotz der Umstände. Und der Wein – wirklich erstklassig!« Leiser und verschwörerisch fast setzte sie hinzu: »Lass dich nicht mit denen ein. Hier ist mein Anteil!«

Sie hatte einen Fünfziger, einmal gefaltet, vor ihm auf den Tisch gelegt. Den Vorsatz, ihr in den Mantel zu helfen, vergaß er sofort, denn sie war viel schneller als er. Schon hatte sie den *Blautopf* verlassen.

»Hat mit dem Essen was nicht gestimmt?«, fragte der Ober, mit fragender Geste zur Tür weisend.

»Alles bestens, aber man soll sich vom Treffen mit früheren Lebensgefährtinnen nicht zu viel erwarten«, sagte Leo und zuckte die Achseln. »Bringen Sie mir bitte noch einen doppelten Espresso, einen Cognac und die Rechnung!«

Er fühlte sich innerlich leer und bedauerte es sehr, dass Lucy gegangen war. Andererseits empfand er es als eine gerechte, ja eigentlich bereits erwartete Strafe. Was war er nur für ein Idiot? Warum konnte er sich nicht endlich eingestehen, dass es besser wäre, sich aufs eigene Leben zu konzentrieren und die Welt des Verbrechens sich selbst zu überlassen? Warum musste er unbedingt die Frau, die seine beste Freundin sein könnte, immer wieder mit solchen Absurditäten belästigen, wo sie jede solche Indiskretion doch wirklich Kopf und Kragen kosten würde?

Vor Wut über sich selbst konzentrierte er sich verbissen auf die Stimmen am Nachbartisch, denn wenn er schon so viel verloren hatte – an Geld und an Sympathie bei Lucy –, dann wollte er auch wenigstens eine Kleinigkeit bekommen dafür. Aber er hörte nichts. Dafür sah er entsetzt, als er sich vorsichtig umwendete, um den Grund für dieses Schweigen am langen Tisch in Erfahrung zu bringen, dass ihn acht Augenpaare von dort aus neugierig fixierten. Der Ober kam an seinen Tisch, setzte ihm einen Cognac vor und sagte leise zu Erklärung:

»Ich war so frei, den Herren von Ihrer Bekanntschaft mit Lothar Brändle zu erzählen. Der hier geht aufs Haus, und wenn Sie wollen, bringe ich Ihnen noch einen zweiten, denn der Lothar Brändle ... ist offenbar ... ein übles Verbrechen ... Ich bringe gleich die Rechnung, der Herr.«

Der Ober legte ihm kurz die Hand auf die Schulter zum Beweis seines doppelten Mitgefühls, die Lebensgefährtin und den Lothar Brändle betreffend, und Leo hob das Glas gegen die Gesellschaft. Sodann ging der Cognac seinen Weg.

»Komm, hock di her zu uns!«, sagte ein breiter, ebenso ungeschlacht wie großherzig wirkender Mann vom Tisch der Schwaben her. »Wir trinke eba auf den Brändle!«

Wie konnte er da Nein sagen? Die Rechnung kam, und er berappte knappe achtzig Euro. Dank Lucys Generosität war er fast noch vermögend.

»Für ein kleines Glas reicht's«, sagte Leo. »Ich muss noch tanken.«

»Da tankscht du lieber glei hier – bischt eingeladen!«, sagte der Dicke und zog ihn förmlich an den Tisch der Weinbruderschaft Schwabenland, Komturei Berlin.

Leo blickte auf seine mechanische Ruhla mit dem praktischen stählernen Gliederarmband und konnte (fünf vor zehn!) gerade per SMS noch ein Notsignal an Jenny absetzen: *Brauch wohl doch Asyl bei Dir – L*, bevor ihn seine neuen Freunde in Beschlag nahmen.

»Hascht du den Brändle näher 'kannt?«

»Nur geschäftlich sozusagen und ein bisschen als wohlmeinenden Berater für meinen kleinen privaten Weinbau in der Prignitz. Vor ein paar Jahren bei euch da unten, da hab ich ihn gefragt, was ich auf Lehmboden in Nordbandenburg für Reben pflanzen kann. Er hat mir dann Regent empfohlen, und der Tipp war so gut und seine Pflanzen waren so kräftig, dass sie mir schon im ersten Jahr über den Kopf gewachsen sind. Ich hab gehofft, ihn hier zu treffen und mich bei ihm zu bedanken, weil Michael Keller, der unlängst auch in der Prignitz war, mir heut Mittag erzählt hat, dass Lothar Brändle vor drei Tagen bei ihm war, und sie gemeinsam an der Gedenkveranstaltung für Justus Korb teilgenommen hätten.«

»Den Keller und den Korb kennscht also au! Bauscht Wein a und trinkscht Württemberger ... Ja sag mal, warum bischt du eigentlich noch koi Mitglied?«

»Und wie *hoischt* du eigentlich?«, kam es von anderswo her.

»Leo, Leo Pauluth. Also, warum ich erst heute hierherkomme, das ist bloß mit Faulheit und Sparsamkeit zu erklären. Anderthalb Stunden nach Berlin zu fahren kostet einen Privatier wie mich Überwindung und Geld. Als ich gehört habe, dass es im Westen sogenannte Weinbruderschaften gibt, kam mir aber sofort die Idee, auch bei uns eine zu gründen. Daher freue ich mich sehr über dieses Angebot. Ihr könnt mir sicher sagen, wie ich das am besten anstelle. Wir sind da oben ein fast hundertprozentiges Bierland, wahrscheinlich habe ich überhaupt keine Chance, aber mit eurer Hilfe schaff ich es bestimmt.«

»Bedien dich!«, sagte der freundliche Dicke, schob ihm einen Korb mit gebutterten Laugenbrezeln hin und stellte sich vor: »Wagener, Vinzenz, Weingut Stettener Nonnenspital. Ich hab zwar nur vierzig Hektar, aber die bewirtschafte ich ganz allein mit sechs Mitarbeitern, und was wir produzieren, das wird weggeschüttet, wenn es nicht wenigstens Silber bei der Landesprämierung erhält!«

»Eine Weinbruderschaft in der Prignitz willsch gründa? Na, do bischt du bei uns an der richtigen Adresse! Wart nur ab, in einem Jahr steht deine Bruderschaft!«, sagte einer, der sich als Carlo Kinkel einführte.

»Und liegt gleich wieder unterm Tisch!«, krähte der, der vorhin mit der Hiobsbotschaft in die Wirtschaft gestürzt war, und grinste.

»Der da«, sagte Wagener und stupste Leo in die Seite, »ist Deutschlands zweitgrößter Wein- und Schaumweinproduzent! Wenn du 99 Reben betreust, hat der für jede noch mal 100 000. Allerdings schwätzt der nicht mit einem jeden, wie du ... Das lässt der andre machen! Die, die bei ihm mit den Traktoren vorbeifahren, um ihre Träuble in sein Keller zu kippen ...«

»Jetzt macht den guten Mann nicht irre«, sagte der, von dem die Rede war, und stellte sich Leo vor: »Peter Fluppes, Badenweiler.«

Leo drückte die Hand, die ihm entgegengestreckt wurde. Er hatte schon immer großen Respekt vor erfolgreichen Geschäftsleuten gehabt. Aber er fing deswegen nicht zu zittern an.

»Der Badenweiler Krämer ist ausgezeichnet! Sage ich, der ich bislang nur Rotkäppchen kannte.«

Fluppes schnaubte, aber in seiner Stimme schwang dennoch kollegiale Hochachtung mit:

»Nichts gegen Rotkäppchen. Hätte irgendjemand vor 25 Jahren gedacht, dass diese verträumte Ostkellerei einmal

Fluppes überholen könnte? Rotkäppchen ist heute die größte deutsche Sektkellerei. Die Firma nennt sich jetzt Rotkäppchen-Mumm, nach ihrer größten Annexion. Ebenso haben sie Geldermann und Nordbrand geschluckt. Nordhäuser Korn, das ist Rotkäppchen. Und Eckes-Chantré kontrolliert 58 Prozent von diesem Imperium, ist sozusagen die Flasche Wein in Rotkäppchens Korb …«

»Und du bist das Großmutterkostüm vom Wolf!«, sagte der schwergewichtige, rotnasige freundliche Wagener, der Leo an den Tisch gezogen hatte.

Während ihm ein schwerer, öliger Rotwein mit dem Namen Horber Kröten-Kelch eingeschenkt wurde, schwamm der tote Lothar Brändle, wie ein vorzeitliches Opfer auf dem Wiesnacker Blutstein liegend, vor seinem inneren Auge davon.

»Aber wie kann ich denn bei euch Mitglied werden, wo ihr mit Sicherheit bloß gebürtige Württemberger akzeptiert? Ich bin bloß ein Brandenburger.«

»Die heißen bei uns die Sandmänner!«, sagte der Carlo Kinkel.

»Ich bin der Rudi – Rudi Träufle aus Rettesheim!«, sagte ein Junger, den Leo auf 45 schätzte, der also in etwa sein gefühltes Alter hatte. »Freut mich, Leo! Meiner Familie gehört seit 1934 ein kleines Weingut in Rettesheim-Distelhausen, der Distelhäuser Kreuzberg.«

»Kreuzberg«, kicherte Leo, während er in eine gebutterte Laugenbretzel biss.

Träufle nickte.

»Da kicherst du ganz richtig: Wir haben den hiesigen Kreuzbergern auch ein paar Reben geschenkt und eine kleine lockere Stadtteilpartnerschaft ins Leben gerufen. Ein paar fahren jetzt jedes Jahr in einem gecharterten Omnibus sieben Stunden bis zu unserem Weinfest.«

Er drehte die Flasche herum, sodass Leo sehen konnte, dass er gerade einen 2013er Schwarzriesling im Glase hatte.

Die Flasche war unschwer als Bocksbeutel zu erkennen, daher konnte er mutmaßen, dass Rettesheim an der Tauber liegen musste, also wohl zu Tauberfranken gehörte und somit gerade noch in Baden-Württemberg angesiedelt war.

»Müllerrebe«, sagte Leo fachmännisch und erzielte anerkennendes Kopfnicken in der Runde. »Eine alte Sorte.«

Jetzt meldete sich einer zu Wort, der links, fast unter der Schwabenkarte am Kopfende des Tisches saß und offenbar so etwas wie der Präses war.

»Das ist der Anton Häcker, unser Vorsitzender«, bekam Leo von Vinzenz Wagener erläutert.

»Was nun das mit der Landsmannschaft betrifft«, sagte Häcker, »so ist uns schnell klar geworden, dass man hier oben nicht so wählerisch sein kann, wenn man überhaupt neue Mitglieder bekommen will. Auch wer schwäbische Weine zu schätzen weiß, ist in unseren Augen schon wert, bei uns aufgenommen zu werden. Daher haben wir für die Mitgliedschaft eine Sonderkategorie eingerichtet, den Adoptiv-Schwaben!«

Häcker klopfte Fluppes demonstrativ auf die Schulter und ergänzte:

»Das gilt auch für die grottigen Badenser wie diesen Gelbfüßler hier!«

Die Bruderschaft griente bei dieser Bezeichnung.

Leo bekam für einige Zeit nur Bruchstücke der Unterhaltung mit, denn er merkte deutlich, dass ihm der viele Rotwein langsam zu Kopf stieg. Das Wort »Siegfriedrebe« konnte er eindeutig jedoch aus dem amorphen Schallkonglomerat herausfiltern und fragte, erneut beschwingt, in die Runde:

»Was ist eigentlich dran an dieser Siegfriedrebe?«

»Schade, dass du unseren Bruder Adamanthus nicht mehr kennengelernt hast, denn der hätte dir jetzt einen Zwei-Stunden-Vortrag darüber gehalten!«, sagte Träufle, und Fluppes ergänzte: »Und er hätte dir sogar noch vorgeflunkert, wo du welche bekommen kannst!«

»Was natürlich ein Unding ist«, sagte Häcker, »denn die Pflänzchen sind seit den Achtzigern endgültig weg vom Fenster! Bis dahin war die Siegfriedrebe noch offiziell im Sortiment beim Bundessortenamt. Das sitzt heute übrigens ganz in deiner Nähe, nämlich in Parchim.«

»Ihr vergesst natürlich Brändles Überrebe, an die außer ihm aber keiner geglaubt hat«, sagte Träufle.

»Überrebe?«, fragte Leo.

»Unser Witzwort dafür«, sagte Fluppes. »Mit dieser Geschichte kam Brändle immer kurz vor Torschluss heraus, und ich glaube, dass die Existenz dieser Rebe an eine gewisse Zahl von Viertele geknüpft war, die Bruder Lothar schon intus hatte.«

»War Brändle denn Mitglied bei euch?«

»Nein, aber der war ja in der Stuttgarter Bruderschaft, deren Geiztrieb wir sind«, sagte Träufle. »Das war halt dem Lothar sein heimliches Steckenpferd. Da hat er sich abends spät so reingesteigert, dass man geglaubt hat, er hätt sie nicht mehr alle. Stell dir bloß vor: eine Rebe, die gegen alles immun ist, was wir an Rebkrankheiten kennen, gegen Oidium, Peronospora, Botrytis sowie sämtliche Schädlinge, überdies frostresistent bis minus dreißig Grad und mit dem Austrieb die Eisheiligen abwartend.«

»Was hat denn der Korb dazu gesagt, wenn er das nur mit angehört hat? Der hätte es ja nun am besten wissen müssen«, sagte Leo.

»Das ist ganz richtig, aber der hat dazu nur geschmunzelt und tapfer geschwiegen. Der hat über diese Geschichte nie ein Sterbenswörtchen geredet«, sagte Häcker.

»Sicher weil sie ihm damals nach ’45 so übel nachgegangen ist. Schließlich hat er deswegen auch seinen Beruf verloren«, fügte Peter Fluppes an und ergänzte: »Wir haben den Brändle immer mit seiner angeblichen Überrebe gefoppt. Das wäre die eierlegende Wollmichsau des Weinbaus – was du da an Spritzmittel und Pflege sparen könntest! Hätte er die mal gehabt, dann wär es seinem Laden besser gegangen ...«

»Richtig«, pflichtete Träufle bei: »Hätte er die nur mal gehabt, dann wär es mit seinem Betrieb nicht den Bach runtergegangen.«

»Was ist denn mit dem Brändle'schen Betrieb schiefgelaufen?«, fragte Leo. »Und was war das überhaupt für einer, der Lothar Brändle? Ich hatte überhaupt nicht den Eindruck, dass der ein schlechter Geschäftsmann war.«

»Man soll ja über Tote nichts Schlechtes reden«, sagte Häcker, »aber der Lothar Brändle war kein pflegeleichter Zeitgenosse. Das wirst du als privater Kunde nicht gemerkt haben, aber seine Fachkollegen, sowohl im Weinbau – denn er hat ja eigentlich Winzer gelernt und noch einige Semester Önologie studiert – als auch im Rebschulgewerbe, hatten ihre liebe Not mit ihm. Er hat nicht lockergelassen, wenn er irgendeine Unrichtigkeit festgestellt zu haben glaubte. Da war schnell mal eine Anzeige vom Zaun gebrochen. Der Lothar fürchtete, sein Name könnte Schaden nehmen, wenn einer seiner Kunden bei einem krummen Ding erwischt worden wäre. Das hätte dir auch drohen können. Du hast nur das Glück gehabt, noch nicht so weit zu sein in deiner Weinentwicklung. Aber wehe, wenn er irgendwo eine Etikettierung zufällig sah, die nicht den gesetzlichen Bestimmungen entsprach, dann lag irgendwann der blaue Brief vom Amt bei dir im Kasten. Die wenigsten wussten am Anfang, dass er es war, der sie angezeigt hatte. Aber wer ihn näher kannte, der wusste das, und so hat sich das mit der Zeit herumgesprochen. Deswegen hatte er eigentlich keine richtigen Freunde mehr. Und da geht es mit so einem im Geschäft irgendwann bergab.«

»Gibt es da ein Beispiel?«, fragte Leo.

»Natürlich gibt's da ein Beispiel«, sagte Fluppes. »Mich! Ich hab zusammen mit dem Abramow einen Internet-Weinhandel aufgezogen. Den ersten, den es in Deutschland gab: *Finest Wines*. In Russland war das sowieso der erste. Wladimir ist zwar steinreich, aber er achtet sehr darauf, dass das, worauf er sich einlässt, hundertprozentig stimmt. Da war alles in

Ordnung. Da war nichts zu beanstanden. Wir haben immer nur die besten Weine angeboten, vorwiegend Ökoweine, alles ohne Fehl und Tadel. Aber da kommt der Brändle, hat sich scheint's durch alles durchprobiert und wollte herausgefunden haben, dass unsere Château-Margaux-Grand-Cru-Weine, von denen eine Flasche so ab 2000, 3000 Euro zu haben ist, billiger Aufguss von kleinen Weingütern aus dem Bordeaux seien. Na, das beweis oder widerleg jetzt mal einer! Der Prozess ist immer noch anhängig, aber wegen dem Brändle hat sich der Wladi aus der Sache verabschiedet. Jetzt versuche ich dieses Kind allein zu schaukeln, aber ihr könnt mir glauben, dass der Brändle nicht gerade zu denen gehört hat, denen ich gern die Hand geschüttelt hätte. Keine Ahnung, was jetzt wird. Ob ein Toter noch als Kläger auftreten kann?«

»Wenn der doch nur ä g'scheids Weib g'hätt hätt!«, sagte der Carlo Kinkel.

»Die hätt er au verklagt! Weil sie ihm die Mauldasch net richtig packt hätt!«, sagte der Wagener.

»Hobbywinzer und Neuanfänger im Gewerbe – das war die Klientel, mit der er es am Ende zu tun hatte. Versteh mich nicht falsch, Leo«, sagte Rudi Träufle, »nichts gegen Hobbywinzer – im Gegenteil! Richtig so, einfach anfangen. Aber mit kleinen Stückzahlen kann eine Rebschule auf die Dauer nicht überleben. Da sind es doch die anderen Geschäfte, die ins Kontor hauen. Und wenn die ausbleiben, sieht's düster aus.«

»Er hat sich einfach nicht mehr die großen Kontingente herangezogen, denn was sollte er damit, wenn er sie nicht absetzen konnte?«, sagte Fluppes. »So haben ihm die Konkurrenten immer wieder den Rang abgelaufen. Da, wo die großen Geschäfte zu machen waren, da war er nicht schnell genug oder hatte nicht die Kapazitäten. Erstrebenswert wäre für ihn hier in Brandenburg der Wolkenwerdaer Weinhang gewesen – da hätte er seinen Schnitt machen können. Aber dazu war er wieder zu etepetete, da hat er plötzlich gesagt, dass er doch seine edlen Reben nicht dafür hergeben würde, auf irgendeiner Kohlenkippe angepflanzt zu werden. Und so hat REBUS das Geschäft gemacht, Inhaber ist der Ludwig Böckser aus Heidenheim an der Brenz. Als es bei dem Lothar direkt vor der Haustür darum ging, den Lauffener Kamelsfelsen neu aufzureben – und wohlgemerkt: wir sprechen da von etwa 90 000 Pfropfreben à zwei bis fünf Euro (je nachdem, ob Hochstamm oder normal) –, da hat der Lothar doch tatsächlich gesagt, der Adolf Randecker, dem die Lage gehörte, der hätte ja noch nie gescheiten Wein gemacht und er, Lothar Brändle, würde den Teufel tun, dem auch nur eine Rebe zu geben. Das sei doch sowieso für die Katz! Später tät's heißen: Das waren ja auch die Reben von dem Brändle. Nicht mit ihm!«

»Jetzt sag selber:«, meinte Wagener, »Kannsch so reich werda?«

Leo hatte sich gedanklich am Wolkenwerdaer Weinhang festgebissen. Das war doch der Versuchsweinberg im ehemaligen Tagebau ... Wolkenwerda GmbH – das war ja auch die Adresse, die Jan-Dirk Fuchs als die seine angegeben hatte ...

»Der Wolkenwerdaer Wein...«, begann er, doch er merkte, dass ihm die Rede nur noch äußerst schleppend und schwer von der Zunge ging, und ließ es daher bei diesem Anfang bewenden.

»Der Wolkenwerdaer Weinhang ist ein guter Anschauungsort für dich, mein lieber Leo!«, sagte Peter Fluppes lächelnd. »Ich bin noch ein paar Tage hier und hatte sowieso vor, mir das Gelände einmal anzusehen. Wenn du Lust hast, dann ruf mich an, dann fahren wir gemeinsam dorthin.« Er schob Leo seine Visitenkarte mit handschriftlich vermerkter Handynummer über den Tisch. »Auch sonst kann jeder, der Interesse hat, mitkommen.«

Leo nahm seine ganze verbale Kraft zusammen und erklärte:

»Eine gute Freundin eines guten Freundes macht bei der ARD eine kleine Sendereihe über Weinkarrieren, wobei ich als Berater tätig bin. Die würde gerne etwas über die Weinbruderschaft drehen. Morgen sind wir übrigens in diesem alten Züchtungsinstitut in Müncheberg.«

Jetzt zeigte es sich, dass ein rechter Weinbruder auch nach einem solchen Abend, oder sagen wir: gerade nach einem solchen Abend, die richtige Eloquenz besaß, klare und unmissverständliche Statements abzugeben, verbindliche Ratschläge zu erteilen und bei aller Formlosigkeit eines stundenlangen vorangegangenen Geplauders mit einem Male wieder alles auf den Punkt zu bringen, denn Peter Fluppes sagte ohne Schwanken in Stimme und Gedanken:

»Das mit der Weinbruderschaft, das rede deiner Freundin aus, auch wenn sie bestimmt hübsch ist und wir uns etwas vergeben! Wir wirken lieber im Verborgenen. Auch sind unsere Rotnasen gar nicht so filmogen. Müncheberg dagegen ist gut, da kann man einiges über die Vorgeschichte der heutigen Rebkultur lernen. Sag ihr – deiner hübschen Film-Freundin –, sie soll über den Wolkenwerdaer Weinberg berichten und über den, der ihn betreibt, den Tilo Herbst.«

»Das ist viel interessanter!«, pflichtete Wagener Fluppes bei. »Das ist *der* Ort in Brandenburg, an dem momentan Bedeutendes geschieht!«

»Meine Herren, so leid es mir tut: Letzte Bestellung!«, sagte der Ober, seine Zwiebel aus der Hosentasche ziehend und den Deckel demonstrativ auf- und zuklappend.

Ein Blick auf den Regulator an der Wand neben der Karte des Schwabenlandes hätte genügt, um zu sehen, dass es schon beinahe dreiviertel zwei war.

»Zu Ehren Lothars gibt's jetzt noch ein' ganz schlichten Lauffener Katzenbeißer«, sagte der Vorsitzende Häcker. »Möge der Brändle da, wo er jetzt ist, keinen mehr beißen müssen.«

Wagener schüttelte den Kopf:

»I seh's scho komma, der wird au no den Petrus verklaga, wenn uff den Wengert vo oim, den er net g'mocht hett, nur oi Rägetropfe fällt! Lothar, du alte Quecke, sollsch da, wo du jetzt bisch, endlich doin Frieda fendä!«

14

»Na, das muss ja hoch hergegangen sein!«, sagte Jenny, als sie Leos verkatertes Gesicht sah.

Sein erster Gedanke galt dem Mustang, von dem er partout nicht sagen konnte, wo er stand und wie er wohl aussah. An die Fahrt von Schöneberg nach Kreuzberg, wo Jenny neuerdings am Fraenkelufer in einer Dreizimmerwohnung wohnte, hatte er nicht die leiseste Erinnerung.

Es waren schöne, ultramodern geschnittene Behausungen in einer avantgardistisch aufgemotzten Mietskaserne. Während das Gebiet rundherum ein einziges Chaosgelände war und auf der nahe gelegenen Admiralsbrücke seit vielen Jahren eine Endlosparty gefeiert wurde, war dieser kleine, in jedem Sightseeing-Architekturführer als must-see aufgeführte Design-Wohnblock eine absolute Insel der Normalität. Ein unsichtbarer Sperrkreis umgab dieses Eiland und hielt freilich seine Bewohner auch in ihrer eigenen Mittelständlerspießigkeit gefangen. Jenny lief Gefahr, das sah Leo sehr deutlich, wenn sie lange hier lebte, genau in dieser Mittelstandsfalle zu landen. Augenblicklich war es für sie nur ein Zeichen des Aufstiegs, dort zu wohnen. Doch was war, wenn dies das Ende der Fahnenstange wäre?

»Keine Sorge, du wirst ihn ganz manierlich abgestellt haben!«, sagte Jenny. »So, wie ich dich kenne.«

Nur mit Mühe und Not konnte sie Leo davon abhalten, so wie er war, hinunterzustürmen und am Landwehrkanalufer nach seinem geliebten Wagen zu suchen.

»Manchmal kenne ich mich selbst aber nicht mehr«, erwiderte Leo.

»Dafür gibt es spezielle Ärzte! Du kannst ja demnächst einen über dich befragen. Trink jetzt erst mal deinen Kaffee. Ich werde mal runtergehen zum Briefkasten. Mal schauen, was von deinem Wagen übrig ist.«

Er schmierte sich drei Stullen, konnte jedoch keinen Bissen herunterbringen, bis sie nicht wieder oben war und Bericht erstattete.

»Ich kann dich beruhigen, dein Mustang steht wohlbehalten direkt vorm Haus. Wir haben einen Termin in Müncheberg. Das hat mir Christa gerade mitgeteilt. Was ist eigentlich mit den Weinbrüdern? Wann treffen wir die?«

»Wollen nicht. Bleiben lieber im Verborgenen. Vielleicht auch besser so, gewöhnungsbedürftiges Völkchen, diese Schwaben. Aber es gibt einen Tipp und eine weitere Möglichkeit – das wäre dein Winzer! Tilo irgendwas. Hat den größten Weinberg im Land, und rate mal, wo der sich befindet!«

»Ratespielchen am frühen Morgen mag ich überhaupt nicht! Raus mit der Sprache, wir müssen auch in zwei Minuten los.«

»In einem ehemaligen Tagebau! Wein auf der Kohlenkippe!«

»Ist ja der Hammer! Wie kommen wir dahin? Muss sofort einen Termin ausmachen!«

»Nein, einer der Weinbrüder, der Peter Fluppes aus Badenweiler, meinte, ich solle ihn bloß anrufen, und dann würden wir gemeinsam hinfahren. Wenn du willst, versuche ich es gleich.«

»*Der* Peter Fluppes? Der größte nach Rotkäppchen?«

»Genau der. Soll ich?«

»Mach's von unterwegs, wir müssen los, wir sind schon viel zu spät dran!«

Leo nickte ergeben. Er stürzte schon im Aufstehen den Kaffee hinunter und packte sich die drei dick gebutterten Brote mit Pflaumenmus, die er vorbereitet hatte, in eine Tüte. Dann hasteten sie zum Mustang hinunter. Auch wenn Jenny schon weit aufgestiegen war, so hatte sie doch bislang weder Führerschein noch Auto. Das war auch gut so, fand Leo, denn er tat nichts lieber, als eine schöne Frau in seinem schönen Auto durch das schöne Berlin zu fahren.

Unten angekommen, erschrak Leo, denn der Mustang stand gar nicht so brav, sondern reichlich quer vorm Haus, direkt im eingeschränkten Halteverbot. Das Knöllchen unterm Scheibenwischer belief sich auf 35 Euro. Das tat weh.

»Diese verflixte Hauptstadt wird noch mein Ruin!«

»Tja, Prignitzer Weinbotschafter zu sein, bringt eben auch ein bisschen Mehraufwand mit sich! Schickes Auto wie immer!«, sagte Jenny und schürzte die Lippen, als sie die Tür zugeknallt hatte.

Sie fuhren zunächst zum Hauptstadtstudio, wo das bereits sattsam bekannte Team in der üblichen Kondition, mit allen Gerätschaften und zwei kaffeegefüllten Schnabeltassen ausgestattet, im Innenhof auf sie wartete.

Leider war für einen vierten Fahrgast kein Platz im Kombi, sodass sich Leo notgedrungen mit dem Mustang hinters Fernsehmobil klemmte, obwohl er gehofft hatte, wenigstens den Sprit für diese Fahrt sparen zu können.

Richtung Osten kam man schneller aus Berlin heraus als Richtung Westen, stellte er fest, als sie schon nach knapp einer Stunde die Forschungsstadt Müncheberg erreichten.

Die Zufahrt zur ALEV (Agrarwirtschafts- und Landschafts-Entwicklungs-Versuchsanstalt), die der privaten Hochschule für Agrarwissenschaften Müncheberg angegliedert war, wies die gleiche Panzerung auf wie eine oberste Bundesbehörde: ein Pförtner hinter Panzerglas, mehrere automatisch zu öffnende und zu schließende Rolltore, so dimensioniert, dass man sie auch mit einem Panzer nur schwer hätte überrollen können ...

Doch es sah alles schlimmer aus, als es war, denn ein aus dem Seitenfenster geworfenes »Wir haben einen Termin mit Frau Dr. Dalberger!« genügte, um den Wachmann die Hand an die Mütze legen und sämtliche Sperren aufheben zu lassen.

Von der Straße aus war das Institutsgebäude nicht zu sehen. Über gewundene Pfade ging es durch einen Tannenwald, der vom Umfang der Stämme her zu urteilen schon seine achtzig Jahre alt war. Hinter einer kleinen Gruppe wurde endlich der Blick frei auf zwei monumentale, im rechten Winkel burgartig zueinander stehende, dreistöckige erdbraune Gebäude mit riesigen aufgesetzten Ziegeldächern, die mehr einer SS-Ordensburg glichen als wissenschaftlichen Institutsgebäuden.

Von der einstigen Nutzung war nicht viel mehr als die Farbe geblieben. Die Dame, die sie auf dem Parkplatz empfing, hatte sich bestens vorbereitet. Jeder bekam eine Mappe mit aufschlussreichen Unterlagen zur Institutsgeschichte, einem Führer über das Institutsgelände sowie einer Informationsbroschüre zur gerade laufenden Ausstellung »Müncheberg in der Erzeugungsschlacht 1934–1945«. Nachdem Jenny Frau Dr. Dalberger hatte begreiflich machen können, dass es in ihrem geplanten Beitrag weniger um die heutige Versuchsanstalt als vielmehr um die Wirkungsstätte des verstorbenen Begründers der wissenschaftlichen Rebzüchtung in Deutschland, Justus Adamanthus Korb, gehen sollte, war die Verwirrung groß.

»Äh. Tja, also. Den Weinbau haben wir in dieser Ausstellung ausgespart. Schließlich hatte er ja nur sehr weitläufig mit der sogenannten Erzeugungsschlacht zu tun. Wein hat es in Deutschland eigentlich immer ausreichend gegeben. Und während des Kriegs wurden die deutschen Weinvorräte durch die Beutezüge, vor allem in Frankreich und später auch in Italien, aufgefüllt.«

Frau Dr. Dalberger überlegte krampfhaft, wie die Situation jetzt zu retten wäre.

»In unserer ständigen Ausstellung gibt es aber eine Vitrine, in der die Arbeit des Institutsgründers Feldenhain und des Leiters der Abteilung für Rebenzüchtung, Korb, gewürdigt wird. Die könnten Sie zuerst mal abfilmen. Außerdem gibt es eine monumentale Stele zur Erinnerung an Feldenhain. Und wir haben eine Ecke mit alten Reben, die gärtnerisch gepflegt werden und noch aus DDR-Zeiten stammen.«

Jenny atmete hör- und sichtbar auf.

»Dann haben wir zum Glück unsere Zeit nicht verplempert! Wir filmen zuerst die Reben, dann gehen wir in die Ausstellung«, sagte Jenny, und Frau Dr. Dahlberg war die Hilfsbereitschaft selbst.

Die Reben waren uninteressant, sah Leo sofort. Denn es handelte sich, dem Ort nach zu urteilen, wo sie standen, um kaum vierzig Jahre alte Pflänzchen: Tafeltrauben mit einfallsreichen Namen wie Fanny, Nero, Romulus, Lilla, allesamt von einem Ungarn in Eger in den Sechzigern und Siebzigern gezüchtet.

Leo entsann sich seines Versprechens, den Termin für den Wolkenwerdaer Weinberg klarzumachen. Er suchte kurz nach der Handynummer von Fluppes im gespeicherten Telefonbuch, bis ihm einfiel, dass er diese Nummer noch gar nicht eingetragen hatte. Jetzt ging die verzweifelte Suche nach Fluppes' Visitenkarte los, die er irgendwann, als er schon aufgeben wollte, zweimal gefaltet in der ultrakleinen Münztasche über der rechten Hosentasche seiner Jeans fand.

»Ach, der Nordland-Winzer!«, kam es kristallklar aus dem Äther, als Leo seinen Namen genannt hatte.

»Stimmt auffallend! Hallo Herr Fluppes.«

Fluppes lachte.

»Du willst sicher mit nach Wolkenwerda. War da nicht auch eine Dame vom Fernsehen?«

»Genau. Gibt es schon einen Besichtigungstermin?«

»Ja, morgen. Abfahrt neun Uhr bei der *Weckle-Manufaktur*, Akazienstraße 17, wo wir vorher frühstücken. Wir fahren mit meinem Bus.«

Verdammt, wo soll ich denn da parken, dachte Leo. *Soll ich mich den ganzen Tag ins teure Parkhaus stellen?*

Es war ihm unangenehm, Deutschlands zweitgrößten Sekthersteller mit solchen Lappalien zu belästigen, doch Fluppes nahm es ihm überhaupt nicht krumm.

»Lass dein Schmuckstück einfach stehen. Dann lauf die drei Minuten die Admiralstraße runter bis zum Kottbusser

Tor und steig in die U1. Drei Stationen bis Möckernbrücke, wurschtel dich zur U7 Richtung Spandau durch und steig am Kleistpark wieder aus. Den Rest des Wegs kannst du laufen.«

»Alles roger, bis dann! Äh, woher wiss…, woher weißt du eigentlich, wo ich parke und übernachte?«

»Na, sicher kannst du dich doch noch an deine Heimfahrt von Schöneberg nach Kreuzberg erinnern …«

»Also, wenn ich ehrlich sein soll …«

»Tja, das sollte dir zu denken geben. Ich hab dich in deinem eigenen Wagen nach Kreuzberg gefahren. Bis da, wo du mich hingelotst hast. Der Wagener ist hinter uns hergefahren, dann haben wir gewartet, bis du in der Haustür verschwunden und nicht mehr rausgekommen bist. Daraus haben wir geschlossen, dass du wenigstens ein Dach überm Kopf hast, und sind zurück. Das ist schon die ganze Geschichte.«

Erstaunlich, dachte Leo, als er das Handy wieder in seine Jackentasche schob, *dass mich diese paar Gläschen so betäubt haben, dass ich mich an nichts mehr erinnern kann.*

15

Während Jenny mit ihrem Team im Innern der braunen Riesenklötze verschwand, streunte Leo unter dem Vorwand, sich immer noch nicht ganz auf dem Damm zu fühlen und frische Luft zu brauchen, durch die Institutsanlagen. Auf einer breiten Platanenallee folgte er den Wegweisern zum modernen Hauptgebäude der Privatuni und hatte es schon beinahe erreicht, als ihm zur Linken ein hagerer, noch äußerst agiler Mann auffiel, der – offensichtlich zum Institut gehörend – sich gerade vor einem Gewächshaus zu schaffen machte.

»Verzeihung! Ich suche jemanden, der mir etwas über Müncheberg in den Dreißigern und Vierzigern berichten kann. Es gibt doch einen Verein der alten Müncheberger? Unwahrscheinlich, dass jemand noch immer hier arbeitet, aber ...«

Der andere lächelte ihn vielsagend an.

»Warum interessiert Sie das?«

Von Nahem sah sein wettergegerbtes, von tiefen Furchen gezeichnetes Gesicht wie altes Leder aus, das allen Widrigkeiten bisher getrotzt hatte.

»Eine gute Freundin macht einen kleinen Fernsehbeitrag für die ARD. Da geht es um Weinkarrieren in Brandenburg, und sie möchte unbedingt etwas über Müncheberger Rebzüchter reinbringen. Ist jetzt im Hauptgebäude mit Frau ...«

»... Dalberger?«

»... Dalberger unterwegs.«

»Da fragen Sie nun jetzt gerade den Richtigen!«

Leo schaute fragend.

»Nun ja, mein Vater war wissenschaftlicher Mitarbeiter bei Feldenhain. Ich bin quasi in das alte Müncheberger Institut hineingeboren worden, ’42.«

Der Mann kam auf ihn zu und gab ihm die Hand, wie man das auf dem Land machte. Offensichtlich hatte er hier nicht viel Ansprache, denn er kam sofort ins Plaudern und erzählte munter seine halbe Lebensgeschichte. Aber das war eigentlich auf dem Land auch nichts wirklich Besonderes.

»Bruno Sänger, Diplom-Agrarwirt, jetzt nur noch Infektionshelfer. Mein Vater hat unter Feldenhain und auch unter Korb gearbeitet, nicht nur hier, sondern auch in den Zweigstellen, den *Fliegenden Instituten*, wie es damals hieß. Mich hat man überall mit hingeschleift, ich war so etwas wie das lebende Maskottchen. Natürlich hab ich daran keine Erinnerung, nur alte Bilder. Als der Exodus begann, also die Flucht vor der Roten Armee, die von Seelow anmarschierte, hatte mein Vater nicht den Mut, auf einen dieser Wahnsinnszüge zu springen, die mit Pflanzen, Saatgut, Mann und Maus ins Ungewisse losfuhren. Er wurde erst Weinbauer in Meißen, dann Gärtner im VEB Baukombinat Cottbus und hatte später eine Weinstube in Schweinrich.«

»Da war ich sogar mal!«, sinnierte Leo. »Ist da nicht so eine grüne Traube an der Wand und ein Römerglas?«

»Genau.«

»Wie hieß das noch ... *Beim Ökonom*?«

»Zum Oekonomierat.«

»Was geschah da noch mal, als die Russen kamen?«, hakte Leo nach.

»Damals ging der größte Teil des Saatsguts der anderen Züchtungsabteilungen sowie die Sämlinge und Reiser der Rebzüchtung auf die Fahrt ins Ungewisse. Mehrere Waggonladungen in unterschiedliche Richtungen. Feldenhain hatte mit seinem Transport großes Glück, Korb auch mit seinem. Sie sind bis in die Pfalz durchgekommen, obwohl viele Strecken Richtung Westen schon von voreilig eingesetzten Schwellenreißern unpassierbar gemacht worden waren. Etliches ist bei den Russen gelandet, die es dann meistens bloß noch zum Feuermachen gebrauchen konnten.«

»Warum sind Sie vor dem Mauerbau nicht an den Geißenweiherhof nach Niebeldingen gegangen, wo Feldenhain und Korb waren?«, fragte Leo.

»Damals war doch die allgemeine Depression so groß, dass einen schon eine kleine heimliche Sicherheit aufgebaut und am Leben gehalten hat, oder nicht? Ich hatte nie diese hochfliegenden Wissenschaftspläne. In den westlichen Besatzungszonen brodelte es vor Energie. Wo Feldenhain und Korb waren, sowieso. Nach so viel Gefecht war mir die ruhige Kugel, die ich hier schieben konnte, viel mehr wert.«

»Hier hast du nichts mehr mit Wein machen können! War das nicht deprimierend?«

Leo war ganz automatisch zum Du übergegangen. Sänger taxierte ihn, wohl um abzuschätzen, ob er aus dem Westen kam oder ein Verbündeter war. Das Ergebnis dieser Untersuchung fiel offenbar zu Leos Gunsten aus.

»Ach, das mit dem Wein stimmt gar nicht. Ich konnte neben dem Studium im väterlichen Weinberg in Meißen arbeiten und mich sogar ein bisschen zum Kellner ausbilden in unserer Weinstube in Schweinrich ... Und etwas Rebforschung gab's hier und in Arenswalde sogar auch. Mir hat's gereicht. Alle späteren Epochen des Instituts habe ich miterlebt. Ich habe hier mein Abitur gemacht, ein paar Semester Agrartechnik in Halle studiert und war am Ende diplomierter Kulturgärtner in der kommunistischen Kartoffelerntemaximierung. Aber nach '91 lag hier alles so lange brach ... Danach, als die Uni kam, war ich zu alt für Forschung und Lehre.«

»Und was wird das hier?«, fragte Leo, während er auf die Klimagewächshäuser deutete.

»Im Grunde genommen ist das die Fortsetzung dessen, was sie in den Dreißigern mit Weinreben gemacht haben: Die Stöcke hier sind bereits relativ resistent gegen Krankheiten und Schädlingsbefall. Jetzt werden extreme Witterungsbedingungen simuliert, Jahre mit unendlich viel Regen und dann wiederum Trockenphasen, die kaum eine gewöhnliche Pflanze aushalten kann. Verrückt, nicht wahr? Sozialdarwinismus pur, künstlich erzeugter Auslesedruck jetzt wie einst. Nur der Umfang hat sich geändert. Heute hat man zweihundert bewurzelte Versuchskaninchen. Damals wurden Tausende von Pflanzen künstlich mit Krankheiten infiziert und mit Schädlingen besetzt. Das haben nur die wenigsten überlebt, und jene, die es schafften, wurden umhegt, gepflegt, untersucht. Die stärksten kamen weiter. Bei den Weinreben etwa wurden Reiser von dreijährigen Reben in Reichspflanzgärten gepfropft, vorgezogen, anschließend in alle deutschen Gaue verschickt.«

Gaue, dachte Leo. *Wie fremdartig das heute klingt!*

Sänger schloss die Folientür hinter Leo und begann mit den Vorbereitungen zu seiner Arbeit. Es war höllisch heiß und sehr trocken. Irgendwie war in den künstlichen Tropen das Eis zwischen ihnen gebrochen.

»War nicht so einfach nach der Wende, was?«, forschte Leo, denn das war immer ein aufschlussreiches Thema, wenn man einen Landsmann traf.

»Hör mir bloß auf!«, sagte Sänger. »Ich hab nicht zu denen gehört, die sich damals bereichert haben. Du glaubst nicht, was mit den Versuchsflächen hier im weiteren Umkreis passiert ist. Du musst dir nur die heutigen großen Landwirte rund um Müncheberg anschauen. Deren Besitz steht sozusagen auf tönernen Füßen ... Solange sie mich hier dulden, mache ich weiter, was anderes habe ich ja nicht. Die Weinstube in Schweinrich gibt's nicht mehr. Der Weinberg in Meißen ist verkauft. Ich wohne in einer kleinen Datsche und mache hier gegen ein kleines Taschengeld meinen Job. Ich spare für meine Weltreise, die ich hoffentlich erlebe, bevor ich sie nur noch im Sarg mit Fenstern machen kann.«

Das klang zu sehr nach Gesprächsende, daher setzte Leo rasch noch einmal da an, wo es für ihn interessant wurde:

»Kanntest du Feldenhain und Korb persönlich?«

»Wenn man so viel über Leute hört wie ich von meinem Vater, dann kennt man die schon irgendwie. Einmal waren sie auch hier. Da hab ich sie persönlich kennengelernt. Lange, nachdem sie in den Vierzigern neben mir kleinem Knopf gestanden hatten.«

Sänger lachte sarkastisch.

»An Weinreben wurde aber hier zu DDR-Zeiten nicht mehr geforscht?«, fragte Leo.

»Es gab noch einen Züchtungsauftrag für sozialistische Tafeltrauben in einem ausgegliederten Institut. Da kamen so seltsame Sorten raus wie Karl Marx, Rudolf Breitscheid, Ernst Thälmann und ... Trabant.« Er lächelte. »Immerhin war noch original Ausgangsmaterial aus Müncheberg dabei und als Kreuzungspartner die russische Mitschurinski-Rebe. Frosthart bis minus 35 Grad durch Amur-Reben als Unterlagen ... In den Siebzigern war's aus mit der Züchtung, man forschte also nicht mehr *an*, nur *mit* Weinreben. Es gab noch ein Programm, in dem Weinreben an Hauswänden untersucht wurden. Die Südseiten von Plattenbauten sollten zur Tafeltraubenvollversorgung der Bewohner dienen. Das Projekt hieß *Wein-Platte Cottbus* und bestand aus einer Kombination hier vermehrter rumänischer Rebsorten und spezieller Betonplatten mit eingebetteten Gittern als Rankhilfen. Das hat nie funktioniert. Die Reben dahin zu kriegen, wo man sie hinhaben will, ist eine Lebensaufgabe. Bring mal einen Genossen dazu, nach der Arbeit in der Fabrik täglich im Sommer – und das über Jahre! – in bis zu dreißig Metern Höhe Reben an Stahlarmierungen anzubinden ... Die Pilotbauten im Potsdamer Schlaatz sind dann mit Hopfen berankt worden.«

»Was ist mit der ominösen Müncheberger Wolfsrebe? Ich hab das mal in einem Nachruf auf Korb gelesen.«

Sänger lachte gequält auf. Schaute Leo durchdringend an. Schüttelte schließlich den Kopf.

»Eine solche Rebe hat's nie in den Anbau geschafft. Denkst du, Hitler alias Wolf wollte an der Wolfsschanze Weinreben pflanzen? Das ist schon sehr seltsam, dass ihr alle danach fragt.«

»Ihr alle?«, fragte Leo, und Sänger antwortete:

»Vor ein paar Wochen waren kurz nacheinander ein paar hier, die haben mich förmlich genau auf die gleiche Art ausgequetscht. Du machst es sympathischer, das will ich mal festhalten ...«

»Wer war denn das? Tät mich interessieren ... will ja wissen, wer uns, ich meine der ARD, da Konkurrenz macht.«

»Keller hieß der eine, so ein Sortenschnüffler aus Berlin, kommt aber eigentlich aus der Pfalz.«

»Ach, der Michael Keller, den haben wir gestern interviewt. Und der andere?«

»Der irre englische Weinkritiker, dieser Pott. Und noch einer ... hab ich vergessen.«

Sänger ging vor ihm her aus dem Gewächshaus. Fünfzig Meter weiter, etwas zurückgesetzt, befand sich ein gemauerter Kellereingang. Sänger öffnete eine braune Lattentür. Leo blieb ihm brav auf den Fersen.

»Setz dich daher! Was dagegen, wenn ich dich zu einem Glas Wein einlade? Ist zwar keine Wolfsrebe, aber nahe dran ...«

Sänger öffnete die Tür eines Safes, der aus den Dreißigerjahren stammte, wie der Schriftzug *Arminius-Werke Berlin KT/1932* im inzwischen rotbraunen Rostkleid mitteilte, und zog eine Flasche hervor.

»Hier drin hatten sie früher die Protokolle. Weniger gegen Diebstahl als vielmehr gegen Feuer gesichert. '43 und '44 gab's zwei kleinere Bombenangriffe auf die Müncheberger Institute. Mein Vater hat wie durch ein Wunder überlebt, und ich genauso: Dieses Ding hier hat einen Granatsplitter aufgehalten, der mich sonst durchbohrt hätte, hier kannst du die Kerbe sehen! Ich lag im Kinderwagen, da, wo du sitzt.«

Sänger deutete auf eine Vertiefung im Metall einer Tresorseitenwand, schon von Rost überzogen, aber sehr beeindruckend.

»Erstaunlicherweise blieb der große Behrensbau stehen, auch wenn an der Vorderfront teils kindskopfgroße Löcher in der Fassade entstanden. Hauptziele waren aber die Reichsrinderzucht Vierlinden und die Kalkwerke Rüdersdorf. Da sind wohl nur ein paar Irrläufer hier runtergekommen.«

Sänger wischte zwei Weingläser aus DDR-Zeiten, erkennbar an den filigranen Traubengravuren auf den kleinen Halbkugeln, mit einem blau karierten Handtuch sauber und öffnete mit geübter Hand die noch original verkorkte Flasche. Er bediente sich dazu eines Öffners, der sicher so alt war wie der Tresor. Leo wollte auf das Etikett linsen, doch Sänger hielt ihn zurück und sagte:

»Warten wir noch einen Augenblick mit der Überraschung. Sag mir erst mal, was du schmeckst!«

Der Wein war goldgelb und ölig: An der Glasinnenwand bildeten sich beim Schwenken nur langsam wieder verschwindende Schlieren, was darauf hindeutete, dass reichlich höhere Alkohole wie etwa Glycerin vorhanden waren. Leo beobachtete, wie die Tropfen zum Flüssigkeitspegel im Glas zurückkehrten und jene Strukturen erzeugten, die *Kirchenfenster* hießen.

Leo nahm einen ersten Schluck, allerdings ohne zu schlucken. Er registrierte eine mörderische Säure, die dem schlimmsten Moselriesling den Rang ablief.

»Säure: circa 8 Gramm pro Liter! Aber eine schöne Süße, die sie in Schach hält. Alkohol ... vielleicht 11 oder 11,5?«

Sänger nickte wohlwollend, während Leo versuchte, zu beschreiben, was ihm an Geschmacksnoten in den Sinn kam.

»Sehr eigentümlich, ein bisschen Rose oder Hibiskus, dazu aber reichlich Fuchsbau oder nasses Fuchsfell, um nichts Schlimmeres zu sagen. Muss viel *Vitis labrusca* drin sein.«

»Da hast du dir wirklich deinen Schluck verdient! Ja, der Fuchston ... An dem haben sie lange geknabbert. Bei den Amerikanern ist der kein Fehler, denn schließlich bringen die amerikanischen Reben ihn alle hervor. Da ist er gewissermaßen die lokale Note. Manche hiesigen Rotweine haben auch diesen Geschmack nach Pferdedecke oder Pferdepopo, und keiner regt sich auf, sondern nennt es fleischig, maskulin oder sonst einen Blödsinn. Der Vorteil der Amerikanerreben als Unterlagen in der Züchtung war nun einmal, dass sie sich im Laufe der Evolution gegen die amerikanischen Krankheiten immunisiert hatten. Seit diese Pilze und die Reblaus nach Europa eingeschleppt wurden, haben wir uns die Widerstandskraft bei der Züchtung zunutze gemacht. Das klingt einfach, war aber nicht so perfekt für den Geschmack. Die Fuchsnote setzt sich bei der Züchtung immer wieder stark durch. Heute sind wir so weit, dass sie in den Pfropfreben nicht mehr unangenehm auffällt. Irgendwie bin ich Amerikaner, denn ich finde diesen Foxton gar nicht so übel und vermisse ihn sogar schon, wenn er fehlt.«

Sänger drehte die Flasche um. Unter einem Adler mit endlos langen ausgebreiteten Schwingen, der gut von 1933 hätte stammen können, stand:

Remstaler Kreuzgang
1956
Siegfried
11,5 % Vol.
Weingut Stettener Nonnenspital
Vinzenz Wagener, Stetten a. d. Rems

»Ach, den Vinzenz hab ich doch gerade erst kennengelernt! Der ist bei den Berliner Weinbrüdern.«

»Den kannst du nicht kennengelernt haben, denn der ist schon seit über dreißig Jahren tot. Das war sein Sohn, Vinzenz Wagener der Jüngere.«

»Davon, dass sein Vater Siegfriedreben-Wein gemacht hat, hat der Wagener gar nichts erzählt, obwohl wir es fast den halben Abend von den Müncheberger Züchtungen hatten.«

»Das ist halt heut nicht mehr *pc.* Wer will schon öffentlich in die braune Ecke geschoben werden?«, fragte Sänger und schenkte nach. »Alter Wein muss jung getrunken werden! Die Alten halten es nicht aus, wenn sie zwei, drei Tage offen stehen.«

Leo schaute sicherheitshalber auf sein Handy. Wahrscheinlich suchten die Filmemacher bereits händeringend nach ihm. Aber er fand noch keine Meldung. Er sah sich im Innern der kleinen Winzerkate um. Da hingen an einer Korkwand ein paar Fotos. Eine ganze Serie zeigte einen Hobbyweinberg irgendwo mitten in den Wäldern, so sah es aus, denn da war keine Hochtechnologie im Einsatz. Mittelalterlich anmutende Einzelpfähle zur Erziehung der Reben statt moderner Drahtrahmenkonstrukte. Ein Gruppenbild: die alten Müncheberger, wie es schien, versammelt an jenem Ort.

Sänger war seinem Blick gefolgt und sagte:

»Arenswalde. Das war der Reichspflanzgarten, der meinem Vater unterstand. Gibt's nicht mehr. Ist heute praktisch nicht mal mehr der Zaun vorhanden.«

»Reichspflanzgarten ...?«

»Einer der Vermehrungsplätze, weit ab von der Infektionsabteilung. Dort wurden die Endergebnisse der Pflanzenzüchtung vermehrt und für die Verbreitung im Reich vorbereitet. Am Ende jedenfalls ging alles kreuz und quer. Einerseits kamen Verlagerungsbefehle Richtung Süden, andererseits wurden immer noch Waggons für den Warthegau gepackt.«

Warthegau, Reichspflanzgärten, Arenswalde ... Leo wog die Begriffe im Gehirn wie schwere braune, verrostete Gewichte für eine mechanische Waage aus den Dreißigern, während er die Flasche fixierte.

»Und woher kommt diese Flasche?«, fragte er.

»Als die alten Müncheberger 1986 hier waren – Feldenhain und Korb und ihr Mitarbeiterstab aus Niebeldingen in der Pfalz –, das war beinah wie ein Staatsbesuch, und ich weiß nicht, wie viel Devisen als Entschädigung geflossen sind, damit dies überhaupt möglich wurde –, haben sie kistenweise davon mitgebracht, in ihrem Omnibus geschmuggelt. Ein paar Flaschen sind noch immer übrig. Warte mal, da gibt's noch ein Foto, aber das habe ich mir in den Tresor gelegt.«

Sänger holte es und legte es auf den Tisch. Ältere konservative Herren vor seltsamen Ruinen im Wald. Leo drehte es um. In altdeutscher Schrift stand dort:

> An den »Weißen Häusern« / Oktober 1986
> (Wanderung vom R.P.G. in A. aus)
> Feldenhain, Sänger, Wagener, Korb, Brändle
> 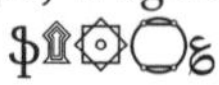

Brändle! Wagener! Beziehungsweise eine Altmännerversion der beiden. Die Väter …

»Das ist mein Vater. Und da bin ich!«, sagte Sänger und deutete auf eine unscharfe Silhouette im Hintergrund.

»Was sind das für Symbole?«

»Ach das … das sind die Erkennungszeichen ihres Altmännerbundes gewesen.«

»Weinbruderschaft?«, fragte Leo.

»So was Ähnliches. Genau weiß ich es auch nicht.«

Einen Augenblick war es still, und Leo überlegte, ob er die Sprache auf Brändle bringen sollte, ließ es aber dann.

In diesem Augenblick klingelte Leos Klappzwetschge.

»Hat mich sehr gefreut, wie kann ich dich erreichen, wenn ich noch 'ne Frage hab?«, fragte er, nebenbei Jennys Anruf annehmend. »Ja, ich bin gleich da!«

Sänger legte das Gesicht in Knitterfalten.

»Ich hab kein Telefon. Wenn du mich erreichen willst, musst du vorne im Institut anrufen und nach Bruno fragen.«

»Okay, das mache ich!«

Sie schieden mit Handschlag, und Leo fragte, ob er die Flasche mit dem kleinen Rest als Andenken mitnehmen dürfe. Sänger drückte den Korken tiefer ein, und Leo trug sie davon wie ein kostbares Beweisstück.

»Zeig sie nicht *denen*, und auch nicht dem Pförtner!«, rief ihm Bruno Sänger hinterher, und Leo schwenkte die Flasche, zum Zeichen, dass er verstanden hatte, um sie sodann unterm Hemd zu verbergen. »Die denken sonst, ich würde bei der Arbeit einen picheln!«

»Na, alles abgedreht?«, fragte er, die Hand noch an der Klappe des Kofferraumes, in dem die Flasche von 1956 nun unter einer grauen Umzugsdecke ruhte, als sich Jenny und ihr Team näherten.

»Abgedreht ist der rechte Ausdruck«, sagte Rölligk, und Mellen pflichtete seinem Kollegen bei: »Total!«

Viel mehr war aus den beiden nicht herauszuholen, die jetzt ihre Ausrüstung wieder im ARD-Vielzweckfahrzeug verstauten, sodass sich Leo fragend an Jenny wandte.

»Super Location, gruselige Nazi-Atmosphäre in diesem Haus, auch wenn es ein Peter-Behrens-Bau ist, wie wir gelernt haben. Wahnsinnsstory mit diesen Rebexperimenten. Nur das Persönliche fehlt noch ein bisschen. Dieser Feldenhain ist mir noch zu blutleer, und auch der Korb. Da werden wir in Berlin einiges aus dem Archiv herauskramen müssen. Mal sehen. War jedenfalls nicht so ergiebig wie gedacht. Und bei dir? Was Interessantes entdeckt?«

Leo entschied sofort, dass seine Entdeckung nicht für Publikum gedacht war, und sagte, mit fürs geübte Ohr leicht falsch klingender Enttäuschungsnote in der Stimme:

»Och nö. Wirklich nix Besonderes. Bin froh, dass es wenigstens für euch was gebracht hat. Aber ich hab an einer Infotafel zwei Stichworte aufgeschnappt, über die ich dich bitte, mal etwas für mich herauszufinden – du weißt ja: Alte Männer und Internet …«

Sie verdrehte die Augen.

»Soso, du bist nur zu faul. Und liebst es, Büroarbeiten jungen Damen zuzuschieben. Aber okay, sag schon, vielleicht ist es ja auch für mich interessant.«

»Schau doch mal, ob du was über Ruinen mit der Bezeichnung ›Weiße Häuser‹ findest und über ›Reichspflanzgärten‹.«

Dann fiel ihm ein, dass er doch etwas für die Fortsetzung der Dreharbeiten getan hatte, und ergänzte:

»Wir haben übrigens bereits einen Termin für Wolkenwerda!«

»Wolken! Wer da?«, ulkte Rölligk, und Jenny hätte ihn ganz offensichtlich am liebsten erschlagen dafür.

Leo dagegen fand das irgendwie witzig.

16

Er saß vor diesem kleinen Café in Potsdam und starrte in ein Bier. Vor seinem inneren Auge liefen noch einmal die turbulenten Szenen vom Ende seines Abenteurerlebens ab. Es war wie ein Traum gewesen. Manchmal kniff er sich, um sich zu vergewissern, dass es Realität war.

Er hatte sich gerade rechtzeitig aus dem Staub machen können, bevor diese Ausflügler ihn entdeckt hätten. Er spürte noch die steinerne, glatte Oberfläche, über die er sich in waghalsiger Geschwindigkeit nach unten bewegt hatte.

Da hatte dieses Auto gestanden, ganz am hinteren Ende des behelfsmäßig angelegten Parkplatzes, der eigentlich nur eine Waldwiese war. Mit zitternden Fingern hatte er den Schlüssel ausprobiert und war gleich eingestiegen und losgefahren, als er passte.

Wie in Trance hatte er sich vom Ort mit der Leiche entfernt, war erst ohne Sinn und Verstand durch die Gegend gekurvt und irgendwo, an einem Waldrand, zum Stehen gekommen. Was sollte er mit diesen Wahnsinnswagen anstellen? Gar nichts, entschied er, das Ding war viel zu auffällig. Und es wäre bald auf dem Schirm jeder Polizeistreife. Er würde den BMW irgendwo an einem unverfänglichen Ort parken und so weiterziehen, wie er es bisher getan hatte. Das Geld würde ihn eine Weile über Wasser halten. Er würde nach Berlin gehen. Dazu hatte er sich schon in der ersten Stunde entschlossen.

Er erinnerte sich an Filme, die er gesehen hatte, in denen einer eine Leiche und einen Koffer mit Geld findet. Das waren Filme, in denen immer viel Blut floss, denn ein herrenloser Geldkoffer war niemals einfach nur herrenlos. Im Hintergrund gab es immer welche, die dieses Geld auf dem Schirm hatten und es dem, der es nun zufällig gefunden hatte, wieder abjagen wollten.

Er spürte, wie sich sein Herzschlag beschleunigte. Er hatte keinen Koffer mit Geld gefunden. Er hat eine Leiche gefunden, die noch ein paar Scheine bei sich trug. Warum war dieser Mann umgebracht worden? Es war nicht das Geld, es war nicht der Wagen, es war etwas anderes, und er war neugierig, es herauszufinden. Er hatte die dunkle Ahnung, dass er, wenn er es nur richtig anstellte, mit viel mehr als 1650 Euro aus der Sache herausgehen könnte.

Er hatte begonnen, das Auto zu durchsuchen. Wie viele Verstecke gab es doch in einem Auto! Im Handschuhfach ein paar belanglose Briefe, die er zerknüllte und unter den Sitz warf. Er sah unter den Fußmatten nach, betastete die Bespannung nahtloser Stellen, durchsuchte den Kofferraum, nahm das Reserverad heraus, doch er fand nichts. Rein gar nichts.

Er schüttete alles, was er dem Toten abgenommen hatte, auf den Beifahrersitz, blätterte noch einmal die Papiere durch, hielt sie gegens Licht, schob sie auf einen kleinen Haufen. Da hatte dann plötzlich dieser rechteckige Anhänger aus Kupfer gelegen – die kleine Kette aus gleichem Material, durchgerissen, war durch die Öse gerutscht. Er untersuchte das Ding genauer. Anscheinend hatte der Träger an irgendeine esoterische heilende Wirkung geglaubt, denn ein besonders wertvolles Schmuckstück war das nicht. Ein seltsames Symbol war von ungelenker Hand eingraviert: ein Dreieck vor einem Quadrat. Auch ein Schwulenkettchen sah anders aus. Er hat es in die Hand genommen und umgedreht … Da war es ihm dann klar: Die kleine Trennlinie deutete darauf hin, dass man es auseinanderziehen konnte. Ein USB-Stick!

Im nächsten Kaff war eine kleine Gaststätte. Er stellte die Karre ab, nahm nichts daraus mit, nur den USB-Stick. Er brauchte einen PC, um herauszufinden, was auf dem Stick war. Möglicherweise waren es nur irgendwelche Fotos, am Ende noch schmutzige.

Statt sich einen Rechner zu kaufen, wollte er lieber eine Stadtbücherei oder ein Internetcafé aufsuchen. Natürlich nicht hier, wo die Zahl der Stadtbüchereien in etwa gleich hoch war wie die ihrer Besucher und es gar keine Internetcafés gab. Er *musste* nach Berlin. Vorm Dunkelwerden erreichte er Perleberg und nahm den Prignitzexpress bis Wittenberge, dann den nächsten ICE nach Süden. Mit jedem Meter, den er Berlin näher kam, wuchs seine Anspannung. Die Anonymität der Großstadt war ihm nie so erwünscht gewesen wie an diesem Abend. Als er in der S-Bahn saß und an der Konzernzentrale vorbeifuhr, in der einst gearbeitet hatte, beschlich ihn das unheimliche, aber auch anregende Gefühl, dass er sich nun wieder mitten im Zentrum der Gefahr befand. Er wischte es hinweg und nahm sich vor, in ein Kreuzberger Internetcafé zu gehen. Er entsann sich eines kleinen Verschlags mit vielen PC-Boxen am Kottbusser Damm. Dorthin würde er gehen, dort würde er nicht auffallen, denn dort waren alle darauf bedacht, nicht aufzufallen, weshalb keiner auf die Idee kam, sich für die Angelegenheiten eines anderen zu interessieren, wenn sich kein besonderer Vorteil daran knüpfte.

Als er dann wirklich dort saß, inmitten der stickigen Gerüche, eines Mixes aus Teppichmuff und den Ausdünstungen von durchgesessenen gepolsterten Bürostühlen vom Sperrmüll, ungelenk abgesägten Spanplatten und der gemischten, vorwiegend türkischen Besatzung dieser PC-Legebatterie, zitterte er ein wenig beim Einstecken des USB-Sticks.

Aber da war auf den ersten Blick bloß die biedere Buchführung eines schwäbischen Geschäftsmannes der alten Schule. Exceltabellen mit Namen und Adressen, mit Rebsorten, Stückzahlen, Gesamtpreisen, da war die angefangene Steuererklärung der Firma Reben-Brändle von 2015, aus der übrigens hervorging, dass es mit seinem Unternehmen nicht gut bestellt war. Eine halb fertige Abhandlung über die Außenstelle für Rebenzüchtung der staatlichen Lehr- und Versuchsanstalt für Obst- und Weinbau Weinsberg in Lauffen am Neckar nach 1926, an der er offenbar geschrieben hatte, fand sich ebenso wie ein Ordner mit Briefen, allesamt fein säuberlich eingescannt und als PDF-Dateien abgespeichert.

Er überflog den Inhalt. Das Thema der meisten Briefe waren Rebsorten, die Adressaten waren völlig unterschiedlich: Vom Privatkunden bis zu den Leitern diverser Staatsweingüter war alles vertreten. Es war schon erstaunlich, wie viele Staatsweingüter es in Deutschland gab: in Hessen, Rheinland-Pfalz, Baden-Württemberg, Bayern, Sachsen und Sachsen-Anhalt. Mit allen hatte dieser Brändle im Briefkontakt gestanden. Generalthema waren Exemplare einer besonders frostbeständigen Rebsorte von anno Tobak, nach der er offenbar gesucht hatte. Es waren Absagen, freundlich gehalten zwar, aber Absagen. Keiner hatte Brändle weiterhelfen können. Er stellte sich die Luft in diesen Domänen, Gütern, Weinhäusern dumpf, sauer, staubig und abgestanden vor, also in etwa mit dem Geruch dieser Internethölle vergleichbar, in der er gerade saß.

Er hatte keine Ahnung von Wein. Die einzigen Gelegenheiten, zu denen er einmal Wein getrunken hatte, waren offizielle Einladungen der Konzernleitung gewesen. Auch hatte er einige Freunde, die sich viel auf ihr Weinwissen einbildeten und bei Abendessen im privaten Rahmen immer Flaschen aus dem Keller holten, deren Besonderheiten sie stundenlang hervorheben konnten, die aber außer ihnen keiner herausschmeckte. Ehrlich gesagt, hielt er Wein, diese säuerliche Plörre, für völlig überschätzt und das Gedöns, das Kritiker und Händler darum machten, für bloßes Angebergehabe oder unlautere Geschäftemacherei. Irgendwie war es genauso wie bei der modernen oder postmodernen oder post-postmodernen bildenden Kunst, über deren Qualität auch viel gequatscht wurde, die sich aber niemals auch nur ansatzweise belegen ließ. Eine Flasche Château Margaux etwa (diesen Namen immerhin kannte er) war eine Geldanlage wie ein Druck von Picasso.

»Hassu Feuer?«, fragte plötzlich einer von links, und er fuhr zusammen.

»Klar!«

Der aus der Box nebendran schaute kurz auf den Bildschirm, fragte: »Geschäfte?«, und wandte sich sofort, als er sein Nicken sah, wieder dem eigenen Bildschirm zu.

Er zündete sich jetzt selbst auch eine Zigarette an, wiewohl ihn der Anblick der kleinen als Aschenbecher genutzten, schon übervollen Aluminiumschale anwiderte. Er sah sich kurz noch immer am Ufer eines Brandenburger Sees sitzen und, versunken ins Mückenspiel überm Wasserspiegel, eine Morgenzigarette rauchen.

In der Brändle'schen Datenbank folgten die Briefe von den Agraruniversitäten Müncheberg und Meisenheim, der Weinbauinstitute Weinsberg und Freiburg ...

Dann hatte er plötzlich einen Brief auf dem Schirm, der alles andere als eine Absage war. Ein privates Weingut. Ein Briefwechsel folgte ... Dann Audiodateien. Mitschnitte von Gesprächen. Sicher heimliche Mitschnitte, mit einem Agentenkugelschreiber, die es inzwischen als Bonus bei fast jedem Elektronikladen im Internet gab. Er nahm das Billigheadset, das an einem eingedrehten Schraubringhaken hing, und startete die erste MP3-Datei.

Als er alles angehört hatte, beschloss er, Kontakt herzustellen. Da war etwas zu holen – wenn er es geschickt anstellte, und Verhandeln war schon immer seine Stärke gewesen, früher.

Er telefonierte mit demjenigen, der vielleicht diesen Brändle umgebracht hatte. Die Stimme war nicht unsympathisch. Aber sein Blut war unterkühlt, als er auflegte. Zwar hatte er gesagt, er habe für den Fall seines Todes eine Erklärung bei seinem Anwalt deponiert, in der alles aufgedeckt würde, wenn ... Aber wen würde das beeindrucken? Einen kaltblütigen Mörder? Doch was hatte er schon groß zu verlieren?

Er musste alles auf eine Karte setzen, wenn er noch einmal einen Fuß in dieses verfluchte Leben kriegen wollte … Und er konnte sich nicht helfen – seit er den Toten gefunden hatte, wollte er das wieder!

Sie hatten eine Abmachung. Der andere hatte ihm Koordinaten mitgeteilt. »Gardeschießplatz« hieß das Ganze und lag am nördlichen Rand von Potsdam, noch Stadtgebiet, aber irgendwie schon völlig außen vor. Hier hatten irgendwelche Regimenter früher Schießübungen veranstaltet, von der Kaiserzeit bis zur NVA. Das sah man, wenn man einen dieser merkwürdigen, von zahllosen Einschlägen übersäten gemauerten Geschossfänge für Granaten und Maschinengewehrkugeln betrat.

Der Ort war gut gewählt, denn dass dort nachts ein normaler Mensch auftauchen und seine neugierige Nase in ihre Angelegenheiten stecken würde, war so gut wie ausgeschlossen. Nur Ratten, Eichhörnchen, Mäuse, Igel und Eulen gaben sich hier für gewöhnlich, wenn's dunkel war, ein Stelldichein. Jemand hatte in Frakturschrift, weiß auf ziegelrot, das Wort »Planet« auf dieses seltsame Mauerwerk gesprüht, in dessen kleine zentrale, durch eine kleine Türöffnung zugängliche Höhle er nun abtauchte.

Auch die Dämmerung war dazu angetan, jeden das Fürchten zu lehren. *Keine Taschenlampe!,* hatte der andere gesagt, und er hatte sich daran gehalten, denn er wusste, wie wichtig es war, sich an Absprachen zu halten.

Ein Steinkauz schrie ganz in der Nähe. Im Aberglauben wurde dieser Ruf übersetzt mit: *Komm mit! Komm mit!* Es lief ihm kalt den Rücken hinunter, als in der Türöffnung eine dunkle Gestalt sichtbar wurde.

»Bist du der, für den ich dich halte?«, fragte er.

»Und du?«, fragte die Stimme, die er vom Telefon her kannte.

»Wo ist der verfluchte Stick?«

»Zeig mir erst das Geld!«

Der andere hatte eine prall gefüllte Sporttasche bei sich, die er jetzt öffnete. Doch was er herausholte, war eine schwarze Pistole mit einem langen Aufsatz. Gleichzeitig mit dem Klicken, das klang wie das einer Spielzeugpistole, spürte er eine seltsame Wärme. Unfähig, sich zu bewegen, sah er, wie die schwarze Gestalt sich direkt vor ihn stellte, noch zweimal etwas auf ihn abdrückte. Dass ihm dann der USB-Stick in dem Anhänger mit dem ominösen Symbol vom Hals gerissen wurde, schmerzte ihn nicht mehr.

17

Jenny und Leo hatten am vergangenen Abend nur noch kurz palavert, unter anderem ging es um Markus, doch schon gegen neun waren ihm die Augen zugefallen. Er hatte seine komfortable Schlafcouch im spartanisch-stylischen Wohnzimmer bezogen, wohingegen Jenny noch bis um Mitternacht in ihrem Bett eine Fibel zum Thema *Wein* studiert hatte, die ihr in der Handbibliothek des Senders untergekommen war. Sie hatte in Müncheberg gemerkt, dass sie noch einiges an Grundwissen aufholen musste, um nicht zu dumm dazustehen.

»Fährst du wieder mit dem Mustang?«, fragte sie, als sie beim Frühstück saßen und Leo sich zu ihrem Entsetzen eine ganze Riesenschale tiefschwarzen Absud aus kochendem Wasser und einer Viertelpackung original sizilianischem Stagnitta aus Palermo einverleibte, der ihr von einer Freundin vor Jahren geschenkt worden war, obwohl sie doch nur grünen Tee trank.

»Ich fahre mit der U-Bahn nach Schöneberg, anschließend kutschiert uns Fluppes in die Lausitz.«

»Uns?«

»Ein paar von den Weinbrüdern kommen mit.«

»Ach, deine neuen Vereinskollegen!«, frotzelte sie.

»Ich trete keinem Verein mehr bei«, sagte er. »Die Firmenadresse ist übrigens nicht identisch mit der Weinbergsadresse – hier sind die Koordinaten, falls ihr das in euer Navi eingeben müsst. Ich nehme nicht an, dass ihr erst nach Schöneberg und von dort aus hinter uns herfahren wollt? Das wäre, glaube ich, zu umständlich und würde viel zu lange dauern.«

»Wir werden uns schon durchfinden, ich kann ja dieses Wolkenwerder unterwegs auch mal googeln«, sagte Jenny.

»Wolkenwerd*a*!«, korrigierte Leo. »Das ist schon Tagebaubereich, die nächstgelegene Ortschaft vorher heißt Papproth, wie die Pappe und die Farbe, nur mit h am Ende.«

»Pappe, Farbe, haha, alles klar.«

Leos zweite Westberliner U-Bahn-Erfahrung seit DDR-Zeiten war unspektakulär. Die Zahl der Fahrgäste hatte sich verdoppelt, die Geschwindigkeit hingegen nicht. Die Weinbrüder saßen noch munter beim Kaffee, als er die *Weckle-Manufaktur* in der Akazienstraße betrat, und es gab ein großes Hallo, kaum dass sie seiner ansichtig wurden. Sie wollten ihn nötigen, ordentlich zu frühstücken, wo man doch heute einiges an Fußweg und steilen Weinbergspfaden vor sich hätte, doch er verweigerte sich diesem Anerbieten standhaft, kam er doch gerade vom Frühstück, und trank nur einen weiteren Espresso.

Alle, die er am Dienstagabend kennengelernt hatte, waren da.

»Sag mal, ist eigentlich das ganze Ländle jetzt in Berlin?«

Wagener lachte.

»Am Sonntag ist doch das Winzerfest in Werder! Da ist es Tradition, dass alle Sympathisanten aus dem Süden herkommen. Aber auch der Tilo Herbst, zu dem wir heut fahren, wird da sein!«

Peter Fluppes schlug mit dem Kaffeelöffel an sein Wasserglas und erläuterte den Tagesplan:

»Wenn es etwas umsonst gibt, wollen doch immer alle mitkommen ... Daher fahren wir in zwei Autos. Ihr könnt euch also entscheiden zwischen dem Vinzenz und mir. Alle, die Angst vor hohen Geschwindigkeiten haben, fahren mit dem Vinzenz. Der hat nämlich einen Alfa Romeo und Julia aus dem Museum ...«

Er unterbrach das hämische Gelächter mit dem kleinen Zusatz:

»Außerdem hat sich kurzfristig noch etwas ergeben, das wir nicht ausschlagen sollten, ja eigentlich nicht ausschlagen können: Mein guter Freund, der Wladi, lädt uns alle heute Abend nach Järischo ein, wo er ein selbst geschossenes Wildschwein für uns auf den Spieß gesteckt hat!«

Lautes Hallo aus der Runde.

»Wladimir? Järischo?«, wandte sich Leo fragend an Wagener.

»Peters vormaliger Kompagnon, der Abramow! Hat ein Landgut nebst Weinberg kurz vor der polnischen Grenze. Da ist zwar der Hund verfroren, und die Wölfe heulen rundum, aber der Wladi ist eine Kanone, wenn's ums Festen geht! An den Abend, das kann ich dir jetzt schon versprechen, wirst du dich noch dein Lebtag erinnern! Sag, was nimmsch du Lackl oigetlich für ä Mittel, dass dei Originallack no so glänzet? Am Muschtang, moin i ...«

Leo war niemand, der mit kurzfristigen Planänderungen nicht zurechtkam. Der Mustang stand sicher am Landwehrkanal, Mutter in Krabbe wurde betreut, die Trauben in Markus' Garten konnten noch hängen, Markus lag wohlversorgt in Pritzwalk im KMG-Klinikum, und Jenny war sicher froh, wenn sie ihn nicht noch eine weitere Nacht als Übernachtungsgast beherbergen musste. Außerdem fieberte er der Begegnung mit Wladimir Iljitsch Abramow, dem dreifachem Olympiasieger im Ringen (Superschwergewicht) 1976, 1980, 1988 entgegen. Dass er dem einmal begegnen würde, hätte er nie gedacht. Es war ein Idol seiner jüngeren Jahre.

Von der Fahrt verschlief er den größten Teil. Fluppes' Kleinbus von Volkswagen war eine Hightechwolke auf Rädern: Neben und hinter dem Fahrer fanden vier Mitfahrer auf ultrabequemen Einzelsitzen Platz. Dabei hatte das Gefährt richtig Power: Die Fahrt bis zum Tagebau Lindenhain Süd dauerte nur knappe anderthalb Stunden ...

Als Leo die Augen aufschlug, hatten sie eben die A 15 bei Cottbus verlassen und waren auf die Bundesstraße 169 gewechselt, die nun in südwestlicher Richtung durch die Park- und Wiesenlandschaft Schorbus auf Drebkau zuführte. Statt dieses Sorben-Städtchen mit seinen knapp 6.000 Einwohnern jedoch zu erreichen, bog der Kleinbus nach links ab und durchmaß eilig die Steinitz-Geisendorfer Endmoränenlandschaft, im Volksmund auch *Steinitzer Alpen* genannt, um schließlich dort anzukommen, wo einstmals Leos Zuhause gestanden hatte. Jetzt war es der *Mond Vattenfall,* wie er sich gerne ausdrückte. Als sie durch die kleine Ortschaft Merkur fuhren, schaute er wehmütig in den Feldweg, der einst nach Großeula geführt hatte. Hinter dem Horizont, das wusste er, begann heute der Tagebau, das heißt eigentlich der schon wieder rückgebaute Teil. Es änderte nichts daran, dass er, wenn er diesen Feldweg entlanggehen würde, nicht in Eula landen würde, sondern in einer Wüstenei, in der seine Erinnerungen nicht den kleinsten Halt finden würden.

In den Sechzigern begann sich der Braunkohletagebau Lindenhain um den Drehpunkt Sauo zu winden und auf Großeula zuzubewegen. Erst wurde Heuno gefressen, dann Wolkenwerda, gefolgt von Zipkau, Frankenhain und Kleisto. Zum Ende seiner Kindheit hin hatte er schmerzlich miterleben müssen, wie die herrlichste, unersetzliche Natur der Braunkohleförderung zum Opfer gebracht worden war.

All die besonderen Vogelbeobachtungsplätze seiner Kindheit – die Eisvogelbruthänge am Hammerfließ, die jahrhundertealten Eichen im Großen Forst, in denen die Käuze nisteten und Spechte sich ein Stelldichein gaben, vom Klein- über den Mittel-, Bunt- und Grün- bis zum Schwarzspecht, sowie die weiten Felder nach Frankenhain hin, voll von Wachteln, Kiebitzen, Rebhühnern, Fasanen, Grau-, Gold- und Zippammern, Heide- und Feldlerchen, Blau- und Braunkehlchen, Ziegenmelkern, Wiedehopfen, Neuntötern und Raubwürgern – waren bald sang- und klanglos verschwunden.

Leo war bereits auf der Sporthochschule in Potsdam und trainierte 1976 im DDR-Gewichtheberkader für Olympia, als die Baggerschaufeln ihre Zähne in die massiven Feldsteinmauern des Pauluth'schen Erbhofes schlugen, für dessen

Aufbau und Erhalt seine Vorväter ihr Leben lang geschuftet hatten: Großeula verschwand im Tagebau Lindenhain, und die 102 Bewohner wurden in einen Cottbuser Plattenbau umgesiedelt. Dort hatten Leos Eltern nur noch wenige Jahre gelebt und waren beide an gebrochenem Herzen gestorben.

Sie erreichten Papproth, einen Weiler, der schnell durchmessen war. Dahinter lag ein kleines Waldgebiet, dann weitete sich der Horizont, und es dauerte nur noch eine halbe Minute, bis rechts ein neu angelegter Parkplatz das Ende ihrer Fahrt andeutete. Eine riesige Tafel verkündete: »Wolkenwerda – Weinbau in der Rekultivierung«. Ein Schlagbaum verhinderte normalerweise das einfache Hochfahren. Doch nun stand der offen, und das rasante Gefährt preschte flott den Hang hinauf.

Der Blick öffnete sich, als der Wagen wieder in die Waagerechte kam. Leos Herzschlag stoppte. Vor ihnen lag der Krater, der in seine Jugend geschlagen worden war. Eine dünne Staubschicht weilte in der Ferne, und ein gewaltiges Rattern und Dröhnen lag über der Wallstadt. Er unterschied verschiedene Großgeräte, die im rötlichen Nebel des Tagebaus am Werk waren. Gigantische schmutzig gelbe Supertransporter pendelten zwischen nah und fern. Im Vordergrund erstreckte sich über einen halben Kilometer ein Basislager, wo Kantinen, Werkstätten und Lagerhallen konzentriert waren. Links ein Areal mit Verladestationen. Eine halbe Unendlichkeit weiter hinten sah man drei F60-Förderbrücken. Entgegen der landläufigen Meinung förderten diese waagerechten Eiffeltürme keine Kohle, sondern Abraum und transportierten ihn in bereits abgebaute Bereiche des Tagebaus. An die Kohle hingegen pirschten sich Radlader heran, die allerdings wenig gemein hatten mit dem, was man normalerweise als Bagger sich vorstellt. Die Bagger, die das dritte Lausitzer Flöz abknabberten und den Inhalt ihrer Monsterschaufeln in die schwimmbadgroßen Becken der Schwertransporter donnern ließen, sahen aus wie Kastenwale mit vorgeschobenen Unterkiefern. Ihre Ballonreifen hatten die Höhe und Breite kleiner Häuser, und jeder Biss ihrer Schaufeln fasste einige Tonnen.

»Kein Wölkchen am Himmel«, sagte Fluppes, als sie ausstiegen. »Ich hoffe, ihr habt eure Glatzen gut eingecremt!«

Darauf ging aber keiner ein, stattdessen zückten sie ihre Kappen. *Einen Brandenburger Jungwinzer erkennt man dagegen daran, dass er einen Strohhut trägt,* dachte Leo. Das Gewerbe hatte hierzulande doch noch etwas reichlich Romantisches, was ihm aber nicht unsympathisch war.

Jetzt sahen sie alle, dass der Wagen von Vinzenz Wagener bereits innerhalb der Umfriedung stand, und der Fahrer strich schadenfroh mit dem rechten über den linken Zeigefinger, während er Peter Fluppes ansah. Carlo Kinkel und Rudi Träufle, die mit ihm gefahren waren, teilten dieses Gefühl, was ihre Mienen verrieten.

»Damit ruinierst du dir nur den Motor von deinem Oldtimer!«, sagte Fluppes, wohingegen Leo, zu Wagener und dem Alfa gewendet, einen Daumen hob.

Tilo Herbst empfing sie, kaum dass er die Gruppe am oberen Zaun sah, der den gesamten Wolkenwerdaer Weinhang umfriedete. Er lief barhäuptig, was angesichts des lückenlos sprießenden Blondhaars auch nicht weiter gefährlich zu sein schien. Am Glänzen des gut gebräunten Gesichts war erkennbar, dass er mit Sonnencreme nicht sparte.

»Peter, Anton, Carlo und der, den ich nicht kenne – seid herzlich gegrüßt!«

Er streckte Leo die Hand hin, der sie sofort ergriff und sich vorstellte.

»Unsere jüngste Errungenschaft, ein Kollege von dir aus der Prignitz!«, sagte Häcker. »Mal schauen, ob er Mitglied wird.«

»Ich wusste ja, dass da oben meine härtesten Konkurrenten tätig sind. Der Klimawandel macht's möglich, was? Pauluth, Pauluth …«

Es dauerte einen Augenblick, dann schlug sich Herbst vor die Stirn und sagte:

»Mensch, du bist das! Gestern habe ich deinen Namen auf einem Briefumschlag gelesen! Warum hast du die Sachen für Jan-Dirk nicht einfach mitgebracht?«

Leo war das Herz kurz in die Hose gerutscht, denn er hatte gefürchtet, dass jetzt sein Spitzname gleich im Raum stünde und er als Detektiv enttarnt wäre. Daher beeilte er sich, die Situation zu entschärfen, und entgegnete:

»Am Montag wusste ich noch nicht, dass ich heute hier stehen würde. Arbeitet Fuchs jetzt hier im Weinbau?«

Herbst senkte die Stimme und sagte:

»Das müssen die da nicht wissen: Der hat hier oben seine kleine Schreibklause, ist aber zugleich mein stiller Teilhaber. In den Arbeitsspitzen hilft er auch mit. Wenn du willst, ruf ich ihn in einer Stunde mal an, nach zwei macht er meistens eine Schreibpause. Willst du ein paar Worte mit ihm wechseln?«

»Gern, kommt aber drauf an, ob er das auch will!«

Tilo Herbst nickte und lud die Runde dann mit einem Wink ein, sich zu den anderen Herren zu verfügen, die er zuvor am oberen Rand des Hanges allein gelassen hatte.

»Ich muss ja eigentlich nur einen Herrn mit euch bekannt machen: Leo Pauluth! Leo, das sind Ludwig Böckser von der Rebschule REBUS, Dr. Edgar Gruber vom Ministerium für Landwirtschaft, Dr. Rainer Völker von der Staatlichen Lehr- und Versuchsanstalt für Wein- und Obstbau Weinsberg und Michael Keller, Rebsortenkundler aus Berlin!«

Keller grinste und sagte:

»Und wir kennen uns sogar ebenfalls schon.«

Leo begriff auch ohne große Erläuterungen seitens seiner neuen Freunde, was an diesem Tag vor Ort Sache war: Eine teilweise Rodung und aufrebende Erweiterung des künstlichen Weinhanges stand an, und der Herr vom Landwirtschaftsministerium war hier, um sich davon zu überzeugen, dass die geplante Flächenerweiterung innerhalb der neuerdings vorgeschriebenen Grenzen blieb. Gruber, der, wie Leo von Wagener gesteckt bekam, von Hause aus eigentlich Bierbrauer war und seinen Doktor für Brauerei- und Getränketechnologie an der Universität Halle erworben hatte, war ein ungelenk wirkender junger Mann mit käsig-aufgeschwemmter Haut und weichen Gesichtszügen. Das dunkelbraune Haar lag gelgebändigt auf dem rundlichen Kopf.

»Wir können uns hier den Vorteil der Hanglage zunutze machen«, erklärte Herbst. »Die Fläche wird nach Draufsicht gemessen, und bei dreizehn Prozent Gefälle ergibt sich in der Horizontalprojektion beinahe ein Zugewinn von einem Viertel.«

»Ein Zugewinn von einem Viertele wäre gar nicht schlecht!«, ulkte der Carlo Kinkel, ganz so, als hätte er gewusst, was nun im ersten großen Quergang auf sie wartete und allseits erfreut begrüßt wurde: eisgekühlter Johanniter des letzten Jahrgangs! Begeistert sprachen alle auch dem Käse und der Butter vom Steinmetzhof aus Altdöbeln sowie dem Lehmofenbrot von der Landbäckerei Schmalzke in Pretzen zu.

»Mir Badener sind einfach unschlagbar!«, sagte Peter Fluppes, auf die Tatsache anspielend, dass die Rebsorte Johanniter von der Abteilung Rebzüchtung des staatlichen Weinbauinstituts in Freiburg im Breisgau entwickelt worden war. Er blickte zu Rainer Völker und kniff ein Auge zu.

»Pah, ich sage nur: Kerner und Dornfelder!«

»Warum heißt diese Sorte eigentlich Johanniter?«, fragte Leo. »War der Erfinder bei der Unfallhilfe?«

»Johann Zimmermann hat die in Freiburg gezüchtet«, sagte Rainer Völker. »Und da haben sie die nach ihm benannt. 1968 war das offenbar witzig in diesem grottig-konservativen Kaff. In Weinsberg hätte man sie Mao Tse-tung oder Ho Chi Minh genannt!«

»Hört, hört, da ist uns ja einiges erspart geblieben!«, sagte Wagener, der mit den Altachtundsechzigern vom Schlage Völkers sicher nichts am Hut hatte.

»Rebsorten sind, was das betrifft, sehr pflegeleicht und geduldig«, sagte Keller.

Leo stellte sich kurz vor, dass er als Rebenzüchter eine Sorte namens Leoniter entwickelt haben könnte, da geriet ihm Lothar Brändles Hauptkonkurrent Böckser in den Blick, ein massiger, schweinsartiger Mensch, der ganz offensichtlich Probleme hatte, die Auswirkungen seiner betrieblichen Expansion auf die Entwicklung seines Körpers im Zaum zu halten.

»Was wollt ihr pflanzen?«, fragte Rudi Träufle, denn Betriebsgeheimnisse hatte es hier und jetzt nicht zu geben.

Alles blickte zu Tilo Herbst, der seinerseits erst zu Rainer Völker, dann zu Michael Keller blickte und erklärte:

»Ich habe mich zu einem Experiment entschlossen, wobei Experiment eigentlich das falsche Wort ist ... Ich sollte lieber sagen: Ich habe mich nach wissenschaftlicher Beratung durch Herrn Dr. Völker und Herrn Keller dazu entschieden, einen Mischsatz alter Rebsorten zu kultivieren: Gutedel, Möhrchen, Blauer Ortlieber, Heunisch und eine Neuzüchtung aus Weinsberg namens Diamant.«

»Na, zum Glück haben diese Revoluzzer sie nicht *Diamat* genannt! Obwohl – die Einheit der Welt, begründet in der Materie, dem Wein, der ewig und unendlich ist. Auch nicht schlecht!«, sagte Peter Fluppes und hatte die Lacher auf seiner Seite.

»Das scheint ja Liebe auf den ersten Blick gewesen zu sein«, sagte Keller zu Leo, der ein wenig zusammenfuhr, so war er in seine Gedanken vertieft gewesen.

»Was meinen Sie?«, fragte Leo.

»Na, Sie und die Brüder!«

»Tja, unverhofft kommt oft. Sie haben mich sofort adoptiert. Jetzt sind wir also Vereinskollegen. Haben Sie die Edelreiser gesammelt, die Böckser nun für Herbst vermehrt?«

»Ja, aber nur die alten Sorten. Der neue PIWI-Quatsch – wie dieser Diamant – interessiert mich nicht. Den kannst du in der Pfeife rauchen.«

»Hab ich aufgegeben«, sagt Leo. »Das Pfeiferauchen …«

Keller hatte gar nicht hingehört.

»Er hat sie vor zwei Jahren schon vermehrt. Jetzt haben die riesigen Bestände endlich ihren Abnehmer gefunden.«

»Um wie viele Reben geht es denn hier eigentlich?«

»Letztes Jahr hat Herbst fünf kleine Rebflächen aufgekauft, insgesamt fünf Hektar. Im Ganzen hat er nun elf Hektar, die nach dem neunten Weingesetz ab Januar nächsten Jahres einen einprozentigen Zugewinn verbuchen dürfen, sodass sich – eingerechnet den von ihm schon erwähnten Bonus durch die Horizontalprojektion – eine effektive Hangfläche von 13,75 Hektar ergibt. Unter Ausnutzung der gerade noch verträglichen höchsten Stockdichte für die hiesigen dreizehn Prozent Hangneigung und der Tatsache, dass fünfzig Prozent der bisherigen Rebfläche gerodet werden soll, namentlich der Müller-Thurgau, der Rondo und der Dornfelder, ergibt sich eine Zahl von um die 75 000 Reben. Darunter sind immerhin 30 000 alte.«

Leos Mund wurde sofort unglaublich trocken, sodass er sich aus den schön gestalteten Flaschen mit dem großen W und der Wolke, die den schlanken dunkelblauen Buchstaben umfloss, nachschenkte …

»Was haben Sie in Berlin erzählt? Fünfzehn Euro pro Stück – dann machen Sie ja auch ein gar nicht so übles Geschäft?«, mutmaßte Leo.

»Das macht Herbst«, sagte Keller und hob das Glas. »Ich bin ja bloß mit fünf Prozent dabei. Fallen für mich also nur runde 20 000 Euro ab. Das deckt kaum meinen Aufwand. Auf die alten Sorten!«

»Auf die alten Sorten!«, gab ihm Leo Bescheid und nickte versonnen. Wie absurd war das alles. Hier wurde von alten Sorten geredet, also von Wein, wie er früher an den hiesigen

Bauernhäusern gewachsen war. Dort, wo dieser gierige, Land und Menschen verschlingende Konzern seine Krater baggerte, hatten einst Ortschaften mit jahrhundertealter Tradition gelegen. Jetzt war davon bloß noch Schutt übrig, aus dem die Ingenieure und Techniker künstliche Weinberge formten, um den Tagebaufolgelandschaften wieder etwas Menschliches zu verleihen.

»Na, was habt ihr zwei so allein zu bereden?«, fragte Tilo Herbst, mit seinem Glas herankommend. »Will mein Hauptkonkurrent in der Prignitz 100 000 Möhrchen pflanzen?«

»So viele nicht«, sagte Leo, »aber wir planen tatsächlich eine Expansion: Ein Kiesgrubenbesitzer steigt in den Winzer-Club ein, den ich ins Leben gerufen habe, und bemüht sich um neue Rebrechte. Prignitzer Weinfreunde – ein Name, von dem man noch hören wird!«

»Na, dann viel Spaß«, sagte Herbst. »Ich hatte Glück, dass ich vor zwei Jahren meine Geschäfte noch abgeschlossen habe, was die Flächenerweiterung betrifft. Ihr könnt euch höchstens noch nach Meck-Pomm orientieren oder nach Polen. Das ist die einzige Lösung für Brandenburger Winzer: Flächen in Nachbarländern bewirtschaften, anders wird's nichts mehr ... Apropos: Irgendeiner hat erzählt, dass Leo Pauluths Freundin von der ARD mit einem Fernsehteam hier auftauchen will. Wenn sie das nicht bald tut, wird das auch nichts mehr.«

Leo zückte sein Handy, sah, dass es noch gar nicht an war, schaltete es ein und empfing eine Minute später fünf Hinweise auf neue Mailboxnachrichten. Natürlich stammten sie alle von Jenny, die er nun anrief.

»Wo steckt ihr denn? ... Aha. Na, wie gesagt: Das ist nur der Firmensitz ... Durch Papproth und dann noch etwas geradeaus, bis zum Parkplatz mit Hinweistafel rechts, gar nicht zu verfehlen! ... Ja, bis gleich.«

Leo drückte auf den roten Hörer. Tilo Herbst nickte wissend.

»Hab ihnen den Weg genau erklärt«, sagte Leo. »Aber es sind eben junge Leute, die sind manchmal etwas wuschig ... Jetzt brauchen Sie noch eine halbe Stunde.«

»Kein Problem, sie wollen ja keinen Dreistundenfilm drehen«, sagte Herbst. »Wenn sie antanzen, schick sie einfach zu uns runter!«

Er ging, nachdem er sein Glas aufs Tablett gestellt hatte, zu den Doktoren und Ludwig Böckser zurück. Sie stiegen in ein Weinbergsmobil und jagten in einem Affenzahn zwischen den Rebzeilen abwärts auf die unterste Etage, wo sie rasch in der Horizontalen verschwanden.

Peter Fluppes übernahm es nun, seinen Vereinskollegen die neuen Entwicklungen vor Ort vorzuführen. Leo kam aus dem Staunen nicht heraus. Der Wolkenwerdaer Weinhang war unter Aufbietung aller wissenschaftlichen Erkenntnisse durch ein Team der technischen Universität Cottbus geplant worden, um zu beweisen, dass in der Renaturierung der einstigen Bergbauflächen auch Weinbau eine Rolle spielen könnte. Doch da die schwedische Spitze des Energiekonzerns mit Wein gar nichts am Hut hatte, wurde das Objekt, so rasch es ging, an private Betreiber verpachtet. Der Anfang war steinig gewesen. Die Natur hatte unvorhergesehene Launen entwickelt. Vogelschwärme und Fröste hatten die ersten Ernten klein gehalten. Die Bewässerung der jungen Reben, die im ersten Jahr alle Zuwendungen brauchten, hatte nicht funktioniert. Die aufgebrachte Humusschicht war zu dünn gewesen, starke Regenfälle hatten sie weggespült. Ohne Deckschicht war der Regen folgenlos versickert, die jungen Reben waren teils vertrocknet, teils kümmerlich geblieben.

So hatte es bis zur ersten Lese fünf statt üblicherweise drei Jahre gedauert. Drei Betreibergesellschaften waren an diesem Hang bereits gescheitert. Tilo Herbsts Elan war dennoch ungebrochen. Nachdem er das Vogelproblem durch eine neue, automatische Netzanlage in den Griff bekommen, nachdem er Humusaufbau und Erosionsschutz durch eine intelligente

Begrünung in die Wege geleitet und nachdem er schließlich auch die Bewässerung durch eine aufwendige, vom Konzern bezuschusste Brauchwasserleitung sichergestellt hatte, gedachte er nun, auch den Kapitalfehler der ursprünglichen Sortenauswahl zu bereinigen. Nur ein Universitätsprofessor hatte auf die Idee kommen können, Müller-Thurgau, Rondo und Dornfelder anzubauen. Hätte nur gefehlt, dass es auch noch Bacchus gewesen wäre! Hier mussten ganz andere Sorten her, Saphira und Johanniter waren ein guter Anfang. Und der Diamant stellte sowieso angeblich alles in den Schatten. Durch die Flächenerweiterung und die intelligente Sortenumstellung rechnete er sich in weiteren drei Jahren einen bombastischen Gewinn aus. Wolkenwerda wäre dann der größte Weinbaubetrieb im Land Brandenburg innerhalb des Qualitätsweingebiets Sachsen.

Jennys Ankunft kam der einer Weinkönigin gleich. Peter Fluppes umgarnte sie sofort, und auch alle Übrigen mutierten schlagartig von plumpen Weinbauerntröpfen zu weltgewandten Kosmopoliten. Leo lächelte dazu, wiewohl er es etwas schade fand, dass Markus nicht mit von der Partie sein konnte. Nach einigen Panoramaaufnahmen und Statements aller im oberen Teil der Anlage verfügbaren Gastwinzer kam endlich der Pächter Tilo Herbst mit Dr. Edgar Gruber und Ludwig Böckser angefahren, und Jennys Team besaß die Geistesgegenwart, diese höchst eindrucksvoller Anfahrt sogleich mit Bravour auf die Festplatte zu bannen. Tilo Herbst war ganz Profi und lud Jenny zu einer kleinen Rundfahrt ein. Mellen und Rölligk klebten am Gestänge des Weinbergscaddys, um alles mitzudrehen.

Bevor sie losfuhren, winkte Tilo Herbst noch rasch Leo heran:

»Gehen Sie ganz oben bis zum hinteren Ende der Anlage. Am höchsten Punkt steht ein kleines Blockhaus. Er wartet bereits.«

18

»Sieh an, Markus Nikolais Haushüter! Kümmern Sie sich auch um die Reben?«

Leo lachte, während sie sich die Hand gaben, und erwiderte:

»Normalerweise nur um die Reben – ins Haus bin ich diesmal bloß gegangen, weil er im Krankenhaus liegt und sein Laptop brauchte ... Und weil er mir ein paar Weinballons vermacht hat, die wohl noch von Ihnen stammen. Einer ist ihm zerbrochen, er hat sich daran geschnitten, und die Wunde hat sich infiziert.«

»Wegen solcher Sachen habe ich irgendwann beschlossen, das Land Land sein zu lassen«, sagte Fuchs.

»Und sind jetzt im Wein-Tagebau!«, sagte Leo.

»Wüstencamp, könnte man auch sagen. Aber Weinberg ist irgendwie Weinberg! Es war schon immer mein Traum, in einer Wingerthütte zu leben. Jetzt kann ich es endlich. Sie glauben gar nicht, was das für ein Segen ist, in aller Stille aufzuwachen, in aller Stille schlafen zu gehen ...«

»Von dem Endlosgeratter dahinten abgesehen, oder?«, wandte Leo ein, zum Abbau hin nickend und sich sogleich innerlich wegen des nachgestellten »oder?« ohrfeigend.

»Stimmt, aber ich muss Ihnen sagen: Das hat für mich hier beinahe den Charakter eines Naturgeräusches.«

»Welche Vögel hören Sie hier?«, fragte Leo. »Sie müssen wissen, dass ich gleich um die Ecke, oder sagen wir besser: hier gleich irgendwo unter der Erde geboren wurde und aufgewachsen bin, in einem Ort namens Großeula. Ich war schon als Kind ein großer Vogelfreund, und mich würde interessieren, ob Sie hier zum Beispiel heute wieder Eulen hören.«

»Doch, ja! Wald- und Steinkauz.«

»Was noch?«

»Ziegenmelker im Sommer, Wiedehopf. Neuntöter, Rotrückenwürger, Blaukehlchen, Brachpieper, Mönchsgrasmücke, Heckenbraunelle, Heide- und Feldlerche, Goldammer, Zippammer, Rotmilan, Amsel, Rotkehlchen, Star ... wenn ich den höre, muss ich die Alarmtrompete blasen! Das ist hier der Staatsfeind Nummer eins.«

Leo freute sich, denn die meisten dieser Namen hatte er noch nie einen anderen Menschen aussprechen hören.

»Ich bin selten jemandem begegnet, der mehr kennt als Amsel, Drossel, Fink und Storch.«

Sie lachten.

»Und ich bin noch nie einem Polizisten begegnet, der sich mit der Vogelwelt auskannte und dazu noch mit der Weinwelt. Was machen Sie mit den Weinballons?«

»Wein.«

»Aus den Trauben meiner Reben?«

»Aus den Trauben der Reben, die Sie angepflanzt haben, ja!«

»Entschuldigung, das wollte ich sagen ... irgendwie hab ich noch immer eine persönliche Beziehung zu diesen Pflanzen. Sie haben doch sicher auch welche?«

Leo grinste und sagte:

»Stimmt, 99, bei mir am Hang hinterm Haus in einem kleinen Prignitznest namens Krabbe ...«

Fuchs schwieg einen Augenblick, dann sagte er:

»Waren Sie auch Kunde bei dem Mann, den man am Sonntagmorgen tot aufgefunden hat? Bei Ihnen da oben irgendwo?«

»Ja. Zufälle gibt's ....«

»Ja, die gibt's. Aber eigentlich glaube ich nicht an Zufall. Der hatte halb Norddeutschland in seinem Kundenkreis.«

»Woher wissen Sie das?«

»Ich habe vorletztes Jahr kurz mit ihm gesprochen. In Hitzacker. Den Verein hat er auch beliefert. Das schien mir ein sehr gewissenhafter Mann zu sein. Brändle hat sich mit der Vorgeschichte der PIWIS eingehend beschäftigt und war ein großer Freund von Qualität. Vom Qualitätswein und vom Wein überhaupt.«

Fuchs lud Leo ein, am Tisch Platz zu nehmen, auf einem gar nicht unbequemen Holzklotz. Der Gastgeber angelte aus einem Eimer mit Wasser zwei Bier. Nachdem sie angestoßen und die ersten Schlucke getan hatten, versonnen auf den Krater vor sich blickend, in dem die Abbaumaschinen ihr eintöniges Lied spielten, dann das Auge zur Erholung ein wenig über die Reben schweifen lassend, von denen dort ja immerhin mehrere Zehntausend standen, sagte Leo:

»Sie müssen mir verzeihen, aber ich hab einen kurzen Blick hineingeworfen, in diese Mappe.«

»Nach hören Sie mal!«, empörte sich Fuchs, doch das schalkische Lachen zeigte sofort, dass Leo nichts Schlimmes zu hören bekommen würde.

»Kann es sein, dass dieser Tod des Rebenhändlers mit einem Thema zusammenhängt, zu dem Sie schon einmal gearbeitet haben?«

»Jetzt machen Sie's aber spannend. Welches werden Sie wohl meinen?«

»Die Forschung in Müncheberg. Feldenhain und Korb. Die Wolfsrebe.«

»Ach, diese Experimente zu frühen PIWI-Sorten? Das ist freilich eine groteske Sache: der ganze Rassewahnsinn des zwölfjährigen Reichs auf die Veredelungsstelle einer Weinrebe heruntergebrochen. Großer Stoff für einen Roman, denken Sie nicht auch?«

Der geniale Schriftsteller entwarf auch gleich einen Plot:

»Titel: *Weinmüllers Rebe.* Umfang: 600 Seiten. Thema: die Schwierigkeiten eines aufstrebenden Mitarbeiters am Kaiser-Wilhelm-Institut Müncheberg namens Rudolf W. Weinmüller, die Forschungen an der Rebe der Zukunft trotz aller politischen Intrigen und Nachstellungen – denn Weinmüller ist Halbjude – zu Ende zu führen.«

»Klingt wirklich gut, würde ich gern lesen.«

»Mal sehen«, sagte Fuchs lächelnd und trank einen Schluck Bier. »Aber mein Projekt ist augenblicklich ein ganz anderes. Und Lothar Brändle hat damit gar nichts zu tun im Übrigen.«

»Jetzt bin *ich* gespannt!«

»Habe gerade meinen Weinkrimi fertig und entspanne mich jetzt bei einem Buchprojekt über *Alte Sorten;* eigentlich ein Buch von Michael Keller. Der Typ ist genial, das wissen Sie ja inzwischen auch. Aber er kann sich einfach nicht kurzfassen. Ich kenne ihn seit vielen Jahren und habe ihm vorgeschlagen, bevor er sein großes Wissen mit ins Grab nimmt, doch endlich die Geschichte der Sorten, ja die Geschichte des Weines und seiner pflanzlichen Entwicklung zu schreiben, die nur er schreiben kann.«

»Das heißt, Sie sitzen hier und arbeiten am Buch eines anderen?«

»Ganz genau, aber ich mache es gerne und krieg ja auch was dafür. Ghosten ist ein einträgliches Geschäft. Könnte ich mir sonst das da leisten …?«

Er deutete auf das schwere silberne Motorrad, das hinter der Weinbergshütte stand, eine 1300er Yamaha … Leo pfiff anerkennend, während Fuchs weitersprach:

»Keller ist drei Jahre ins Lichterfelder Staatsarchiv gefahren, um dort die Akten der Reichsrebenzucht auszuwerten. Der *Versuch einer Standortbestimmung des pflanzlichen Erbes von ›Vitis vinifera‹ im 20. Jahrhundert*, drei Bände, 1452 Seiten, war das überwältigende Ergebnis. Eigentlich sollte es seine Doktorarbeit werden, doch sie wurde wegen ihres Umfangs abgelehnt. Keller vermutet aber, dass inhaltliche Einwände von einigen Ewiggestrigen dahintersteckten. Er hat es verstanden, die Traditionslinien vom heutigen spärlichen Rebfundus zu den schier unerschöpflichen Genbeständen der einst als ›artfremd‹ ausgemerzten balkanischen und kaukasischen Sorten nachzuzeichnen.«

Leo sah die riesigen Papierstapel und runzelte die Stirn. Fuchs sagte:

»Ich habe noch nie so viel über Völkerkunde, Völkerwanderungen und Kulturausbreitung gelernt wie in den letzten sechs Wochen. Von den ersten Urmenschen mit flacher und hoher Stirn bis zu den Germanen, die eigentlich aus Armenien kommen ... Allerdings habe ich keine Ahnung, wie lange das noch dauern wird, denn Keller produziert unentwegt in das, was ich mühsam vom Ballast befreit habe, wieder die Kaskaden seiner Volksstämme hinein. Das Buch sollte doch für Normalmenschen lesbar werden! Ich weiß nicht, wie ich das hinkriegen soll. Ich werde ihm verbieten müssen, ab einem gewissen Zeitpunkt das Manuskript noch einmal anzuschauen, und mir eine Erklärung unterzeichnen lassen, dass ich freie Hand habe, den Text auf Lesbarkeit hin zu trimmen.«

»Herzliches Beileid.«

»Sein Weinberg in der Pfalz wirft inzwischen gutes Geld ab. Der Wein aus dem historischen Mischsatz ist der Renner. Tilo gibt ihm hier eine neue Fläche, auf der das im größeren Maßstab aufgezogen werden kann. Und Tilo Herbsts Weingut in Dresden wird auch die Vermarktung der alten Sorten übernehmen. Dann wird es richtig krachen. Hier ist sein Etikett-Entwurf ...«

Fuchs war aufgesprungen und hatte – nach kurzem, lautem Kruschteln in der Hütte – ein Blatt Papier erwischt, das er nun freudestrahlend Leo übergab. In einer urzeitlichen Umgebung mit Vulkanen und Mammutbäumen hielt ein fellbekleideter Fred Feuerstein gerade einen Dinosaurier davon ab, eine zarte kleine Rebe aufzufressen.

»Das ist gut! Auf der VINICultura in Berlin könnte man das wirklich wunderbar inszenieren«, sagte Leo.

»Michael könnte selbst ins Fellkostüm steigen und mit einem Brontosaurus um eine Plastikrebe kämpfen! Ah, wenn man vom Teufel spricht. Da kommt er ja. Jetzt werde ich wieder um die kleine Lichtung kämpfen müssen, die ich in seinen

Urwald aus Volksstämmen und Sortennamen nebst deren Synonymen geschlagen habe … Hat mich gefreut, schauen Sie doch mal wieder vorbei! Und passen Sie gut auf meine … Entschuldigung, auf Markus Nikolais alte Reben auf!«

19

»Heute musst du mir nicht den Schlüssel unter die Fußmatte legen!«, sagte Leo zu Jenny. »Die Schwaben wollen mich noch zu einem schwerreichen Russen mitnehmen, der irgendwo an der polnischen Grenze inmitten von Wolfsrudeln lebt. Falls ich nicht wiederkomme, grüß alle schön, die mich kannten.«

»Mach keine solchen Witze!«, sagte Jenny. Sie wurde immer wieder, wenn auch glücklicherweise in größer werdenden Abständen, von kleinen alptraumhaften Erinnerungen heimgesucht, die mit Leos erstem Detektivspiel und ihrer Rolle darin zusammenhingen.

»Ob ich morgen noch mal deine Gastfreundschaft in Anspruch nehme, weiß ich nicht. Ich glaube es eher nicht. Wenn mein Auto nicht mehr da ist, dann wird das heißen: Pauluth ist in die Provinz zurückgekehrt.«

»Oder es heißt, sein Auto ist geklaut! Oder es heißt, er hat es aus irgendeinem dummen Grund doch im eingeschränkten Halteverbot abgestellt ...«

Leo überging diese Scherze und fragte:

»Hast du deine Sendung zusammen? Heute Abend gäbe es noch diesen Russen, wie gesagt, mit Wildschwein am Spieß. Der hat mal eine Zeit lang mit dem Peter Fluppes zusammen versucht, einen Internet-Weinhandel aufzuziehen.«

»Ich weiß, und dann hat ihm Lothar Brändle übel mitgespielt. Dieser tote Rebenhändler aus Baden-Württemberg ...«

Sie sah ihn durchdringend an.

Ob sie mir jetzt langsam auf die Schliche gekommen ist?, fragte er sich.

»Sag mal ...«

»Mal.«

»Ohne Spaß, glaubst du, ich hätte eine Chance, Jan-Dirk Fuchs zu interviewen, wo der doch gerade dieses Buch mit

Michael Keller zusammen schreibt und da oben in der Hütte hockt? Der Autor und der Forscher im Weinberg. Das wäre ein prima Abschluss, aller guten Dinge sind zwar drei, aber wer weiß, vielleicht sind's diesmal fünf: Pott, Keller, Korb, Herbst, Fuchs … Verrückt, kein Name über sechs Buchstaben.«

»Versuch's doch einfach, aber lass Tilo Herbst vorher bei ihm anklingeln. So ein Überfall mit Kamera gefällt nicht jedem.«

Jenny nickte und folgte ihm zu den schwäbischen Weinbrüdern, die sich gerade den Wolkenwerdaer Weinhang raufquälte, um sich schließlich von Tilo Herbst und den beiden Weindoktoren für den Moment zu verabschieden.

»Der Wladi wird sich freuen, wenn ihr auch kommt!«, sagte Peter Fluppes zu Tilo Herbst und hob die Hand zum Gruß, während sie einstiegen. Zu Vinzenz rief er hinüber, kurz bevor dieser die Tür zu seinem Alfa schloss:

»Und Wagener – spar deinen Sprit und schone dein altes Auto! Kein Wettrennen. Wir wissen jetzt, dass du Rennen für die Untertürkheimer fahren könntest, wenn du dir nicht diesen klapprigen Italiener angelacht hättest! Was macht der Rost an der linken hinteren Tür?«

Zur Antwort kam ein deutliches:

»Und du mi au!«

Die Fahrt, die normalerweise nur eine knappe Dreiviertelstunde hätte dauern dürfen, wurde doch etwas länger. Über die Cottbuser Autobahn war kein Durchkommen nach Järischo. Von der Ausfahrt Bademeusel aus wurde eine neue Zufahrt angelegt. Auch die Verbindung über B 97 und L 24 war unerwartet durch eine Baustelle hinter Spremberg unterbrochen.

Ein schier endloser Konvoi aus schweren, mittleren und leichten Lkw, aus Lieferwagen sowie Pkw mit und ohne Anhänger quälte sich daher über eine endlos weite Umleitung:

erst bis nach Hoyerswerda und von dort wieder zurück auf die L 24. Was an sich schon nervtötend war, weil eine Geschwindigkeitseinbuße von zwanzig Kilometern pro Stunde vom postmodernen Menschen fast als ein tätlicher Angriff aufgefasst wird, wurde durch das periodische Auftauchen schneckenartiger Erntefahrzeuge zu einer regelrechten Tortur.

Nach einigen Verwicklungen in gewagte Überholmanöver, die stets in Beinahekollisionen mit entgegenkommenden Raketen endeten, entschied sich Peter Fluppes am Steuer seines zwar wahnsinnig schnellen, aber auch wahnsinnig übermütig machenden Sechssitzers – nicht zuletzt im Interesse seiner Fahrgäste – fürs Weiterleben. Daher waren sie schon eine Stunde unterwegs, als die letzte, waldreiche Etappe begann.

Es war eine der abgelegensten Gegenden Brandenburgs. Selbst der Landkreis Salzwedel war im Vergleich noch überbevölkert. Der Kiefernwald wollte schier kein Ende nehmen, und die holprige Agrarpiste war an den Rändern und auf dem Mittelstreifen mit hohem, zähem grünblauem Gras bestanden, das den Unterboden des Wagens schrubbte wie eine endlose Riesenbürste.

»Hat er das alles angepflanzt, oder war das schon da?«, fragte Kinkel.

»Angepflanzt!«, entschied Fluppes. »Siehst du das nicht? Das ist original Taigagras!«

»Ich tät's ihm zutrauen!«, sagte Träufle. »Er soll auf seinem Weinberg ausschließlich Tafeltrauben von der Krim angepflanzt haben.«

»Für Tafeltrauben braucht man keine Rebrechte«, sagte Leo.

»Ebendrum«, konstatierte Fluppes. »So kann er fünf Hektar bestellen ohne Genehmigung.«

»Aber die isst er doch nicht alle!«, sagte Leo. »Schickt er die nach Hause?«

Jetzt lachten alle im Auto.

»Natürlich hat er alles angemeldet! Hier ist sein neues Zuhause. Der Wladi ist der ehrlichste Mensch auf der Welt!«

»War der tote Brändle, Gott hab ihn selig, auch schon mal bei ihm?«, fragte Leo.

»Mach bitte nicht den Fehler, diesen Namen bei Wladi zu erwähnen«, mahnte Fluppes. »Sonst endest du als Zielscheibe oder Köder in seinem sechshundertfünfzig Hektar großen Jagdgebiet!«

Das Gegröle im Wagen ließ Leo erstmals bezweifeln, dass es eine gute Idee war, diesen wild gewordenen Schwaben in die Höhle ihres exilrussischen Freundes zu folgen …

Fluppes erzählte Leo von der Vorgeschichte des Abramow'schen Anwesens:

»Erbaut wurde es 1940 für Generaloberst Heinz Riedl. Es erinnert in Lage und Vision ein bisschen an Görings Landsitz Carinhall in der Schorfheide. Man muss Riedl zugutehalten, dass er sich keiner Verfehlungen gegen die Menschenrechte schuldig gemacht hat. Er hat weder Juden verfolgt, noch Beutegut gehortet, namentlich keine Kunstschätze, er hat weder Fremdarbeiter beschäftigt, noch war er für größere Verbrechen der Wehrmacht verantwortlich. Zwar weiß man nichts über die Aktionen seiner Armeeverbände kurz vorm Zusammenbrechen der dritten westukrainischen Front im Mai 1945, doch man darf ihn wohl als einen minderbelasteten Wehrmachtsführer bezeichnen.«

»Und was kam nach diesem sauberen Generaloberst?«, fragte Leo. »In seinem Haus?«

»Eine Zeit lang war es ein Ferienheim für Kinder von Stasimitarbeitern. Hin und wieder wurde es von Honecker als Jagdhütte benutzt. Auch die Armeegeneräle Keßler, Hoffmann und Mielke gingen sporadisch von hier aus auf die Jagd. Von 1985 bis '89 war es Schriftstellererholungsheim. Anschließend stand es acht Jahre leer und schien bereits so gut wie verloren. Es war schon so am Boden wie die alte Fallschirmsprungschule der Nazis bei Wittstock … Doch dann kam Wladimir Iljitsch Abramow. Er hatte gerade von seinem Projekt Abstand genommen, in der Kyritz-Ruppiner Heide sein Domizil aufzuschlagen. Da fand er das hier und war elektrisiert: Das war genau das, was er wollte: Abgeschiedenheit! Ich hatte damals dieses Unternehmen mit ihm und lernte ihn näher kennen, just als er sich diese Ruine ans Bein gebunden hatte. Wladi kaufte das Haus, sanierte es und baute es zu dem um, was es heute ist: die Räuberhöhle eines Exilrussen mit einem Faible für Technik, für Jagdwaffen und für Wein ...«

»Dieses gemeinsame Projekt war der Online-Weinhandel?«, fragte Leo. »Den Lothar Brändle torpediert hat?«

Peter Fluppes nickte.

»Deswegen nenne den Namen *ja* nicht!«

Sie kamen an ein Rolltor. Gewaltige steinerne Einfassungen links und rechts. Zäune aus massiven stählernen Gitterelementen, die nördlich und südlich ins Ungewisse hin sich erstreckten. Kameras, kaum sichtbar im Laubwerk der schweren Eichen an den Seiten: Leise surrend nahmen sie das Fluppes-Mobil in ihren Brennpunkt. Doch schon öffnete sich das Tor schnalzend und wurde lautlos zur Seite gezogen.

Sie durchmaßen eine lange Eichenallee und kamen vor einem Gebäude zu stehen, das auf den ersten Blick wie ein heruntergekommenes dreiflügeliges Schlösschen aus dem 18. Jahrhundert aussah. In Wirklichkeit jedoch Neue nationalsozialistische Sachlichkeit. Die Luft war erstaunlich frisch und würzig, die Reinheit unbeschreiblich. Kaum waren sie ausgestiegen, fuhr auch Wageners Alfa geräuschvoll und hupend heran. Man roch plötzlich diesen Wagen, spürte dann, wie sich seine Ausdünstungen langsam verteilten und schließlich verflüchtigten.

Sie kamen vor den Haupteingang, wo bereits eine kleine Kaskade von Bedienten mit gläserbestückten Tabletts über die drei Treppenstufen herabfloss, um ihnen ein Begrüßungsgetränk zu offerieren. Auch Leo ließ sich willenlos, ja sogar erfreut, eine Sektflöte in die Hand drücken. Wie er sogleich feststellte, war es natürlich kein Sekt, sondern Champagner, der sich schon kurz darauf seinen Weg durch das innerpauluthsche Röhrensystem bahnte.

Eine massige Gestalt erschien im Eingang, ein Kegel in Menschengestalt: Wladimir Iljitsch Abramow. Leo kratzte zusammen, was er noch über das einstige Idol des um Anerkennung ringenden Ostblocks wusste: Auf der Halbinsel Krim geboren und aufgewachsen, hatte Abramow schon in frühester Jugend mit dem Ringen angefangen und war dabei so erfolgreich, dass er mit sechzehn Jahren Vizeweltmeister im Jugendringen in der Klasse über 87 Kilogramm Körpergewicht wurde, ein Erfolg, den er zweimal wiederholte und zum Junioren-Weltmeister aufstieg.

Abramow wog anfangs bei einer Größe von 1,93 nur hundert Kilogramm, steigerte dieses Gewicht im Laufe der Jahre aber auf 130 Kilogramm. Inzwischen bei der Sowjetarmee, durfte er international weiter sportlich aktiv sein. Er war sehr wendig und schnell, dazu von ungeheurer Kraft. Sein Markenzeichen war das verkehrte Ausheben aus dem Stand, das normalerweise nur in den unteren Gewichtsklassen praktiziert wurde. Als einziger Superschwergewichtler konnte er seine Gegner hochheben und auf den Rücken werfen, was ihm den Spitznamen »der Lifter« und lange Zeit Sieg auf Sieg einbrachte, da mit dieser Demütigung keiner wirklich zurechtkam, sodass viele Kämpfe nicht sehr lange dauerten. Erst 1992 in Barcelona endete die Ära Abramow, als er gegen den Amerikaner Rayk Gardener unterlag. Es war Abramows erste Niederlage seit dreizehn Jahren und die erste überhaupt in einem außerrussischen Wettbewerb. Nach diesem Tag, an dem sogar IOC-Präsident Juan Antonio Samaranch in der Wettkampfhalle war, um dem Sieger die Medaille überreichen zu können, beendete Abramow seine sportliche Karriere.

Er blieb eine kurze Zeit noch Offizier in der Sowjetarmee, wurde dann Geschäftsmann. Über diese Zeit im Leben Abramows wusste Leo so gut wie gar nichts. *Hätte den Fuchs'schen Artikel über die Geschäfte Abramows in Deutschland lesen sollen*, dachte er. Er wusste nur, dass dieser lange Zeit für unbesiegbar geltende Mann 1994 wegen Erpressung zu einer Haftstrafe verurteilt worden war, von der er aber nur einen Teil verbüßte, weil er bereits 1996 von Präsident Leonid Kutschma begnadigt wurde. Anschließend hatte Abramow die Russische Föderation verlassen.

Abramow machte die Runde bei den Weinbrüdern, und Leo konnte ermessen, wie nah er dem jeweiligen stand. Kleine Kniffe, scherzhafte Bemerkungen oder nur ein einfaches Umarmen – so kam der Russe schließlich auch zu ihm. Unbekannte spart man sich immer bis zuletzt auf. Leo wappnete sich instinktiv dagegen, nun mit dem berühmten verkehrten Ausheber aus dem Stand einfach so übers Hausdach geschleudert zu werden.

»Wer bist *du*, mein Freund?«

Leo blickte in das Gesicht eines vom Leben gezeichneten, aber am Leben nicht verzweifelten Mannes. Der Sportler war noch immer zu erkennen und auch ausgesprochen präsent, denn Abramows nächster Satz lautete:

»Na, kleiner Kampf gefällig?«

Der Russe hatte sofort erkannt, dass auch Leo eine sportliche Karriere hinter sich hatte. Der machte denn auch die Geste des Gewichthebers und sagte:

»Ich habe nur tote, niemals lebende Gewichte gestemmt!«

Das fand Abramow sehr komisch, und er schlug ihm vertraulich auf die Schulter.

»Hast du Goldmedaillen gewonnen?«

Leo schüttelte den Kopf.

»Zu früh aufgehört. Man wollte mich mit Medikamenten vollpumpen. Die habe ich nicht vertragen und hab aufgehört. Später kurz Personenschützer.«

Abramow lächelte sofort dick und sagte, während er sein Champagnerglas demjenigen Leos näherte:

»Ich hatte auch meine guten und meine schlechten Zeiten! Saß wegen Erpressung im Gefängnis. Dabei habe ich nur einem Politiker gesagt, was ich von seiner Tätigkeit halte, denn der hatte mir Knüppel zwischen die Füße geworfen. Ich habe ihm gedroht, ihn auszuhebeln und auf den Rücken zu schmeißen … Von da an hat man mich wie einen Aussätzigen behandelt in dieser ach so großartigen neuen Russischen Föderation. Darauf habe ich gut verzichten können, hab mein Geld gepackt und meine Koffer und bin über die Grenze. Das war das Beste, was ich jemals getan habe! Erst hier, obwohl dieses Deutschland ein so kleines Land ist, habe ich mich zum ersten Mal wirklich frei gefühlt. *Sa zdarowje!*«, fügte er hinzu, und sie stießen auf die Gesundheit an.

Leo begann automatisch, sein schlummerndes kleines Taschenwörterbuch *Deutsch–Russisch* im Kopf zu aktivieren, da in Russland das Trinken ohne Trinkspruch Sauferei genannt wurde. So konnte er, statt einfach die Phrase nachzuplappern, *»Sa twajo zdarowje!«* erwidern, was ihm sofort einen Pluspunkt einbrachte und die Nachfrage:

»Sprichst du Russisch?«

»Ein wenig. Da, wo ich herkomme, hatten wir Russisch als Pflichtfach in der Schule. Doch das ist schon fast ein halbes Leben her. *Sa naschu druschbu!*«

Abramow strahlte.

»Sa znakomstwa!«

Das hieß so viel wie: *Darauf, dass wir uns kennengelernt haben!* Leo hatte keinen Grund, nicht einzustimmen:

»Sa znakomstwa!«

»Ich war einmal als Offizier hier stationiert, hier in diesem Land, aber weiter nördlich.«

Leo nickte.

»In einem Sperrgebiet namens Redlinskij. Nach einem unserer Generäle benannt!«, sagte Abramow, und machte eine kreiselnde Bewegung mit dem rechten Zeigefinger.

Leo wusste sofort Bescheid:

»Der Hubschrauberübungsplatz bei Jännersdorf. Der lag in der Nähe von meinem heutigen Wohnort!«

»Dann hätt ich dich ja besuchen können!«, sagte Abramow und stieß ihn mit der Schulter an. »Neben deiner Datscha landen!«

Das wäre freilich völlig unmöglich gewesen, selbst wenn Leo zu der Zeit schon in Krabbe gelebt hätte. Die deutsch-sowjetische Freundschaft hatte ja nur auf dem Papier bestanden. Normalerweise war es auch und gerade russischen Offizieren verboten gewesen, Kontakt zu Deutschen aufzunehmen.

»Auch wenn du es gedurft hättest: Damals wäre ich noch hier unten gewesen. Hier in der Nähe wurde ich geboren, aber mein Dorf wurde zerstört, weil man die Kohle gebraucht hat, die darunter lag.«

»Uschasni!«, sagte Abramow und machte ein saures Gesicht dazu.

»Ja, schrecklich!«, fand Leo auch.

»Hier ist alles klein und eng. Bei uns ist viel mehr Platz; wir zerstören nicht einzelne Dörfer, wenn wir Kohle brauchen. Wir zerstören ganze Provinzen ...«

Er merkte, dass dieser Scherz bei Leo nicht ankam, und fragte daher rasch:

»Wie bist du unter diese Weinbrüder geraten?«

»Ich habe letztes Jahr angefangen, Wein anzubauen, und Gleichgesinnte gesucht, von denen ich lernen kann, wie man es macht. Oder wie man es besser nicht macht.«

Das war das Stichwort für Abramow, der sofort brüllte:

»Ich zeige Leonid den Weinberg! Wer kommt mit?«

Natürlich kamen alle mit, denn erstens wollte sich keiner durch Desinteresse beim Gastgeber unbeliebt machen, zweitens interessierte sie wirklich, wie es nun hier aussah, auf dem Wingert dieses verrückten Russen.

»Wenn je die Schranken fallen, bist du der größte Weinbauer im Land!«, sagte Wagener, der mit Leo und Abramow zusammen in dessen superschnellem Yamaha-Weinbergscaddy saß, während die anderen auf den Anhänger eines bedeutend langsameren Kleintraktors kletterten, den Fluppes zu fahren übernahm. »Dann kannst du 650 Hektar roden und aufreben!«

»Das wird nie passieren«, sagte Abramow, als sie vom Wohntrakt aus an den Fischteichen entlang dem Weinberg von der Seite näher kamen, über flaches Wiesengelände darauf zufuhren und am Fuße des Berges stoppten. »Die Deutschen werden nie eine lästige Regelung wieder einfach abschaffen, auch wenn sie weder zeitgemäß noch vernünftig ist. Mir kann keiner erzählen, dass 5000 Hektar Weinbau in Brandenburg, Mecklenburg, Schleswig-Holstein oder Niedersachsen euch da unten Absatzprobleme oder anderen geistigen Schaden zufügen würden – in Baden-Württemberg, Bayern, Hessen, Rheinland-Pfalz, im Saarland ... ich glaub, das war alles ... gibt es über 100 000 Hektar Weinberge. Und ihr habt Angst vor dreißig Hektar in Brandenburg? Da lachen ja die Wildschweine!«

Die lachten bereits jetzt, denn die vier Hektar Wein, die Abramow hatte pflanzen lassen – Pinotin, Frühburgunder, Regent, Johanniter, Solaris und Riesel –, waren ein gefundenes Fressen für die Borstenviecher. Die Umzäunung schützte relativ gut gegen Waschbären und Rehe, nicht aber gegen die Schwarzkittel. Der Wildzaun war auf einer Länge von fast vierhundert Metern unterwühlt, dann eingerannt und niedergetrampelt worden. Ein Drittel der Trauben war schon jetzt abgefressen. Die untersten Reihen der Reben waren regelrecht umgepflügt, denn die Schweine fraßen alles von der Traube bis zur Wurzel und waren im Wurzelbereich vor allem auch daran interessiert, Würmer, Schnecken und Engerlinge zu erwischen.

»Das ist die schwarze Pest!«, sagte Wagener, und alle anderen nickten.

»Da hast du natürlich die Arschkarte gezogen, mein lieber Wladimir!«, meinte Fluppes. »In Süddeutschland übernehmen die Jagdverbände der Gemeinden jeden Schaden, der über das Gewöhnliche hinausgeht. Hier draußen bist du der einzige Jäger, dir gehört das ganze Land, also musste du dich sozusagen selbst entschädigen.«

»Oder mehr schießen und uns jeden Sonntag einladen!«, sagte Träufle.

Abramow lächelte breit und erwiderte:

»Ich lasse den Zaun mit Betonfundamenten verstärken. Doch ich werde weiter wachsam sein und jeden Abend auf dem Anstand sitzen, um die Übeltäter auf frischer Tat zu ertappen, die Todesstrafe zu verhängen und sie zu exekutieren.«

Ein Opfer dieser Strafaktion würde ihnen später serviert werden, zubereitet vom Hausherrn persönlich – unter unmaßgeblicher Mitwirkung seines rumänischen Diätkochs.

Er führte sie alle auf die Jagdkanzel, die gut und gerne einem Dutzend Jägern Platz geboten hätte. In einem abschließbaren Stahlschrank standen fünf perfekt gepflegte Jagdflinten nebst einem Munitionsvorrat, der für die Wildschweinpopulation der halben Niederlausitz sicher ausgereicht hätte.

»Aber den Bären jagst du nicht?«, fragte Wagener und zwinkerte Abramow zu.

»Nach dem ist der Weinberg benannt!«, erläuterte Fluppes Leo. »Järischoer Bärenberg. Weil er hier einen Bären gesehen hat.«

»Gesehen haben will!«, frotzelte Wagener. »Nämlich den, den er uns hier immer aufbindet!«

»Glaub diesen Schandmäulern kein Wort!«, sagte Abramow vertraulich zu Leo. »In Russland wächst du mit Bären auf – einen *burij medwed*, einen Braunbären, erkenne ich am Geruch!«

Leo glaubte es ihm aufs Wort und ließ sich die Geschichte vom Bären gern erzählen, den Abramow hier, nach einem langen, vergeblichen Ansitz auf Wölfe, die im Nachbardorf sechs Schafe gerissen hatten, entdeckt hatte.

»Ich war eingeschlafen, ich muss es gestehen, als mich dieser Ton weckte, den ich noch aus meiner Heimat kannte: Bärengebrumm! Und da sehe ich ihn, wie er von oben in den Weinberg schlendert, sich aufrichtet, um alles zu sehen, und dann gemächlich auf allen vieren durch eine Zeile hinunterläuft. Da war noch kein Zaun drumrum, das war im zweiten Jahr. Seitdem habe ich immer eine Kamera dabei, wenn ich hier oben sitze. Aber ich habe ihn nie mehr gesehen. Na ja, jetzt ist ja auch der Zaun da. Ich habe überall Wildkameras aufgebaut, wo sie alle draufsind und blöd glotzen« – Abramow machte zur allseitigen Freude diverse Grimassen –, »Reh, Fuchs, Waschbär, Katze, Taube, Hund, Wildsau« – er drohte seinem neuen Hauptfeind mit der Faust –, »aber der Bär kam nicht mehr, bisher!«

Die Schwaben waren begeistert von der Qualität der Trauben, auch wenn der eine oder andere seine kleinen Spitzen anbrachte, etwa wenn eine Schlaufe im gespannten Draht zu sehen war.

»Das reißt dir früher oder später! Da hat einer beim Spannen nicht richtig ausgezogen!«

Vom höchsten Punkt des lang gestreckten Hügels hatten sie eine herrliche Aussicht über den Weinberg, die vorgelagerten Wiesen, die Teiche und den Abramow'schen Gutshof – einen malerisch im Vorland liegenden Vierseithof, wo alles untergebracht war, was Jagd, Garten- und Weinbau, Land- und Forstwirtschaft betraf. Abramow strebte eine weitgehende Autonomie an.

Selbst zahlreiche Bauern in der weiteren Umgebung arbeiteten für ihn, denn er hatte ihnen ihre Höfe abgekauft und hatte sie nun als nahe Zulieferbetriebe – etwa für Kuh-, Schafs- und Ziegenmilch, für Käse, Rind-, Schweine- und Lammfleisch, für Eier und Getreide – bei der Hand. Da er keinen übervorteilte und gute Preise zahlte, waren alle darauf eingegangen und ließen sich auch nicht vom Gedanken beirren, nun quasi für einen neuen Großgrundbesitzer zu arbeiten. Schließlich war es kein Frondienst, sondern gut bezahlte Arbeit.

»Was ist das da für eine Sorte?«, fragte Leo.

Auf einem recht großen Areal, das sich auf der rechten Seite abwärts bis zum seitlich angrenzenden Waldrand erstreckte, standen junge Reben, die in diesem Jahr gesetzt waren und allesamt noch blaue Pflanzenröhren um die dünnen Stämmchen liegen hatten. Das waren sicher einige Tausend.

»Ein Versuch der Weinsberger!«, sagte der Hausherr und fragte Fluppes bei der Gelegenheit: »Kommt der Rainer auch?«

»Der Rainer und der Michael und der Jan-Dirk«, antwortete Fluppes. »Hoffentlich ist dein Wildschwein groß genug!«

»Ich habe in weiser Voraussicht ein paar mehr geschossen!«, sagte Abramow und wies alle an, wieder aufzusitzen.

»Wie heißt die Sorte?«, fragte Leo noch einmal.

»Was meinst du?«, fragte Abramow zurück, der in Gedanken scheint's schon bei der Zerlegung der Wildschweine war.

»Ach, diese neuen Reben!«

»Ah, die heißen Diamant – eine neue weiße Sorte.«

»Die gleichen wie am Wolkenwerdaer Hang!«

»Ja, genau. Mal gucken, was die bringen. Geschmacklich, meine ich. Muscaris war da vorher. Der hatte aber so einen Biberfellgeschmack …«

»Foxnote!«, sagte Wagener. »Des isch des Amerikanerg'schmäckle aus dene Unterlage – des kriegsch' du einfach net naus!«

Dann ritt ihn wieder der Teufel, und er sagte:

»Bestimmt krieget die neue eine Bären-Note …«

Wagener boxte Abramow, aber der knurrte bloß und verdrehte die Augen. Der Blick, den er Leo zuwarf, zeigte, dass ihm dieser Schwabe langsam auf den Wecker ging.

»Pass du nur auf, dass du nicht mal so endest wie dieser ewige Nörgler, dieser Brenner …«

»Brändle, du meinst den Brändle! Warst du das etwa? Gib's nur zu!«

Leo starrte geradeaus in die Eichenallee, die sie in einem abenteuerlichen Tempo durchquerten.

»Manchmal glaub ich, die Schwaben sind alle irre!«, raunte der Fahrer seinem Beifahrer zu.

Leo nickte, was allerdings nur signalisieren sollte, dass er auf Abramows Seite war.

»Leo, sag jetzt nix Falsches!«, feixte Wagener von hinten.

»Hat man darüber eigentlich irgendwas Neues gehört?«, fragte Leo nebenbei.

»Nix über den Raub. Bloß ein kurzer Nachruf.«

»Hast du die Zeitung noch?«

»Hab den Artikel rausgerissen; hier, den kannst du lesen. Aber ich brauch ihn wieder – für mein Archiv.«

Wagener fingerte den Ausriss aus der Jackentasche und gab ihn Leo nach vorn, der ihn einsteckte.

»Kannst dir ruhig Zeit lassen bis morgen! Heut wirst sowieso nicht dazu kommen – bei all dem Esse, Trinke, Schwätze!«

Leo holte ihn daher sofort wieder heraus und überflog ihn.

> [...]
> Leo Brändle war keiner, der mit seiner Meinung hinterm Berg hielt. Er war unbequem, sicher, doch seine Unbequemlichkeit war die eines streitbaren Bürgers, der stets für Recht und Ordnung eintrat und für die Einhaltung gesetzlicher Bestimmungen, besonders in dem Gebiet, in dem er sich auskannte, dem er sein Leben gewidmet hatte, dem Weinbau.
> Jeder, selbst sein bester Freund, konnte sicher sein, zur Zielscheibe der lodernden Brändle'schen Anklage zu werden, wenn er es sich etwa einmal einfallen lassen soll-

te, vom Pfad der weinrechtlichen Tugend abzuweichen und ungesetzliche Wege zu gehen.

[...]

Sein Betrieb, der das Einzige war, das ihn nach dem Tode seiner Frau vor vielen Jahren aufrechterhielt, wird mit ihm nun sterben, und seine Stammkunden, vor allem kleine Weinbaubetriebe und unzählige zufriedene Hobbywinzer und Weinbauvereine – besonders in den kleinen exotischen Weinländern Schleswig-Holstein, Brandenburg und Mecklenburg-Vorpommern –, werden seine aufopfernde und einfühlsame Beratung schmerzlich vermissen.

[...]

Brändle war Mitglied in mehreren international tätigen Weinbau-Kontrollorganisationen, unter anderem in der deutschen Sortenkommission, die dem Sortenamt ihre jährlichen Empfehlungen gibt, im International Riesling Committee (IRC) und der Weinheimer Gruppe, die mit viel Geschick und Umsicht für die Öffnung der globalen Weinmärkte, die Chancengleichheit auch für kleine Weinbauregionen und das Unterbinden krimineller Machenschaften im Weinbau eintritt.

[...]

Die Firma Reben-Brändle wird mit der bisherigen Belegschaft von der Kreissparkasse Heilbronn kommissarisch weiterbetrieben, bis ein neuer Betreiber gefunden ist.

Leo konnte Wagener den Artikel der *Stuttgarter Zeitung* gleich zurückgeben, vom tieferen Nachdenken durch die Ankunft der Nachzügler aus Wolkenwerda abgelenkt: des Weinsberger Weinbauberaters Dr. Rainer Völker, des Rebsortenkundlers Michael Keller, des Weinautors Jan-Dirk Fuchs, des Dr. Edgar Gruber vom Landwirtschaftsministerium, des Rebschulbesitzers Ludwig Böckser und des Winzers Tilo Herbst. Er erkundigte sich kurz bei Fuchs, ob Jenny noch mit ihm gesprochen hatte, und registrierte befriedigt, dass ja. Es sei sein erstes Fernsehinterview seit Jahren gewesen, meinte Fuchs, und er machte nicht den Eindruck, als ob er es ungern gegeben hätte.

Verrückt, dachte Leo, *ob ein Jagdessen in Carinhall vor 75 Jahren viel anders ausgesehen hätte?* Sicher fehlten die Uniformen, aber sonst? Ein paar schwäbische Generäle oder hohe Offiziere und Göring alias Abramow … Der Russe hatte auch dieses Unberechenbare an sich, von dem man innerlich erzitterte und jeden Augenblick befürchtete, die Freundlichkeit könnte in blanken Hass und Gewalt umschlagen.

Abramow war unverheiratet und hatte keine Kinder. Was nicht hieß, dass nicht auch Frauen und Kinder in großer Zahl anwesend gewesen wären. Es schien eine Art Harem zu sein, den er sich hier hielt. Leo bekam einen Sitzplatz neben Mascha, Abramows lieber (dritter oder vierter?) Frau.

»Nein, das verstehst du falsch!«, sagte Mascha, die ihm anzusehen schien, was er dachte. »Wladi ist wie ein Vater für uns. Keine von uns hat etwas mit ihm. O Gott, was für eine Vorstellung!«

Sie lachte, und Leo entspannte sich etwas. *Wahrscheinlich bin ich wirklich ein bisschen überdreht,* dachte er.

»Er sorgt für uns, wir haben alle schlimme Zeiten hinter uns. Hier bei ihm geht es uns zum ersten Mal wieder gut, die Kinder haben wieder eine ordentliche Heimat. Er hat so viele Freunde auf der ganzen Welt, und wenn er hört, dass es einem wirklich dreckig geht, dann hilft er. Ganz einfach. Es sind nicht nur Frauen und Kinder, er hat auch arme Schriftsteller, brotlose Künstler und Kunsthandwerker unter seine Fittiche genommen.«

»Warum macht er das? Ist das reine Menschenliebe? Ist es die Verantwortung für in Not geratene Landsleute im Ausland?«

Leo betrachtete weiter die Geschehnisse im Raum und sah, dass sich das Bild plötzlich wandelte. Nein, Göring hätte nicht die Armen und die verfolgten Künstler bei sich im Schloss wohnen lassen oder zu sich an die Jagdtafel gebeten, wenn er wichtige politische Freunde beherbergte.

»Er ist, wie alle Russen, sehr harmoniebedürftig bis sentimental, und er liebt die Familie. Und da er keine eigene hat, schafft er sie sich auf diese Weise. Weil er sehr erfolgreich war, kann er sich eine große Familie leisten, und zwar ohne Sippenhaft und Verpflichtungen. Keiner buhlt um die Gunst des Übervaters, wir lieben in alle, wir sind ihm alle dankbar, und dennoch würde keiner zögern, Wladimir zu sagen: Es war schön bei dir, aber ich muss weiter. Er würde es keinem von uns übel nehmen, im Gegenteil, er würde sich für uns freuen. Er ist der beste Mensch, den ich kenne!«

Diese Lobrede war mit so viel Überzeugungskraft gesprochen, dass Leo sein Glas erhob und mit lauter Stimme verkündete:

»*Sa chosein!* Auf den Hausherrn! Auf seine Großzügigkeit! Auf seine Menschenliebe!«

Alle Gläser hoben sich, und Leo konnte sehen, dass er sich mit einem Schlag die Achtung aller anwesenden Russen erworben hatte.

»Das sind drei Sprüche auf einmal, lieber Freund – jetzt musst du auch drei Gläser mit mir leeren!«, sagte Abramow.

Er stand auf, kam um den Tisch auf Leo zu und umarmte ihn.

»Schön, dass du da bist! Ich freue mich, dass du dich so gut mit Mascha unterhältst – ihr kleiner Alexej ist ein echter Schatz, ganz wie die Mutter, auch wenn er von einem Vater abstammt, den ich am liebsten …«

Mascha zog die Brauen kraus, legte ihm besänftigend einen Finger auf den Mund, und er schwieg sofort. Ob dies nur geschah, weil ihr elfjähriger Sohn gerade herbeigelaufen kam, um Wladi zu begrüßen, konnte Leo nicht sagen.

»Leo wohnt jetzt da, wo ich in den Achtzigern als Pilot stationiert war. Aber er ist hier geboren!«, sagte Abramow zu Mascha. Dann kehrte er auf seinen Platz zurück, denn in diesem Augenblick wurde der erste Gang aufgetragen, eine einfache Gemüsesuppe, jedoch bereits vom Duft her als das Frischeste vom Frischen erkennbar. Wie ein Willkommensgruß an die Schwaben schwammen kleine Teigstreifen darin.

»Flädle!«, rief Wagener, und seine Landsleute klatschten.

Ein Schwaben-Toast wurde ausgebracht, und Mascha erklärte Leo:

»Hier, dieser Wein, das ist Wladimirs ganzer Stolz! Er hat oft erzählt, dass auch sein Vater dort, wo er herkommt, auf der Krim, Wein angebaut hat. Bevor der Staat alles übernommen hat.«

»Die Krim – was für ein herrlicher Landstrich! Ich war einmal im Urlaub dort«, sagte Leo. »Hat er nie daran gedacht, wieder zurückzugehen?«

»Manchmal, wenn er sentimental wird, dann kann es passieren, dass er so etwas sagt. Aber ernsthaft, wenn er nichts getrunken hat, niemals. Ich glaube nicht, dass er hier jemals wieder weggehen wird.«

»Wer wird weggehen? Wladi?«, fragte der kleine Alexej entsetzt.

»Nein, Alex, ich habe gesagt: Wladimir wird niemals hier weggehen!«

»Versprochen?«, fragte der Kleine.

»Versprochen! Aber frag ihn doch selbst, wenn du mir nicht glaubst.«

Alexej tat es, und sowohl Mascha als auch Leo konnten beobachten, mit wie viel Liebe und Zuneigung der große Mann am schräg gegenüberliegenden Kopfende der Tafel, nachdem er behutsam sein Besteck abgelegt hatte, Alexej auf seinen Schoß nahm und ihm äußerst ernsthaft zuredete, woraufhin sich die Miene des Kleinen entspannte und die Angst einem breiten Grinsen wich.

»Jetzt hat er ihm wieder irgendetwas versprochen. Bin gespannt, was es diesmal ist ...«

»Ich darf nachher mit Wladi die Raketen anzünden!«, rief Alexej, als er wenig später zu seiner Mutter zurückkehrte.

Der Wildschweinbraten war ein Gedicht! Wenn ein Borstenviech überhaupt lyrische Züge annehmen konnte, dann war dies hier der Fall. Auch die Kartoffelklöße konnten sich rühmen, über alle dumpfe Zweifelhaftigkeit erhaben zu sein. Da war nichts Klebriges, nichts Halbgares, das den Mund und den Rachen verstopfte. Sie waren luftig, sie waren seidig, und vor allem schmeckten sie nach Kartoffeln! Es waren eigene Kartoffeln, wie Leo von Mascha erfuhr. Wie im Übrigen auch der Rotkohl und selbstverständlich der Rotwein, der jetzt in allen Gläsern, erhoben wiederum auf den Gastgeber, funkelte, vom gleißenden Widerschein der drei großen Kronleuchtertrauben dazu aufgestachelt.

»Auf deine Projekte! Darauf, dass sie alle so gut gelingen wie die Wildsau hier!«

Es war Häcker, der das gerufen hatte, und alle stimmten mit Blicken und Gläsern in diesen Wunsch ein.

Zum Dessert gab es russische Bliny mit Mangosauce und einen Wein, der alle umhaute. Ohne besondere Ankündigung hatte er dagestanden, in Fünf-Zentiliter-Gläschen. Ein Dessertwein natürlich, doch was war das genau?

Nach dem ersten Schluck ging ein wildes Spekulieren und Diskutieren los. Abramow lehnte sich zurück, grinste sich eins, beobachtete, hörte zu und freute sich diebisch darüber, was er mit diesem kleinen Gläschen Süßwein angerichtet hatte.

»Wladimir! In Deutschland ist die Folter abgeschafft!«, rief Dr. Rainer Völker. »Sag es uns, lass uns nicht dumm sterben: Was und woher ist das? Wie alt, welche Rebsorte, kommt, spuck's aus! Natürlich nicht buchstäblich, denn er ist grandios!«

Abramow ließ Tatsachen sprechen. Schon längst hatte die Flasche, mit einer Pappe umhüllt, vor ihnen auf dem Tisch gestanden. Ein einfacher Gummiring, um die Pappe gelegt, wurde nun entfernt, und zum Vorschein kam …

»Ein Massandra, Weißer Muskat, von '39!«, sagte Träufle, dann machte die Flasche die Runde.

»Ein Krim-Wein aus dem Nazikeller!«, sagte Böckser.

»Aus dem bei der Renovierung wiedergefundenen Weinkeller!«, sagte Abramow. »Der war verschüttet und zugemauert, beinah wie die Grabpyramide eines Pharaos.«

»Auf der Krim … Da waren die Deutschen seit …«, begann Leo fragend.

»'42!«, sagte Wagener. »Hitler wollte die Krim, also deine Heimat, Wladi, zu einem rein deutschen Urlaubs- und Weinbaugebiet machen. Direktverbindung bestand ja ohnehin schon, man hätte sich nämlich einfach in ein Boot setzen und den deutschen Fluss, die Donau, hinunterfahren müssen, direkt bis ins Schwarze Meer.«

»Stell dir vor, mein lieber Freund, das weiß ich! So wie du wahrscheinlich weißt, wann die Tataren vor Böblingen standen!«, sagte Abramow.

»Erst denke, dann schwätze!«, sagte Träufle zu Wagener, dessen rote Nase noch ein bisschen weinröter geworden war.

Abramow winkte alle eventuell kommenden Entschuldigungen ab und sagte:

»Das Erste, was man als Ausländer bei euch Deutschen lernt, ist, wie es sich anfühlt, belehrt zu werden. Dabei glaube ich euch sogar, dass ihr es nicht böse meint. Aber irgendwie seid ihr aus einem Volk der Dichter und Denker in knapp zweihundert Jahren zu einem Volk der Lehrer, Belehrer und Rechthaber geworden. Mitunter wisst ihr aber trotzdem nicht die Bohne, wovon ihr redet. Die Deutschen waren auf der Krim, lange bevor die Wehrmacht kam und das Land kurzzeitig in Besitz nahm. Seit dem 18. Jahrhundert lebten schon Deutsche auf der Krim, 1939 – im Jahr, als der Wein hier abgefüllt wurde – waren es sogar etwa 5,5 Prozent der Bevölkerung, fast 60.000 deutschstämmige und Deutsch sprechende Menschen! Aber dann rückte die Wehrmacht an, und Stalin ließ in aller Eile die Krimdeutschen nach Kasachstan deportieren, damit sie nicht mit den fremden Truppen kollaborierten. Die meisten eurer ›Volksdeutschen‹ starben bei dieser Deportation. Nur etwa 900 waren übrig, als die Krim besetzt wurde. Die schickte man dann in den Warthegau. Ist das nicht eine absurde Geschichte?«

»1939 …«, sagte Leo und nippte am honiggelben Massandra.

»Darf ich die?«, fragte Alexej, und Leo überließ ihm seine Bliny ganz ohne Bedauern, denn in seinem Kopf drehte sich jetzt alles um diese magische Zahl … 1939 war auch die Siegfriedrebe gezüchtet worden.

»Damals hat Hitler den Krieg begonnen. Was für ein fürchterliches Jahr, aber hier im Glas schmeckt man nichts davon. Das ist abenteuerlich gut!«, sagte Carlo Kinkel.

»Wie viel hast du davon?«, fragte Peter Fluppes.

»Ooch«, begann Abramow gedehnt, »bloß so etwa fünfhundert Flaschen.«

»Das isch ja ä zwoits Vermöge! Woisch du, was du für *so* eine Flasche nehme kansch?«, fragte Wagener.

»Doch, des weiß der Wladi, gell?«, nahm Rudi Träufle die Antwort vorweg. »Der Wladi hat auf *Finest Wines* jede Menge solcher Knaller stehen gehabt!«

Bei der Erwähnung von *Finest Wines* verdüsterte sich für einen Moment der Gesichtsausdruck des Wladimir Abramow. Peter Fluppes warf Träufle einen bösen Blick zu und sagte:

»Ich glaube, es wäre besser, wenn wir über diese Firma in Wladis Beisein künftig Stillschweigen bewahrten, denn daran erinnert der sich nicht gern. Zu allem Überdruss hat sich der Lothar Brändle in diesem Fall als rechte Spaßbremse erwiesen. Also bitte kein Wort mehr vom Thema. Lieber soll uns der Doktor aus Weinsberg etwas über ›Diamanten‹ erzählen …«

»Oder unser Autorenduo etwas über *Alte Reben*!«, ergänzte Träufle.

Abramow sagte, an seine Schützlinge – Frauen und Kinder – gewendet:

»Meine Lieben, ich denke, das sind Themen, die euch langweilen werden ... Aber vergesst nicht: Wir machen draußen unterm Weinberg jetzt ein Lagerfeuer, und später gibt es ein kleines Feuerwerk!«

»Macht das Feuerwerk am Anfang!«, rief Mascha. »Alle Kinder wollen es ja sehen, sie müssen aber um neun im Bett sein.«

Abramow nickte.

»Zu Befehl! Jetzt ist es acht. Wir starten das Feuerwerk in einer halben Stunde! Alexej, hast du gehört?«

21

So kam es, dass die versammelten Gäste schon wenige Minuten später bei noch immer lauen Temperaturen durch die hereingebrochene Nacht in Richtung auf Abramows Weinberg pilgerten. Auf einer Wiese direkt unterhalb des Tores waren bereits von helfender Hand die Vorbereitungen zum Feuer getroffen worden, sodass ihnen wenig mehr zu tun blieb, als den bereits aufgeschichteten Turm aus trockenem Reisig anzuzünden und die Urzelle des Brandes mit reichlich vorhandenem Nachschub aus dickeren Ästen und Stämmen zu füttern.

Kaum brannte es leidlich, setzten sich die Brandstifter rings auf dicke, wie zufällig dort im Kreis liegen gebliebene entrindete Baumstämme.

»Jetzt würde mich doch interessieren, was es mit diesen neuen Hybriden wie etwa dem Diamant auf sich hat«, sagte Leo, den Herrn vom Weinsberger Institut direkt ansprechend. »Halten die, was ihr versprecht?«

»Er hat in der Erprobung bewiesen, dass er eine etwa fünfprozentig höhere Widerstandskraft gegen falschen und echten Mehltau hat. Und überdies auch eine dreiprozentige gegen Botrytis«, entgegnete Dr. Völker.

»Und das nennt ihr eine bahnbrechende Verbesserung?«, fragte Träufle. »Was kostet denn eine solche Rebe im Vergleich?«

»Stück 3,50 bei Mindestabnahme 20 000«, verriet Herbst, nachdem er sich beim Rebenhändler Ludwig Böckser einen Erlaubnisblick geholt hatte.

»Und du glaubst, dass dadurch etwas gewonnen ist? Wie schmeckt er denn eigentlich, der Diamant?«, wollte Wagener wissen.

»Also ich kann nur sagen, es gibt bislang noch keine verlässliche Verkostungsnotiz, aber er soll angeblich dem Ruländer sehr nahekommen«, sagte Völker.

»Also ich weiß nicht, ob sich der ganze Aufwand lohnt. Denn – sind wir ehrlich: Es ist ja doch nicht so, dass wir mit dem falschen und echten Mehltau und der Edelfäule die Hauptprobleme hätten. Ich sag nur: Esca, Essigfäule, Eutypiose, Grünfäule und Rosafäule ...«

»Phomopsis«, fügte Fluppes hinzu. »Roter Brenner, Schwarzfäule, Wurzelfäule, Goldgelbe Vergilbung, Schwarzholzkrankheit ...«

»Mauke!«, rief Kinkel. »Ond die Vire!«

»Arabis-Mosaik-Virus, Reisigkrankheit, Tomatenbronzefleckenvirus, Himbeerringfleckenvirus, Blattrollvirus 1 bis 9, Rebenvirus A und B, Marmorierung/Fleck Virus A und B, Holzrunzeligkeit ...«, betete Träufle herunter.

»Die ganze Schädlingspalette!«, ergänzte Wagener. »Käfer, Würmer, Schmetterlinge, Wespen, Mäuse, Vögel, Wildschweine, Rehe, Waschbären ...«

»Die Suzuki-Fliege nicht zu vergessen!«, sagte Häcker.

»Ja, die steht bzw. hockt aber auf einem anderen Blatt!«, wandte Völker ein.

Er erhielt Rückendeckung durch Träufle, der damit zu erkennen gab, dass er offenbar auch – wie Herbst und Abramow – bereits ein Kontingent Diamant geordert hatte.

»Gegen die kannst du keine Rebe mit einer Hybridisierung schützen oder immunisieren! Da hilft nur die Stärkung der körpereigenen Abwehrkräfte, was weiß ich, auf welchem Wege – mit Schachtelhalmtee, mit Marmormehl, mit Quarzwasser, mit vergrabenen, mistgefüllten Kuhhörnern ...«

»Des dätsch gern sähe, dass i Kuhhörner in moim Wengert vergrabe dät!«, sagte Wagener. »Die ganze Biodynamik kann mir gestohlen bleiben. Da wär's besser, i dät glei alles roda und auf Geranie omstella!«

»Du tust den Ökos unrecht!«, meldete sich plötzlich Jan-Dirk Fuchs zu Wort, der scheint's bei diesem heiklen Thema wieder zu sich kam. Offenbar hatte ihn die Verdauung des Wildschweinbratens bis jetzt geschwächt oder der genossene Süßwein von der Krim seinen Geist umnebelt. »Auch wenn du sie nicht verstehst, so müssten dir doch die Erfolge zu denken geben. Es kann doch nicht alles schlecht sein, was eindeutig eine Verringerung der chemischen Belastung und der Krankheitsanfälligkeit bewirkt?«

»Jetzt hör sich einer das an! Der Fuchs wird auf seine alten Tage noch zum Öko!«, sagte Fluppes.

Leo war schon bei der Erwähnung all der Krankheiten und Schädlinge ganz anders geworden. Er sah seine Reben bereits von allem heimgesucht, was gerade erwähnt worden war. Die meisten dieser Bedrohungen hatte er bisher nicht einmal dem Namen nach gekannt. Er stand auf und setzte sich etwas weiter weg neben Abramow, der wie verloren ins prasselnde Feuer starrte, die Flasche 39er Krim-Süßwein in seiner Hand. Die enthielt noch einen kleinen Rest, den er jetzt mit Leo teilte.

»Macht dich das nicht irre? Dieses ganze Gerede von Krankheiten, von Bedrohungen? Je mehr du hast, desto größer ist die Bedrohung, ist es nicht so?«

Abramow wiegte den Kopf.

»Kommt drauf an. Nimm die Wildschweine – warum sind sie ein Problem? Weil mein Weinberg so klein ist! Hätte ich tausendmal so viel, würden die Schweine nur den Rand aufreißen, die großen Flächen aber blieben unbeschädigt. Ich habe gestern mit einer Frau in der Pfalz telefoniert, von einem kleinen Weingut, das noch einen Wein im Keller hat, den ich gerne hätte, und die hat mir genau das bestätigt: Die großen Weinbaugebiete sind vor diesen Schweinen fast völlig gefeit. Bei denen ist die Suzuki-Fliege die viel größere Gefahr. Deswegen werde ich mich, da hier ja nun keine Expansion möglich ist, dank der Weingesetze nun woanders umtun. Ich will nicht auf die Krim zurück, und das wäre auch ganz sinnlos. Die dortigen Weingüter sind marode, die Flächen sind aufgeteilt. Außerdem würde mich keiner reinlassen. Aber auf dem Weg dorthin gibt es Flächen, die sind im Augenblick für einen Appel und ein Ei zu kaufen. Das Klima ist hervorragend, die Expansionsmöglichkeiten nahezu unbegrenzt. Kein Gesetz, das dich aufhält.«

»Von welchem Land sprichst du?«, fragte Leo. »Polen? Die Grünberger Gegend? Das ist neuerdings das nördlichste geschlossene Weinbaugebiet der Welt. Du könntest das von hier aus steuern. Es sind keine hundert Kilometer ...«

»Viel zu mickrig! Nein, ich gehe mit dem Weinbau nach Rumänien!«, antwortete Abramow. »Da kannst du Farmen von 250 Hektar kaufen und darauf anpflanzen, was du willst. Ich habe schon drei Farmen dieser Art gekauft. Und ich weiß auch schon, welche Reben ich anpflanzen werde. Dafür sitzt da drüben einer, der Gold wert ist. Ich meine nicht den Doktor aus Weinsberg. Ich meine den Rebforscher.«

»Michael Keller?«

»Genau den.«

»Der wird dir einen gemischten Satz aus kaukasischen, eurasischen, transsilvanischen und was weiß ich was für Reben andrehen.«

»Das ist immer noch besser als dieser ganze Schwachsinn, der sich anhört wie Medizin: Ich kann mich heute noch ohrfeigen dafür, so etwas wie Pinotin angebaut zu haben oder auch Regent. Oder Solaris – eine Rebsorte, die scheinbar nach einem Roman von Stanisław Lem benannt ist. Ich liebe Lem-Romane. Aber ich will keinen Lem-Wein. Lieber schon Lemberger! Ich will alte Sorten, so viel ist sicher. Keller wird mich beraten.«

»Es soll eine Sorte geben, die gegen alles gefeit, gegen alles immun ist«, sagte Leo. »Die Nazis haben sie entwickelt.«

Abramow sah ihn von der Seite her an. Auf seinem breiten Gesicht stand ein teuflisches Grinsen.

»Blödsinn!«, sagte er. »Wenn es stimmt, was Keller mir erzählt hat, dann kannst du diese ganzen Selektionsbemühungen, diese Hybridisierung, dieses ganze Gedöns um PIWIs und resistente Sorten glatt vergessen. Es gibt Sorten, die seit dem Mittelalter überlebt haben, die völlig gesund sind und keinerlei Krankheitsbefall zeigen. Das sind die, die er in der Pfalz in seinem Sortenweinberg kultiviert. Warum sollte ich etwas anderes wählen? War der gemischte Satz nicht immer das Beste? Wenn eine Sorte krankt, sind immer noch genügend gesunde übrig. Die Mischung macht's. Und ob mein Wein nun Johanniter heißt oder Riesel oder aber Cuvée Alte Reben, wen interessiert's? Wie er schmeckt – darauf kommt es an!«

»Da hast du recht. Ich hab mich übrigens auch schon für die alten Reben entschieden. Ich ...«

Leos Handy gab Signaltöne von sich. So ein kurzes doppeltes Knacken, das eine SMS-Nachricht anzeigte. Er sah dass es zwei waren, die verpasste Anrufe anzeigten. Er entschuldigte sich bei Abramow und hörte seine Mailbox ab.

Zunächst erklang die Stimme von Markus:

»Hallo Leo. Wollte dir nur sagen, dass ich wieder zu Hause bin. War schon gestern alles normal. Hab's in diesem Bettenknast nicht mehr ausgehalten. Jenny war kurz am Telefon – du bist an der polnischen Grenze? Wie sieht's aus im Casus Brändle? Ich erfahr hier ja gar nix. Wenn du kannst, meld dich mal.«

Danach kam ... Lucy!

»Hi Marlowe, wir müssen uns unbedingt treffen. Keine Rückfragen per Funk bitte. Es ist mir ernst. Morgen Mittag in der Kantine in der Staatskanzlei. Und« – man hörte, wie sie das Letzte aus der Zigarette herausholte –, »pass auf dich auf!«

Kurz war er versucht, die Rückruffunktion zu nutzen. Doch Frau Direktor Dr. Unckel hatte sicher ihre Gründe, gleich ein Treffen vorzuschlagen.

Leo ging im Rund der Plätze ums Feuer bis zu Fluppes, der sich angeregt mit Michael Keller unterhielt, nun aber sein Gespräch unterbrach und Leo fragend ansah.

»Nur ganz kurz ...«, begann Leo, indem er sich zu Fluppes hinunterbeugte: »Ich muss morgen Mittag in Potsdam sein. Habt ihr schon eine Vorstellung, wann ihr zurückfahren werdet?«

»Wir fahren so um neun, da bist du gegen elf in Kreuzberg. Reicht dir das?«

»Das ist gut.«

Leo ging zurück und sah erfreut, dass Mascha nun bei Abramow saß. Sie klopfte auf den freien Platz neben sich, und er setzte sich. Sie deutete auf ihren Sohn und sagte:

»Jetzt kommt seine große Stunde!«

Die Kinder trugen die Raketen heran und beneideten den Auserwählten. Alexej genoss es zwar, war aber zugleich bedacht, sich keinen zum Feind zu machen:

»Ich zünde für jeden von euch eine an!«, sagte er. Kurz darauf pilgerte Alexej mit Abramow den Weinberg hinauf.

Fünf Minuten später begann, eingeleitet von drei Flintenschüssen, das Feuerwerk. Schon zersprangen die Raketenköpfe mit hellem oder dumpfem Knacken. Die Funken spritzten, regneten, rieselten … Knatternd fuhren Nachzünder durch den glimmernden Sprühnebel.

»Des wirsch später alles auf der Zunge haben!«, ulkte Wagener, der damit wohl mutmaßte, dass die Chemikalien auf die Trauben niedergehen könnten.

Doch keiner reagierte auf die spöttische Bemerkung. Auch Wagener hörte Gott sei Dank zu reden auf, sodass die einzigen Geräusche, die man hörte, die der Raketen waren, das fauchende Aufschießen, das verhaltene Detonieren der Geschossköpfe und das Prasseln der vielfarbigen Ergüsse. Die kleinen Explosionen wurden in gestaffeltem Echo von den weiter entfernten, umliegenden Hügeln des Muskauer Faltenbogens zurückgeworfen. Die dichten Kiefernwälder glommen orange, hellgrün, gelb und feuerrot auf. Der helle Mond indessen minderte die Brillanz ein wenig, doch der Kontrast der farbigen Kleckse zum gelblichen Riesenball hatte auch etwas. Alle genossen das beeindruckende Schauspiel, das von der Stille noch verstärkt wurde.

Die letzte Rakete war gezündet, und wenig später kam der überglückliche Alexej mit seinem Übervater Abramow wieder vom Weinberg herunter. Mascha nahm mit ihrem Sohn Abschied, und auch die übrigen Mütter verschwanden nun mit ihren Kindern.

»Lust zu einem kleinen Nachtspaziergang später? Ich kenne da einen hübschen Weg …«, fragte Mascha flüsternd Leo.

Ihr Lächeln und ihr Blick erzeugten eine wohltuende Wärme in seinem Bauch. Wann war er zuletzt mit einer schönen Frau allein durch die Nacht spaziert? Vor drei Monaten, und bei der Gelegenheit hatte ihm Thea eröffnet, dass es aus sei zwischen ihnen …

»Liebend gern«, sagte er.

»Komm einfach um Mitternacht vor die Tür eures Gästehauses. Da hol ich dich ab. Ich gehe den Weg immer, wenn der Mond so hell ist, weißt du.«

Seine Vorfreude schmolz ein bisschen zusammen, doch dann lachte er über sich selbst und freute sich des Angebots.

Als sie gegangen war, bemerkte er, dass ihre kleine Verabredung nicht unbemerkt geblieben war. Wagener, Fluppes, Träufle und Kinkel sahen schmunzelnd zu ihm her, steckten die Köpfe zusammen, und Wagener sagte für alle hörbar:

»Ja, der Leo!«

Innerhalb kürzester Zeit schienen alle von seiner Verabredung mit Mascha zu wissen, denn Wladi, der sich links von Leo zuletzt angeregt mit Dr. Gruber unterhalten hatte, neigte sich kurz zu ihm und sagte:

»Mascha ist wie eine Tochter für mich, also pass gut auf sie auf! Ich mag es gar nicht, wenn sie nachts bei Vollmond alleine spazieren geht, aber das ist ihr nicht auszutreiben. Bin froh, dass du heute dabei bist, denn irgendwie habe ich momentan ein schlechtes Gefühl.«

Leo erinnerte sich zwar daran, was Fluppes gesagt hatte, als Träufle die Rede kurz auf *Finest Wines* gebracht hatte, doch dann schlug er die eigenen Bedenken in den Wind und nutzte die Gelegenheit, da ohnehin schon von schlechten Gefühlen die Rede war:

»Sag mal, hättest du dem Brändle wirklich etwas antun können? Ich frage es nur, weil es mich seit vorhin beschäftigt. Ein Wink und ich vergesse es, aber mich würde brennend interessieren, was das für eine Weinbetrugsgeschichte war, die Brändle dem Peter Fluppes und dir anhängen wollte. Und wie sehr er euch geschadet hat. Weißt du, wenn ich mir nämlich vorstellen müsste, ich hätte zu Hause bei mir 99 Reben von einem stehen, der dir so viel Schaden zugefügt hat, dann würde ich sie auf der Stelle allesamt ausreißen!«

Abramows Miene schwankte kurz zwischen Entrüstung und Ärger, dann aber überwand er sich, schwer seufzend, und sagte:

»Lass deine Reben stehen, die können ja nichts dafür. Dieser Brändle war eine kranke Seele. Das war wirklich eine blöde Geschichte, die er da angezettelt hat. Keiner weiß, warum ... Inzwischen könnte ich fast lachen darüber, wenn sie mich nicht so viel Geld gekostet hätte. Wie gut, dass ich hier einen Schriftsteller bei mir habe, der etwas besser die komplizierten Vorgänge erklären kann, die mit dem Ausdruck *Weinfälschung* zusammenhängen. Jan-Dirk, bitte erkläre Leo einmal kurz und bündig, was alles darunter fällt.«

Die anderen hatten die Bänke unterdessen als kleineren Halbkreis aufgebaut, und während Häcker und Völker das Feuer mit Nahrung versorgten, erklärte Fuchs:

»Ich betrachte es als Strafarbeit, denn schließlich war ich es, der einst in Brändles Horn gestoßen und einen Artikel geschrieben hat, in dessen Folge Wladi für einen knappen Monat als der größte Betrüger im deutschen Weinhandel am Pranger stand ...«

Abramow ließ den rechten Unterarm mit der flachen Hand wie ein Kinderschippchen, mit dem man Sand über die eigene Schulter wirft, nach oben schnellen, die linke dabei auf seinen noch immer gewaltigen Oberarm gelegt.

»Schnee von gestern. Auf geht's! Erklären!«

»Also, *Weinfälschung* kann im Grunde dreierlei bedeuten. Man kann erstens einen bestimmten Wein nachmachen – mit Zusatzstoffen in anderem Wein oder mit gänzlich weinfremden Ausgangsstoffen. Das war lange Zeit erlaubt und kaum je ein Gegenstand ernsthaften Nachdenkens oder gar der handelsstrafrechtlichen Verfolgung. Zweitens kann man einen Wein verfälschen oder – freundlich ausgedrückt – *schönen*, wenn die Natur mal nicht mitspielt. Da wird mit RTK – rektifiziertem Traubenmostkonzentrat – gesüßt und der mindersüße Most ›aufgeoechselt‹ und auch sonst alles unternommen, dass der Kunde die gewohnte Untertürkheimer Sternenwaage im Glas zu haben glaubt, auch wenn's von U bis S ein Kunstprodukt ist … Rotwein mit Barriquenote, wenn gerade kein Holzfass da ist? Kein Problem: Dann kommen einfach Holzchips hinein. Das ist behördlich geregelt und alles erlaubt! Das Ergebnis wird im Billigsortiment der Discounter im unteren Regalboden angeboten. Es stellt zwar keine Gesundheitsgefährdung dar, aber ich glaube, wenn man nur die billigen Weine trinkt, dann wird man grün!«

Alles lachte, als Leo an sich herabsah und die grüne Farbe suchte.

»Nun, kommen wir zur dritten und letzten möglichen Art der Weinfälschung«, fuhr Fuchs fort. »Es ist die einzige wirklich kriminelle, nämlich die falsche Auszeichnung eines Weines zu dem Zweck, einen höheren Preis zu erzielen. Das beginnt beim Wein für 4,99, der einige Monate im Jahr für 11,99 verkauft wird, obwohl er nie mehr wert war als 4,99, und endet beim angeblichen Château Margaux Grand Cru, der in Wahrheit nur ein billiger Roter von der Stange ist. Doch je größer die Gewinnspanne, desto schwieriger der Nachweis. Denn die Flaschen für tausend oder noch mehr Euro werden meistens als Geldanlage gekauft. Wenn also die Etiketten echt sind, die Flaschen echt sind, die Korken echt sind … Wer will denn da kommen und behaupten, dass da was nicht stimme?«

»Brändle!«, sagte Leo.

Fuchs nickte.

»Und das ist, weil Brändle ein Schwabe war, ein regelrechtes erkenntnistheoretisches Problem. Behauptung: Dieser Wein, von dem die Flasche auf Auktionen Tausende erbringt, ist gar nicht der, für den er ausgegeben wird. Was nun? Das ist wie beim berühmten Katzenparadoxon von Schrödinger: Solange die Katze in der Kiste ist, weiß man nicht, ob sie tot ist oder lebendig.«

Leo begriff natürlich sofort, worauf Fuchs hinauswollte. Man konnte nicht einfach hergehen und alle Flaschen öffnen, von unabhängigen Gutachtern verkostet lassen und am Ende sagen: Alles in Ordnung. Denn danach waren 20 000 oder 30 000 Euro futsch. Wer sollte für den Verlust aufkommen?

»Es war ein salomonisches Urteil«, sagte Fuchs, »das schließlich gefällt wurde. Es wurde eine Flasche aus einem zufällig ausgewählten Kontingent verkostet – von einem unabhängigen Labor –, und heraus kam: Es war ein altersentsprechender, ausgezeichneter Wein, an dem es nichts zu beanstanden gab. In Ermangelung von Vergleichsflaschen des Jahrgangs konnte nicht zweifelsfrei nachgewiesen werden, dass die Etikettierung stimmte, aber es ließ sich auch nichts Gegenteiliges belegen. Die Klage wurde abgewiesen. Natürlich ließ Lothar Brändle das nicht einfach auf sich beruhen und ging mit dem Ganzen an eine höhere Instanz, obwohl ihn die Geschichte bereits etliche Tausend Euro gekostet hatte. Ich habe meine Abbitte geleistet, indem ich über all dies berichtete«, sagte Jan-Dirk Fuchs, und Abramow fügte hinzu:

»Und ich habe mich daraufhin entschlossen, diesem windigen Geschäft Adieu zu sagen. Das habe ich immer getan, wenn mir der Geschmack an etwas verleidet worden war.«

»Und du hattest weiter mit dem Brändle'schen Prozess zu kämpfen?«, fragte Leo Peter Fluppes, welcher nickte.

»Ihm selbst bin ich nur ungern noch begegnet. Die Entscheidung in erster Instanz wurde angefochten, aber das

Oberlandesgericht in Stuttgart, das jetzt zuständig ist, will sich offenbar mit seiner Entscheidung nicht übereilen. Ich hoffe mal, dass das jetzt bald ein Ende hat. Der Kläger kann seine Interessen an der weiteren Verfolgung nicht mehr vertreten. Er weilt nicht mehr unter uns. Seine Anwälte können von Glück sagen, wenn sie auf ihren bisherigen Rechnungen nicht sitzen bleiben.«

»Sagt mal«, warf Vinzenz Wagener in die eintretende Stille nach diesem heiklen Thema, »was ist eigentlich mit euren Reben? Wie weit sind die Roten?«

Das war nun Wasser auf die Mühlen aller Anwesenden. Sofort standen die aktuellen Brix- und Oechsle-Grade im Raum. Nachdem Leo sich die Spekulationen eine Zeit lang angehört und auch seine eigenen gemessenen Werte noch in die Waagschale geworfen hatte, verabschiedete er sich um elf, was allseits wissend und mit viel Schmunzeln quittiert wurde.

»Der Herr muss sich fein machen! Schaut euch nur schön den Mond und die Sterne an! Und lauscht auf die Nachtigallen!«, kam es von Fluppes.

22

Gästetrakt und Familientrakt bildeten als seitliche Schenkel mit dem Hauptgebäude ein flaches U. Im Familienflügel wohnten die Mitglieder von Abramows freundschaftlich und fürsorglich »adoptierter« Großfamilie.

Leo war aufgeregt. Er war unter die Dusche gesprungen, er hatte sich – Abramow, den vorbildlichen Gastgeber, in den Götterhimmel hebend ob des überwältigenden Angebots an Seife, Zahncreme, Zahnbürste, Handtüchern – nach allen Regeln der Kunst frisch gemacht. Aus der kleinen Zimmerbar hatte er zwei Minifläschchen Hennessy genommen und sich eingesteckt.

Er hörte, wie die ganze Bande lärmend ins Haus kam und sich auf die Zimmer verteilte. Er wartete, bis alle Türen geschlossen waren und Ruhe eingekehrt war, dann öffnete er seine Zimmertür, schloss sie vorsichtig wieder und eilte, beinahe auf Zehenspitzen, zur Haustür hinunter.

Er öffnete die Tür und trat hinaus. Die Luft war noch immer lau, er hatte sich nur die Jacke übergezogen, die er vorher nicht gebraucht hatte, weil es im Umkreis der Flammen sehr warm gewesen war.

Mascha war noch nicht da, und es war auch erst fünf vor zwölf. Noch immer war der Qualm des längst gelöschten Feuers unterm Weinberg am Eingang des Gästeflügels zu riechen. Am Himmel hörte man die ersten sibirischen Wildgänse, und Leo glaubte sogar, einige Punkte vor der Vollmondscheibe auszumachen.

»Du bist pünktlich, das mag ich!«, kam Maschas Stimme von der Seite. »Wollen wir? Hier entlang!«

»Schläft dein Alexej?«, fragte er.

»Ich hoffe es. Das Feuerwerk war so aufregend für ihn, er hat mir noch lang davon erzählt. Keine Ahnung, wie er den Tag morgen durchstehen wird. Er steht um sieben Uhr auf, wird um halb acht abgeholt. Die Fahrt bis Cottbus dauert eine halbe Stunde. Dann muss er durchhalten bis morgen Nachmittag um fünf.«

Leo dachte an seine eigene Schulzeit und musste zugeben, dass er es damals einfacher gehabt hatte. Schulzeit und Jugend waren gute Themen für den Beginn eines intimen Nachtgespräches auf einem verschlungenen Spazierweg. Mascha führte ihn auf kleinen Pfaden an den Teichen vorbei, anschließend durch eine Dickung aus Farnkraut bis zum Waldrand, von dem aus man einen weiten Blick über sanft abfallende Wiesen auf die gegenüberliegenden Hänge hatte, sodann ein Stück weit durch die Wiesen, an einem leise murmelnden Bächlein entlang.

»Und diese Wanderung unternimmst du in jeder Vollmondnacht?«, fragte Leo, der inzwischen merkte, dass ihn der Tag bereits sehr angestrengt hatte, und die halbe Nacht auch. Als sie auf dem Berg standen, noch oberhalb des oberen Zaunes auf dem Weinberg, musste er herzhaft gähnen. Mascha lachte.

»Na, du bist mir ein schöner Bewacher! Ich wollte dich eigentlich als Leibwächter engagieren, aber jetzt ...«

»Es war ein langer Tag«, sagte er ebenso ehrlich wie unbeholfen.

Mit einem Mal hing sie an seinem Hals und küsste ihn auf den Mund.

»Noch mal!«, sagte er, plötzlich wieder hellwach: »Ich war unvorbereitet!«

»Du küsst wie mit 45«, sagte sie.

»Ich bin 45!«, entgegnete er.

»Dann bist du nur zwei Jahre älter als ich«, sagte sie und lachte.

»Ist es nicht traurig, dass wir uns heute immer so sehr an die Zahlen klammern?«

»Ich klammere mich lieber an dich ...«

»Trotzdem musst du mich kurz loslassen«, sagte er. »Ich hab zu viel getrunken …«

Sie lachte wieder.

»Mach nur … aber mach schnell! Du darfst mich im Dunkeln nicht so lang allein lassen! Sonst werfe ich mich dem nächsten Bären an den Hals, der hier vorbeikommt.«

Es dauerte einen Augenblick, bis er eine Stelle gefunden hatte, an der sie ihn nicht mehr sehen konnte. Es war nahe am Wald hinter dem Weinberg, wo der Hang begann abzufallen und die Wildwiese üppig sprießte.

Während er sich von gut einem Liter Flüssigkeit trennte, wanderte sein Blick über den von dort aus sichtbaren Teil des Weinbergs. In der Dunkelheit zeichnete sich schwach die oberste Zeile des filigranen Wildzaunes gegen den Nachthimmel ab.

In diesem Moment sah er einen sich bewegenden Schatten. Einen dunklen Körper. Ein Wildschwein? Nein, etwas höher Aufragendes. Die schwarze Gestalt war nur einen Moment lang sichtbar gewesen, doch das hatte genügt, Leo einen Schauer über den Rücken zu jagen. Er dachte an den Bären, von dem vorhin allseits als einem Hirngespinst die Rede gewesen war. *Aber sich aufrichten, das machen Bären doch nur im Zirkus oder wenn sie sich angegriffen fühlen*, dachte er. Aber sofort kamen im Zweifel. Er ordnete seine Kleidung und verharrte eine weitere halbe Minute, reglos die Grenze des Sichtbaren und Unsichtbaren mit den übermüdeten und vor Anstrengung jetzt tränenden Augen absuchend.

Es war ihm, als sähe er wieder eine Bewegung. Sein Herz klopfte stark. Er warf sich zu Boden. Im selben Moment hörte er den Abpraller hinter sich an einem Baum. Der Schuss war nicht zu hören gewesen. Nur ein deutliches Klicken. Schalldämpfer!

Leo kroch in seitlicher Richtung davon. Neben seinem Kopf spritzte Erdreich hoch. Etwas davon landete feucht und kühl in seinem Kragen. *Der hat ein Nachtsichtgerät*, dachte er und änderte sofort die Taktik, sprang auf und verbarg sich hinter einem Baum. Gleich darauf fing der eine Kugel ab, die ihn todsicher durchschlagen hätte …

Er versuchte, um die Rundung des Stammes zu linsen. Doch schon spritzte Borke, und der Geruch des Harzes im verletzten Holz drang ihm in die Nase. Das Projektil fuhr in eine dünne Robinie drei Meter weiter hinten.

Leo sah einen dünnen Ast am Boden liegen. Vorsichtig zog er ihn zu sich heran, entledigte sich seiner Jacke und steckte sie ans dünne Ende der Stange. Er bohrte mit dem Absatz eine kleine Kuhle in den Boden direkt neben der Wurzel der Kiefer, die ihn verbarg. Er stellte die Stange aufrecht. Dann ließ er sie samt Jacke langsam nach rechts fallen. Im selben Augenblick rannte er los, in die Gegenrichtung zur kippenden Jacke, aus der sogleich die lautlos anfliegenden Kugeln einen zuckenden Stofffetzen machten.

Mindestens sechs Schüsse waren schon abgegeben. Vielleicht sieben. Dann könnte der Schütze noch ein oder zwei Patronen haben oder gerade nachladen. Leo hastete weiter unten seitwärts am Hang entlang, um zu Mascha zurückzukommen. Er rief ihren Namen mehrmals. Eine weitere Kugel pfiff zwischen den Stämmen in der Nähe hindurch. *Spätestens jetzt wird er das Magazin wechseln,* dachte er, rutschte aus und kam direkt neben Mascha zu liegen.

»Was ist los?«, fragte sie erschrocken, als sie seinen Zustand sah. »Hast du ein Gespenst gesehen oder einen Bären?«

»Keins von beiden – da schießt einer! Komm schnell!«, sagte er. »Wir müssen im weiten Bogen zum Haus zurück. Gibt es einen Weg, auf dem wir im Wald bleiben können?«

»Ja. Aber warum schießt einer auf dich? Glaubst du, er folgt dir?«, flüsterte sie.

»Ich weiß es nicht. Ich weiß nur, dass ich gern mit dir am Leben bleiben würde!«

Und sie liefen den Hang hinab. Dann auf einem längeren, aber von Vegetation geschützten Pfad zurück zu den Wohngebäuden.

»Du kommst mit zu mir!«, sagte Mascha.

Leo wusste genau, dass er eigentlich nicht zu ihr mitgehen sollte, um sie und ihren Sohn nicht zu gefährden. Denn immerhin könnte derjenige, der auf ihn geschossen hatte, ihnen tatsächlich gefolgt sein. Er ging trotzdem mit.

»Kann man eure Haustür und eure Zimmertür abschließen?«, fragte er, und sie nickte.

»Natürlich, was denkst du denn? Wir sind immerhin nahe der polnischen Grenze, und die Polen hassen die Russen. Wahrscheinlich ist es ein verrückter Pole auf Russenjagd …«

Kaum waren sie in Maschas Wohnung, beobachteten sie noch geschlagene fünfzehn Minuten die Umgebung des Hauses, ohne das Licht anzuschalten. Sie lauschten auf etwaige Geräusche im Treppenhaus. Doch es blieb alles ruhig.

Leo holte die zwei Cognacfläschchen aus der Jeans, schraubte sie auf, gab ihr eins, und sie stießen an.

Es blieb ruhig in der Nacht, doch Leo machte aus mehr als einem Grund lange kein Auge zu. Irgendwann war er dann doch eingeschlafen, und als er aufwachte, war Mascha es, die ihn wachen Auges und Ohres beschützte.

»Schlaf noch ein bisschen!«, sagte sie. »Alexej muss gleich aufstehen und für die Schule vorbereitet werden. Dann frühstücken wir in Ruhe.«

In dieser Stunde holte er allen Schlaf nach, den er noch brauchte, um sich am Küchentisch bei Mascha wieder wie ein Mensch zu fühlen.

»Was wirst du drüben sagen?«

»Von dem Schützen? Kein Wort. Ich will sehen, ob da irgendeiner enttäuscht guckt. Nur mit Wladi werd ich reden. Er scheint mir der Einzige zu sein, der das wissen sollte. Gibt es einen Verrückten oder eine Verrückte unter euch Dauergästen, dem du so was zutraust?«

Sie schüttelte den Kopf.

»Vielleicht war es ein heimlicher Liebhaber von dir, der nicht will, dass du dir einen Freund zulegst?«

»Das ist Quatsch, denn dann hätte er heute Nacht keine Ruhe gegeben, wäre hier aufgetaucht und hätte dich todsicher nicht verfehlt.«

»Stimmt auffallend.«

Sie verabschiedeten sich mit dem gegenseitigen Versprechen, nicht lange aufeinander warten zu müssen.

»Ich kenne dich erst seit ein paar Stunden und hab schon Angst um dich«, sagte Mascha. »Dabei hatte ich mir geschworen, nie mehr Angst um einen Kerl zu haben, Alexej mal ausgenommen ...«

»Ich pass auf mich auf, allein schon deinetwegen!«

»Warte mal«, sagte sie, »du brauchst eine Jacke ...«

Sie brachte ihm eine Trainingsjacke, die ihm seltsamerweise passte, bis auf die viel zu kurzen Ärmel, aber die ließen sich hochschieben.

23

Das Vieraugengespräch mit dem Hausherrn verlief ernst. Abramow wollte erst gar nicht glauben, was er hörte.

»Soll das ein Witz sein? Wer sollte denn auf meinem Grund und Boden auf dich schießen?«

»Ein heimlicher Jagdfanatiker, der mich für ein Wildschwein hielt?«

»Das ist unmöglich, meine Leute sind über alle Zweifel erhaben.«

»Dann ist einer von außerhalb hier unterwegs.«

»Ich werde die Polizei holen!«

»Das würde ich nicht machen.«

»Warum nicht?«

»Die würden auch Mascha befragen, die würden alle, die hier waren, mit dieser Sache belästigen. Ich will das nicht.«

»Und ich will nicht, dass hier auf meine Gäste geschossen wird! Apropos Mascha: Wenn du irgendwas ausgefressen hast, wenn du irgendwelche Feinde hast, die dir nachstellen und auf dich ballern, dann Gnade dir Gott! Du hast Mascha in Gefahr gebracht und hattest mir doch versprochen, sie zu beschützen!«

Abramow wurde zornig.

Leo legte die Hände zusammen und sagte beschwörend:

»Glaub mir, ich bin sauber! Ich habe keine Feinde, zumindest keine, von denen ich weiß. Das alles ist mir ein Rätsel, und ich kann nur vermuten, dass es ein Verrückter ist, der hier herumstreunt!«

Abramow schüttelte fassungslos den Kopf und Leo machte einen weiteren Vorschlag zur Bereinigung der Situation:

»Was hältst du davon, wenn wir die anderen einweihen und gemeinsam auf Spurensuche im Weinberg gehen? Dann kannst du die Anzeige immer noch aufgeben, wenn wir weg sind. Und es können schon mal alle eine kurze Erklärung unterschreiben, dass ihnen nichts aufgefallen ist und sie alle im Gästehaus waren, als die Schüsse fielen.«

»Das ist gut. So werden wir es machen!«

Abramow klopfte Leo leicht auf den Rücken zum Zeichen, dass er sich wieder beruhigt hatte.

»Schicke Jacke, hab ich schon mal gesehen.«

»Maschas. Meine liegt zerschossen im Wald …«

Sie betraten den lichten kleinen Saal mit Panoramascheibe, in der die Weinbrüder gerade das Frühstücksbüfett plünderten, das ihr Freund und Gastgeber für sie hatte aufbauen lassen.

»Mensch, Wladi! Sogar Laugenweckla ond Laugebräzzla! Woher hosch denn die oifliega lassa?«, fragte Wagener in breitem Schwäbisch.

Abramow erwiderte diesen Dank mit einer knappen Verbeugung, sagte jedoch sofort mit ruhiger, fester Stimme:

»Freunde, es gibt ein Problem. Wir wissen nicht, wer es war, aber es hat heute Nacht einer auf Leo und auf Mascha geschossen!«

Leo blickte in die Gesichter, um sich die Reaktion auf diese Verlautbarung genau einzuprägen.

Eine allseitige Erstarrung bei denen, die zugehört hatten: Wagener, Fluppes, Häcker, Kinkel und Träufle. Kinkel und Häcker stoppten mitten in der Bewegung, wobei Kinkel der Teller nach vorn kippte, weshalb ihm das gebutterte Laugenbrötchen beinahe heruntergefallen wäre. Beim Gegensteuern rutschte nur der Lachs, den er sich aufgeschaufelt hatte, auf die kleine Honigschale, was er fluchend kommentierte.

Wagener und Träufle nahmen nach einer Schrecksekunde schweigend Platz, während Fluppes, die Stirn krausgelegt, fragend in die Runde blickte.

Fuchs, Keller, Gruber, Völker und Böckser hingegen konnten sich nicht von ihrer kleinen Unterhaltung lösen, bis Wagener sich mit einem Löffel am Glas Gehör verschaffte.

Doch auch dies hinderte Fuchs nicht daran, die Verszeilen von Hölderlin vorzulesen, die er bei nächtlicher Lektüre ausgegraben hatte:

»Hu! Der Kauz! wie er heult, / Wie sein Furchtgeschrei krächzt, Erwürgen –ha! Du hungerst nach erwürgtem Aas, / Du naher Würger komme, komme … Na, jetzt will ich was hören: Hättet ihr das von Hölderlin erwartet?«

»Der Hölderlin isch et verrückt g'wä! Aber a Rasender hat heut Nacht auf den Leo und die Mascha g'schossa!«, sagte Wagener.

»Wie bitte? Habt ihr einen Schuss gehört? Ich nicht!«, sagte Fuchs.

»Die Waffe hatte einen Schalldämpfer«, sagte Leo.

»Woher kennst denn *du* dich damit aus?«, wollte Häcker wissen.

»Youtube!«, sagte Leo, um seine beruflichen Vorbelastungen im Dunkeln zu lassen.

»Nach dem Frühstück bitte ich euch, mir noch mal auf den Berg zu folgen. 26 Augen sehen mehr als zwei. Eventuell ist eine ausgeworfene Hülse liegen geblieben. In der Nacht sieht man selbst mit Nachtsichtbrille nicht alles, was zwischen Wicken und Klee landet. Fußstapfen wären auch prima. Ich will euch ersparen, dass die Polizei hier antanzt.«

Abramow ergänzte in das ratlose Schweigen hinein:

»Außerdem schreibt bitte jeder von euch auf einem Blatt Papier auf, ob er etwas beobachtet oder gehört hat. Und unterschreiben, bitte – dann hab ich was, wenn ich später doch die Polizei rufen will. Mir ist gar nicht wohl bei dem Gedanken, dass hier einer mit einer Pistole rumläuft und nachts auf alles schießt, was sich bewegt … Wer nichts gesehen oder gehört hat, muss das auch schreiben. Um welche Zeit geht's genau, Leo?«

»Ich würde sagen, um die Zeit zwischen dem Ende der Lagerfeuerrunde und unserer Rückkehr – also um die Zeit von 11.30 bis 1.30 Uhr.«

»Ich habe diese *locked room mysteries* schon immer gehasst«, sagte Fluppes.

»Das ist, wenn schon, ein *open room mystery*!«, verbesserte ihn Fuchs.

Leo wartete draußen und nutzte die Zeit, in der sie eilig zu Ende frühstückten, um eine SMS an Lucy zu verfassen. *Hallo, kann wohl leider den Mittagstermin ...* Er stoppte, entnervt vom Gebossel. *Ach, so ein Käse*, dachte er und rief sie an.

»Hatte ich dir nicht gesagt ...«, schoss sie los, doch er funkte gleich dazwischen.

»Ich kann gegen Mittag nicht da sein. Wenn es wirklich wichtig ist, musst du es mir jetzt sagen!«

Kurz war es still. Leo hörte den Tarifticker weitere zehn Cent von seinem dahinschwindenden Prepaid-Guthaben abknabbern und dachte: *Nu mach hinne ...*

»Wenn die mein Handy überwachen, bin ich dran.«

»Ich glaube, du hast eine tüchtige Paranoia – wer sollte denn bitte schön dein Handy überwachen?«

»Ach, was weiß ich, die Dienstaufsicht. Ich glaube, die überwachen uns die ganze Zeit, auch mit versteckten Kameras ...«

»Du brauchst Urlaub! Sag schon, was gibt es, dass du dich bei mir meldest? Und bitte mach's kurz, denn ich habe vergessen, mein Handy aufzutanken. Da, wo ich im Augenblick bin, geht das auch schlecht. Schätze mal, mir bleiben noch fünf Minuten.«

»Also gut. Hiermit mache ich mich also nun strafbar, damit es alle wissen, auch die, die irgendwo mitschreiben: Hier im Katharinenholz wurde ein Kandidat gefunden. Ist der zweite Walther-Fall.«

»Gleiche Waffe?«

»*Selbe* Waffe! Das ist an der Stelle *mehr* als Sprachgefühl ...«

Leo hatte es schon immer gehasst, wenn sie ihn wie ein Landei dastehen ließ – aber wo sie recht hatte, hatte sie recht.

»Noch was Interessantes? Alter, Geschlecht, Identität?«, forschte er und betete – er, der Atheist – zu irgendeiner fernen Gottheit, dass noch irgendetwas kommen würde, bevor sie lachte und auflegte.

»Na, jetzt ist es ja sowieso schon egal … Deine anderen Freunde vom Amt haben die Fingerabdrücke auf der Plastiktüte genommen, die damals am Felsen zurückgeblieben ist: identisch. Es steht also fest, dass es derjenige ist, der den Kutteln-Esser gefunden hat. Ich wiederhole: *gefunden hat*! Der Täter läuft frei herum, und ich rate dir, was immer du vorhast – lass es bleiben! Jetzt muss ich Schluss machen, denn ich würd gern noch meinen Schreibtisch aufräumen und mir das Gesicht frisch anmalen, bevor sie kommen und mich abholen. Mein Gott, und es war ein so einträglicher Job …«

Leo klappte das Handy zu und lehnte sich mit dem Rücken gegen die Hauswand. Er versuchte das Gehörte zu verdauen. Mit wenigen Worten hatte ihm Lucy zu verstehen gegeben, dass zum Fall Brändle der Fall XY ungelöst hinzugekommen war. Das zweite Opfer desselben Täters. Ein Unbeteiligter, der Brändle gefunden und sich einiges von ihm angeeignet hatte. Dummerweise wohl auch den Grund für Brändles Ermordung ... Er hätte fragen sollen, wer Mister Finder gefunden hatte …

Ob es nun munter so weiterging? Doch da wurde ihm klar, dass es schon längst weitergegangen war. Er selbst hatte bereits Nummer drei sein sollen. Und warum? Weil einer, der ganz nahe war, vielleicht gerade seine Kaffeetasse in Leos Rücken hob und senkte, herausgefunden hatte, dass er sich mehr als unter Weinbrüdern nötig für Brändle interessierte … *Kunststück*, dachte Leo. Das wussten ja inzwischen alle, wenn auch nicht, was ihn dazu trieb. Die Ödnis auf dem Land.

Du bist ein Idiot, sagte er sich, *wenn du dich da weiter reinhängst … Geh jetzt einfach zu ihnen an den Kaffeetisch und sag: Also, wer immer von euch nicht will, dass ich herausfinde, dass er Lothar Brändle auf dem Gewissen hat und einen weiteren, von dem ich nicht mal den Namen weiß, und jetzt auch mich beseitigen will – ich schwöre hoch und heilig, ich geb's auf. Ich will gar nicht mehr wissen, warum es passiert ist. Dafür ist mir das halbe Leben, das nach meiner Pensionierung noch vor mir liegt, viel zu wertvoll … Wir können uns die Suche nach den Hülsen der Walther PPK mit Schalldämpfer droben auf Wladis schönem Weinberg auch sparen. Sagt mir, wo die nächste Eisenbahn hält, und leiht mir Geld für eine Fahrt nach Berlin, und dann vergesst mich …*

Die frische Luft hier draußen wirkte reinigend: Sein Gehirn produzierte einen großen Schwamm, mit dem er alles zuletzt Gedachte auswischte, alles, bis auf das Wort »Idiot«. Genau so einer wäre er wirklich, wenn er jetzt klein beigäbe. Außerdem würde es nichts bringen. Es gab nur eins – Augen zu und durch … *Nein,* dachte er: *Augen auf und durch!*

24

Gute Miene zum bösen Spiel machen war an diesem Morgen für Leo keine bloße Redewendung. Allerdings konnte er als Einziger so locker mit der Situation umgehen. Die Mienen der anderen blieben ernst und verschlossen, als sie die Schräge des Hanges erreichten. Wo waren die spitzen Bemerkungen Wageners, à la: *Da hoscht ebbes viel wegg'schnidde … Die Reb isch ja gar et mä do!* Selbst die Blicke schienen weltentrückt. Als ob jeder in Gedanken wäre.

»Wo hast du die Gestalt gesehen?«, fragte Abramow, als sie ganz oben im Mittelgang vor der Jagdkanzel standen.

Leo bat ihn, die obere Tür im Zaun aufzuschließen. Er wollte am Berghang hinterm Weinberg hinuntergehen und seinen Standort aufsuchen.

»Ich deute in die Richtung, und ihr rückt am oberen Ende der Drahtanlage langsam bis dahin vor. Wenn einer was sieht: Fußspur, Patronenhülse, Zigarettenschachtel, Bekennerbrief – bitte sofort markieren und bewachen! Ihr seid ja genügend Leute. Die anderen gehen weiter, bis ich Halt sage. An der Stelle dann bitte genau schauen!«

Das ist sicher der erste Fall, in dem eine gemischte Zivilistengruppe, zu der höchstwahrscheinlich auch ein Mörder gehört, auf Befehl eines Expolizisten »Spurensuche« spielt, dachte er und fand das irgendwie sogar noch witzig. *»Expolizist« minus »os« ist gleich »explizit« …,* versuchte er sich mit Gedankenspielen zu beruhigen, wie er es immer in brenzligen Momenten zu tun pflegte, während er der ganzen Bande den Rücken zukehrte und über die krautige, taufeuchte Waldwiese zu den ersten Kiefern abwärts stolperte. *Wenn ich diesen Programmpunkt überstehe, ist hinlänglich bewiesen, dass es keine Bandenkriminalität ist, um die es hier geht bzw. die Bande hinreichend kleiner ist als die Personengruppe hinter* *mir. Definiere hinreichend kleiner: So viel kleiner, dass eine Beseitigung meiner selbst durch den involvierten Personenkreis eine unkontrollierbare Reaktion des nicht involvierten zur Folge hätte und daher unterbleibt.*

Da war sie doch tatsächlich! Seine geliebte karamellbraune Wetterjacke. Die Einschüsse – vier an der Zahl – ließen eins sofort erkennen: Der Schütze war verdammt gut! Wenn es eine Pistole gewesen war, dann hieß das: ewiger Erster im Schützenverein, der, mit dem man nach dem Schießen im Schießstand gern einen trinken geht, um endlich dahinterzukommen, wie er es macht …

»Wo hast du ihn gesehen?«, kam es fordernd von oben.

Klar, man will ja nicht ewig mit den Schüssen auf einen Adoptivschwaben zu tun haben, dachte er bissig und kramte in seiner Erinnerung. Bei Tageslicht war es verdammt schwer, den flüchtigen Schemen aus der nächtlichen Erinnerung exakt zu verorten. Aber es ging. Er zählte über das Korn des hochgehaltenen Zeigefingers die Rebzeilen ab und rief:

»Acht Zeilen vorwärts, im Gleichschritt, Gänsemarsch!«

Das Katharinenholz kam Leo in den Sinn. So hatte auch die Kneipe geheißen, in der Lucy und er sich kennengelernt hatten, 1985 musste es gewesen sein. Ganz in der Nähe, im gleichnamigen Waldgebiet, hatte man also den Finder der Leiche Leo Brändles gefunden. *Kann nur in einem der Gardeschießstände gewesen sein, wahrscheinlich in einem der Kugelfänge. Sehr sinnreich ausgewählter Treffpunkt. Musste ein Fotograf für* »Öde Orte« *oder irgendeinen anderen seltsamen Stadtbildband gewesen sein.*

»Halt!«, rief er nach oben. »Da, wo ihr jetzt seid, hab ich ihn gesehen! Ich komme hoch!«

Vorher aber sah er sich rasch um. Es waren stets nur Abpraller gewesen. Oder? Eine dünne Robinie schaute ihn wissend an. Auf Kopfhöhe schien ihr Stämmchen gespalten. Leo traute seinen Augen nicht: Dieser kleine Baum hatte eine Kugel für ihn gefangen. Das waren mindestens 35 Meter Distanz von da oben bis hierher …

Oben war die Ausbeute erwartungsgemäß gleich null. Keine Hülse, keine Zigarettenkippe, -schachtel, kein Kaugummipapier und auch keine Fußspur im frischen Schlamm, wie sie in keinem Miss-Marple-Krimi oder dergleichen fehlen durften. Aber das machte nichts, denn er hatte ja etwas viel Besseres.

Er wies seine durchschossene Jacke vor, damit wenigstens für alle Nichttäter klar war, dass sie es hier nicht mit einem Verrückten zu tun hatten, in dem die Gegenwart einer schönen Frau unkontrollierte Halluzinationen auslöste.

»Ja, da verreckscht!«, sagte Wagener.

»Zum Glück nicht!«, konterte Leo und freute sich, endlich einmal schlagfertig gewesen zu sein, was im Umgang mit Schwaben gar nicht so einfach war. Auch in diesem Fall war es natürlich hoffnungslos, denn Wagener sagte:

»Zu unserm Unglück! Jetzt müssen wir hierbleiben, bis die Hüter des Gesetzes kommen. Und das bloß, weil der Sauhund nicht richtig gezielt hat!«

Im Gelächter, das die Spannung auflöste, nahm Wagener Leo unter seinen Armfittich und flüsterte:

»Nix für ungut! I find's a vasoichte, krank machende Granadasauerei! Der Kerl muss g'funda werda! Du warsch früher selbsch bei de Bulle, stimmt's?«

Auf Leos entrüsteten Blick erwiderte er nur:

»Das hab ich sofort g'wusst. Du hast doch mit deiner Berliner Freundin an dem Tisch gesessen neben uns …«

Leo nickte unsicher und versuchte sich an das Gespräch im *Blautopf* zu erinnern.

»Die hat dich au Polizeihauptmeischter in Rente genannt … Was willsch du dagege sage?«

Wagener neigte den Kopf und zog demonstrativ ein unteres Augenlid mit dem Zeigefinger nach unten.

»Und was willst du, wenn ich dich bitte, das nicht gleich allen zu erzählen?«

»Dass du ab jetzt bei mir mitfährst ... Schließlich müssen Oldtimer-Fans zusammenhalten! Gell, Carlo, du lässt den Leo, wo schon auf ihn geschossen worden ist, als Kopilot neben mich?«

Kinkel setzte sich anstandslos neben Rudi Träufle, als es ans Aufbrechen ging. Abramow hatte sich dazu entschieden, die Polizei erst später zu rufen.

»Du, i find des o'gheuerlich! Da stellet sich mir die Naggahaare uff!«, sagte Kinkel zu Leo, und es dauerte einen Moment, bevor der begriff, dass er von den Schüssen in der Nacht sprach und nicht davon, dass Leo ihn als Beifahrer verdrängte.

An der ersten Tankstelle Richtung Cottbus, wo Wagener hielt, gab es überraschenderweise Aufladebons von Leos Handyanbieter. Daher konnte er, während Vinzenz Wagener, Carlo Kinkel und Rudi Träufle nacheinander das Kunden-WC aufsuchten, endlich einmal Freund Markus Nikolai anrufen.

»Schön, dass du dich entlassen hast – hätt ich an deiner Stelle schon viel früher getan! Tschuldigung, dass ich mich nicht eher gemeldet habe, aber ich war an einem sehr interessanten Weinberg. Wollte nur kurz wissen, was sich da oben in Sachen Brändle weiter getan hat. Hast du was Neues erfahren?«

Markus gestand ihm erst, dass er in seinem tags zuvor erschienenen Bericht über Brändle von dem Nachruf in der *Süddeutschen* abgeschrieben habe – besonders das mit den Gremien, in denen Brändle gesessen hatte –, darüber hinaus aber heute von Karl Ernst in Erfahrung gebracht habe, dass man die Akten noch nicht geschlossen hätte.

»Das kann ich mir denken. Hab aus Potsdam vorhin gehört ... ja, richtig, von Frau Direktor Doktor ... dass man den Finder der Leiche gefunden hat … Genau, den, der die Leiche entdeckt hat! … Der Plastiktüten- und Pfandflaschenpenner … Ebenfalls umgebracht, und zwar auf die gleiche Weise wie Brändle … Ganz genau, das denke ich auch: Der hat was entdeckt, das ihn noch mehr Geld wittern ließ. Hatte das wahrscheinlich schon aufgebraucht, was … Die Perleberger wissen das. Die wollen bloß keine Meldung, bevor sie nicht die Lösung haben … Okay, wir sehen uns dann! Bin jetzt auf dem Weg nach Berlin … Nein, mein Wagen steht in Kreuzberg … Komme spätestens morgen bei dir vorbei!«

»Na, war das deine schmachtende Freundin in Berlin?«, fragte Wagener, der plötzlich neben ihm stand.

»Nee, das war Freund Nikolai in Putlitz, der 99 Reben im Garten hat, die bald so weit sind.«

»Statt eine Weinbruderschaft da oben zu gründen, zieh doch lieber nach Berlin und werd Mitglied bei uns!«

Wagener stupste ihn leicht mit dem Ellenbogenflügel und hob verschwörerisch die Augenbrauen, während er Leo ansah:

»Vielleicht ziehst gar mit der Mascha zusammen?«

Leo fand die Vertraulichkeit ungewohnt, aber nicht unangenehm. Wagener war irgendwie eine sympathische Type. Er mochte auch den Alfa, und er mochte es, wie Wagener dem überreichen Kollegen Fluppes begegnete.

»Da fällt mir ein«, sagte er, um vom allzu Privaten abzulenken, »vorgestern war ich in Müncheberg, da habe ich einen Mann getroffen, der mir reinen Wein eingeschenkt hat …«

Wagener wurde leichenblass.

»Über mich?«

Dann kehrte die Farbe zurück, und er brüllte vor Lachen.

»Jetz hasch für an Augablick gmoint, I hätt was zum Verberga!«

Leo goutierte den Scherz, fuhr aber unbeirrt fort:

»… aus einer Flasche, auf der dein Name steht!«

»Was für eine Flasche?«

Wagener war hörbar erstaunt, denn er hatte sofort wieder Hochdeutsch gesprochen.

»Das muss ich dir zeigen, wenn wir den Rest darin gemeinsam verkosten.«

»Das ist ein Wort! Ich glaub, ich weiß schon, was das ist ... Der Typ, das ist der verrückte Sänger, und jetzt, wo du's sagst ... Mein Vater und der Vater von dem Sänger und der Korb, die waren mal zusammen in Müncheberg ... Da hat der scheint's ein paar Flaschen auf die Seite gebracht ... Das muss ein Siegfried sein!«

»Ganz der Vater! Du solltest Weindetektiv werden! Remstaler Kreuzgang, Jahrgang 1956! Weinrotes Etikett, grüne Schrift, und ganz unten steht Weingut Vinzenz Wagener.«

»Die ist unbezahlbar! Davon gibt's bei uns im Keller keine einzige mehr! Wann trinken wir die?«

»Sind nur noch drei Schnapsgläser drin. Und es muss bald passieren – ich hab sie im Kühlschrank.«

»Das ist nicht so gut. Leg sie lieber in deinen feuchten Ostzonen-Keller. Trotzdem – jeder Schluck wär ein Fest für mich ... Apropos: Bring die Flasche mit zum Lindicke auf den Wachtelberg. An meinem Stand gibt's Lemberger. Na, was moinsch?«

Am Landwehrkanal stand Leos Mustang noch genau so, wie er ihn verlassen hatte. Im Geiste hatte er schon alle Katastrophen vorausgesehen: der Lack von abgeschlagenen Bierflaschen zerkratzt, mit gelber Sprayfarbe *Nazis raus* breit über die Seiten gesprüht, die Scheiben eingeschlagen, die Polster von Messern aufgeschlitzt, der Wagen angefüllt mit Unrat und Müll, ein Penner auf der Rückbank, schlafend, der Wagen überhaupt nicht mehr da, der Wagen zwar noch da, aber ausgebrannt, überdeckt von einem Haufen weißem Granulat und mit einem Zettel oben auf: *Bitte sorgen Sie für Beseitigung des Autowracks, nähere Informationen bei Stadtreini-*

gung und Feuerwehr ... Doch nichts dergleichen. Wagener stieg kurz mit ein und schnalzte mit der Zunge.

»Respekt. Da hast du viel Zeit investiert. Und Geld. Ich bin ja nicht so ein Perfektionist. Hauptsach, des Ding fährt no. Ond' Hupe goaht!«

Sie verabschiedeten sich mit dem Versprechen, dass Leo in Werder auf dem Wachtelberg aufkreuzen würde.

25

Leo rief Jenny an, holte seine kleine Kulturtasche aus ihrer Wohnung und fuhr gegen Viertel nach drei Uhr los in Richtung Prignitz. Gegen dreiviertel vier hatte er die Berliner Stadtgrenze erreicht. Er kam auf die Idee, Sänger zu dem Winzerfest einzuladen, um bei der Gelegenheit vielleicht noch ein paar interessante Einzelheiten über die Reichsrebenzüchter zu erfahren. Kaum dass er auf der A 24 freie Fahrt hatte und an einem Schild mit der Aufschrift *Hände weg vom Handy* vorbeigefahren war, griff er zum Handy und ließ die gespeicherte Nummer des Müncheberger Instituts wählen. Die Dame am Telefon war leider ratlos:

»Der Bruno … Tut mir leid, aber der ist heute noch nicht hier gewesen.«

»Danke – und tschüss …«

Ja, tschüssikowski. Dann eben nicht, Herr Sänger. Vielleicht wann anders, dachte er.

Er erinnerte sich an das Foto, das er gesehen hatte. Ein Altmännerbund, mit Korb, mit Feldenhain, mit Wagener senior, Sänger senior und Brändle senior.

Eine Stunde später passierte er das Schild, das die Prignitz anzeigte. Herzsprung, Dreieck Wittstock … Die Sonne frontal von vorn, noch weit überm Horizont, Windräder, Heimatgefühle. Pritzwalk, Meyenburg, eine endlose Baustelle … dann die Ausfahrt Putlitz.

Es war Viertel nach fünf, als er den Mustang vor dem weißen Haus von Markus Nikolai abstellte, das einmal ein braunes Haus gewesen war und das der verrückte Fuchs nach 14 im Schuppen entdeckten Kaninchenzüchterpreisen »14 Hasen« genannt hatte. Die kleinen Hasenreliefs aus Metall, die auf den hölzernen Preistafeln befestigt gewesen waren, zierten nun den Balken über der Haustür, vor der Leo die Glocke anschlug.

»Mensch, Leo!«, sagte Markus, der mit umwickeltem und angewinkeltem rechtem Arm hinter der Glastür mit blau lackiertem Holzrahmen erschienen war. »Komm rein! Aber ich warne dich gleich ... es ist eine Räuberhöhle. Muss alles mit links machen, und so sieht's eben aus.«

Leo kannte Markus' Räuberhöhle zur Genüge, die auch sonst nicht viel anders aussah, wenn der Hausherr im Vollbesitz seiner Arme und Hände war. Leo mochte diese Höhle so unaufgeräumt, wie sie war. Daher nickte er nur und trat ein. Im Vorraum stand auf der rechten Seite ein Louis-Philippe-Sekretär, der Markus' gesammelte Zeitungsartikel enthielt, links ein gusseiserner schmaler Ofen, den Fuchs noch eigenhändig eingebaut hatte, mit einem Edelstahlschornstein, der dem einfachen Siedlungshaus einen futuristischen Touch verlieh.

Die zweite Glastür, die ins Haupthaus führte, war mit einem verrosteten Axtblatt, einem Ringhaken und etwas Angelschnur so präpariert, dass sie sich nach dem Öffnen von selbst wieder schloss. Hier wie im ganzen Haus gab es keine Türklinken, denn Fuchs' frühere Lebensgefährtin hatte erwirkt, dass alle entfernt und durch vielfarbige Porzellanknäufe ersetzt wurden. Leo folgte Markus in die gemütliche Küche. Während die Axt draußen, leise klingelnd an der Wand herabfahrend, die Tür zum Vorraum schloss, betete der Gastgeber die Getränke- und Speisekarte des Hauses herunter:

»Wir können anbieten: Bier, Bier, Bier ... Und Bratkartoffeln mit grünem Salat sowie eigenen Gartenkräutern – sehr grob gehackt, wie auch die Bratkartoffeln ... und nicht geschält vorm Braten!«

»Ist trotzdem gekauft. Dazu hätte ich gern noch einen Korn aus der Produktion deines Vorbesitzers!«

Markus kicherte.

»Das ist die letzte Flasche. Aber ich denke mal, was du zu erzählen hast, ist schon einen Apfel-Uralt wert ...«

Es war eine ganze Menge Stoff, über den sie sich austauschen konnten, wobei natürlich Markus' Schicksal in der Klinik mit drei, vier Sätzen erzählt war, Leos Erlebnisse jedoch den halben Abend in Anspruch nahmen. Ausführlich musste er die gefährliche Nacht bei Abramow schildern.

»Wer von den Weinbrüdern weiß, dass du nicht aus Spaß an der Freud bei ihnen aufgetaucht bist?«, fragte Markus. »Wer hat davon Wind bekommen, dass du nach dem Mörder von Lothar Brändle fahndest? Denn es ist ja wohl klar, dass es der war, der dich kaltmachen wollte ... Mein Gott, fängt das jetzt schon wieder an?«

»Frage ich mich schon die ganze Zeit«, sagte Leo und lächelte unsicher, während er sich einen letzten Apfelbrand eingoss. »Der Fuchs hat den Beruf vollkommen verfehlt. Der hätte Kellermeister bzw. Schnapsbrenner werden sollen! Dieser Apfelschnaps ist der beste, den ich je getrunken hab.«

»Er kratzt ein bisschen, findest du nicht?«, wandte Markus ein, der kaum ein Viertel von der Flasche abbekommen hatte.

»Er hat Biss, würde ich eher sagen ... Also der Fuchs, den ich ja da unten jetzt auch getroffen hab, der weiß jetzt, dass wir, du und ich, einander kennen. Ein richtiger Journalist wie der kommt in null Komma nix drauf, wer ich bin und was ich früher gemacht habe. Vielleicht weiß er es schon längst über die Online-Archive der Zeitungen. Ob er es den Weinbrüdern gesteckt hat, kann ich nicht sagen. Es hat mich aber keiner mit Mister Marple angeredet, was schon mal gut ist, finde ich.«

»Kann auch heißen«, sagte Markus, »sie stecken alle unter einer Decke!«

»Dann hätten sie mich stillschweigend kassiert und mit Betonschuhen in einen Bergbaufolgesee geschmissen. Ist also nicht so wahrscheinlich ... Es ist aber davon auszugehen, dass dein Hausvorbesitzer Fuchs mit Keller, dem Rebsortenkundler, über mich gesprochen hat. Auch Vinzenz Wagener kann verbreitet haben, dass ich mal Polizist war, denn der scheint schon im *Blautopf*, als Lucy noch mit mir am Nachbartisch saß, ein wachsames Ohr auf unsere Gespräche gehabt zu haben. Aber dass Brändle mein Grund war, zu ihnen zu kommen, das glaube ich, vermutete er nicht.«

»Na Prost Mahlzeit, jetzt sitzt du ganz schön in der Tinte.«

»Danke gleichfalls, du nämlich auch. Fuchs kann sich auch ausrechnen, dass ich mir seine Aufzeichnungen, nach denen er verlangt hat, sehr genau angeschaut und kopiert habe. Und dass wir darüber gesprochen haben und sprechen und sprechen werden. Alles, was du zum Thema schreibst, wird auch gelesen werden. Von daher sollten wir uns jetzt noch einmal überlegen, was du in deinem nächsten Artikel schreiben kannst, darfst, solltest und *nicht* solltest.«

Es war Viertel vor zwölf, als Leo in den Mustang stieg. Markus hatte ihn mit der Taschenlampe bis vors Hoftor begleitet.

»Willst du nicht doch lieber hier übernachten?«

»Ne, ich muss schauen, wie es Mutter geht ... Bis neulich!«, verkündete er und schlug die Tür zu, sodass Markus' Erwiderung davon abprallte.

Drei- oder viermal drehte er den Anlasser vergeblich. Es kratzte, würgte, aber der Motor startete nicht. Markus klopfte an die Scheibe.

»Steig aus, dein Pferd will heute nicht mehr!«

»Ach, Unfug ...«, blaffte Leo bloß und hielt den Zündschlüssel so lange auf Start, bis der Motor scheppernd kam. »Na bitte, wer sagt's denn?«

Noch ehe Markus etwas einwenden oder unternehmen konnte, raste der Mustang über die kleine Schwelle des Bürgersteigs, die ein paar Funken schlug, als der Boden des heiligen Autos drüberschrammte. Leo hupte nach Landessitte, trotz der nachtschlafenden Stunde, bevor er das Burghofer Feld Richtung Schwimmbad hinunterbretterte. Er schaute kurz nach rechts zu den Weinreben neben Markus' Haus, sodass der Mustang einen Schwenk nach rechts machte und fast mit dem Bordstein kollidiert wäre. Doch Leo riss das Lenkrad herum, und nach ein paar Metern Fahrt bekam er sofort wieder ein sicheres Gefühl hinterm Steuer.

Einzig und allein die Anwesenheit eines zweiten automobilisierten Verkehrsteilnehmers nahm ihm etwas die Freude an dieser Nachtfahrt, denn was er am meisten hasste, war blendendes Licht aus Mittel- und Seitenspiegel. Daher fuhr er hinterm Putlitzer Ortsausgang, gleich auf Höhe des Bürgerparks, langsamer, kurbelte die Seitenscheibe runter, streckte den linken Arm mit der zugehörigen Hand hinaus und winkte den anderen demonstrativ vorbei.

Der Sportsfreund tat ihm aber den Gefallen nicht, sondern fuhr auf einmal ebenfalls langsam und hielt direkt hinter ihm, als er zum Stehen kam. Leo dachte kurz darüber nach, auszusteigen und den anderen höflich zu bitten, ihn doch zu überholen. Dann ließ er es jedoch und fuhr weiter. Sein Hintermann tat dasselbe. Das kurvenreiche Stück des Karlshof brachte er relativ sicher hinter sich, obwohl sein Verfolger mit einem knappen Meter Abstand hinter ihm mit Fernlicht und Hupe alles versuchte, ihn von der Straße zu drängen. Konnte nur einer vom Verein sein, der ihn foppen wollte! Leo ging die Mitgliederliste der Autofreunde Krabbe durch, kam aber zu keinem eindeutigen Ergebnis. Dort gab es ein paar junge Hallodris, aber die waren allesamt nicht bösartig, weshalb er es als Spaß nahm und mitzuspielen begann.

Er versuchte, standhaft zu bleiben und sich nicht beeindrucken zu lassen, doch der andere kam ihm so nahe, dass er ihn einmal sogar berührte. Das ging eindeutig zu weit, daher versuchte Leo das Einzige, was ihm in dieser Not blieb, wenn er nicht noch einmal stehen bleiben wollte: Er gab Gas. *Mal sehen, was der Scherzkeks draufhat. Ob er wirklich so kaltblütig ist, wie er zu sein vorgibt.*

100 – 105 – 110 ... Der andere blieb wie eine Klette an ihm. Auf der Geraden durch die Putlitzer Stadtheide, einem tristen Waldgebiet, vom Vollernter denaturiert, konnte Leo weiter beschleunigen, immer mit dem Stoßgebet, dass ihm

kein Fuchs, Dachs, Reh oder Hirsch vor den Mustang sprang. 115 – 120 – 125 – 130 – 135 – 140 ... Die Kehre am Ende des Waldes kam heran, und Leo nahm sie, ohne abzubremsen. Beschleunigte dann auf 150 und bremste erst kurz vor Schönholz etwas ab.

Den Verfolger hatte die bisherige Tour de Force nicht beeindruckt. Die feindlichen Scheinwerfer waren geblieben, wo sie bereits zu Anfang gewesen waren, in Leos Rück- und Seitenspiegel. Hinter Schönholz konnte er wieder Vollgas geben. Bis zur Kehre im Wäldchen vor der auf Reetz zuführenden Geraden gelang es ihm, die auf Prignitzer Landstraßen selten erreichte Geschwindigkeit von 165 Kilometern pro Stunde zu halten. Dabei betete er zum Gott der Schlaglöcher, dass er die Stoßdämpfer am Leben ließ.

Er bremste und erreichte statt der dort erlaubten 70 sportliche 140, als er nach Reetz reinkam. Bis zum Gasthof *Moos* hielt er dieses apokalyptische Tempo, bog dann mit etwa 80 – 60 – 40 quietschend rechts nach Berge ab und hoffte, den Agrarweg nach Krabbe zwischen der dritten und vierten Pappel ortsauswärts sauber zu treffen – trotz der dort wieder erreichten 120 Kilometer pro Stunde, die sich bei aller gebotenen Eile nur kurz auf 90 zurückschrauben ließen ... Sein Verfolger hatte sich etwas zurückfallen lassen.

Leo schrammte krachend an der Mündungspappel entlang über den Feldrain mit dem kleinen Graben, drehte dann zwei Pirouetten auf den Maisacker, wo trockene, übermannshohe Pflanzen auf die Erntemonster warteten, und kam in einer Staubfontäne zum Stehen.

Er hatte sich nicht überschlagen und atmete auf. Der Anschnallgurt schnürte ihm den Hals ab – die Dinger waren in diesen alten Wagen einfach nicht vernünftig anzubringen –, aber er hatte nicht das Gefühl, dass der Mustang und er selbst unheilbar schwer verletzt seien. Der Motor lief, das war ein gutes Zeichen. Auch die Scheinwerfer brannten noch. Kurz beobachtete er die Insekten, die sich im Lichtkegel Scheinwerfer hin- und her gaukelten. Der Verfolger stand still am Ortsausgang. Mit unendlicher Kraftanstrengung schaltete Leo Zündung und Licht aus. Dann sank sein Kopf ermattet aufs Steuer.

26

Der Lichtkegel der Taschenlampe traf Leo hart wie eine Keule.

»Können Sie mir sagen, wie Sie heißen?«

Konnte er:

»Pauluth, Leo! Das hab ich doch … hab ich das nicht eben schon mal …?«

»Was sind Sie von Beruf?«

»Polizeihauptmeister! Wie, glaube ich, schon gesagt!«

»Welches Revier? Noch im Dienst?«

Leo dachte nicht über diese Fragen nach, sondern besah sich das Gesicht vor dem seinen näher: eine freundliche junge Dame, blond, wahrscheinlich gerade frisch angeworben von der Polizeischule … Nee, die war von der Berufsfeuerwehr. Er las ihren Namen von dem Schildchen an ihrer Uniform ab.

»Karstädt, Frau Kletzke. Und nein. Zum Glück in Rente. Hobbys: Kriminalromane, alte Autos, Weinbau. Energie Cottbus …«

»Was ist das Letzte, Herr Pauluth, an das Sie sich noch erinnern können? Es hat einen Unfall gegeben, bei dem Sie offenbar von der Straße abgekommen sind. Wir sind hier kurz hinter Reetz, wo es nach Dallmin geht. Sie sind mit überhöhter Geschwindigkeit in den Agrarweg abgebogen.«

Leo versuchte sich zu erinnern, woran er sich erinnern konnte, konnte sich aber an absolut nichts erinnern. Im ersten Augenblick stand ein helles Licht vor seinem inneren Auge, dann drehte sich alles, und es wurde dunkel.

»Putlitz!«, sagte er. »Ich war in Putlitz im Burghofer Feld. Da bin ich losgefahren, es muss so gegen zwölf gewesen sein. Es war einer hinter mir, die ganze Zeit. Der hat mich nicht überholt, obwohl ich ihn dazu aufgefordert habe. Stattdessen hat er mich regelrecht gehetzt. Daher war ich zu schnell beim Abbiegen. Das ist alles, woran ich mich erinnere.«

»War ein Hindernis auf der Fahrbahn? Ein Tier, ein Fußgänger?«

»Nicht, dass ich wüsste.«

»Tut das weh?«

Die junge Dame drückte an seinem Hals herum.

»Autsch, ja ... da hat mich der Gurt eingeschnürt!«

»Sie können von Glück sagen, dass der Gurt da war! Sie sind mit der Seite Ihres Wagens an einen Baum geprallt. Wir legen Ihnen jetzt einen Fixateur an, damit Sie den Hals nicht bewegen, dann bringen wir Sie in die Unfallambulanz nach Pritzwalk. Es muss nichts sein, aber es kann eine kleine Fraktur gegeben haben. Es geschieht nur zu Ihrer Sicherheit!«

Leo hörte, wie sie dem Kollegen diktierte: Partielle Amnesie; offenbar kein Fremdverschulden, möglicherweise Blendung durch nachfolgendes Fahrzeug; Röntgenaufnahme der Halswirbelsäule ist angezeigt; Verdacht auf Mikrofraktur; eventuell Alkotest.«

»Was ist mit dem Auto?«

»Das wird abgeschleppt; wenn Sie uns einen Ort angeben können, werden wir es auch dorthin bringen.«

Leos Kreislauf kam urplötzlich wieder in Schwung.

»Wie schlimm ist es verletzt?«

Er hörte, wie die junge Frau und ihre Kollegen lachten.

»Es hat eine offene Flanke«, sagte ein großer Blonder mit breitem Grinsen. »Aber Herz und Kreislauf scheinen okay. Eine kleine Transplantation und etwas Wundsalbe, und der Mustang ist wieder gesund!«

Das war eine Antwort nach Leos Geschmack, und so ließ er sich denn willenlos jenes Gestell anlegen, das ihn für die nächsten Stunden daran hinderte, abrupte Bewegungen mit dem Kopf zu machen. Es weckte üble Erinnerungen.

»Dann wäre es schön, wenn sie ihn beim Feuerwehrhaus in Krabbe abstellen könnten, denn da ist unsere Vereinswerkstatt.«

»Wird gemacht, Herr Pauluth!«

Da fiel ihm – ganz in der Reihenfolge der Wichtigkeit der Dinge – die Flasche Wein im Kofferraum ein.

»Im Kofferraum ist ein gelber Gummistiefel mit sehr wertvollem Inhalt ... Im einen steckt eine alte Jacke, die meine ich nicht, sondern die Flasche in dem zweiten ... Würden Sie bitte nachschauen?«

Leo versuchte den Kopf zu drehen, was natürlich nicht möglich war, um den Erfolg dieser Mission live mitzuerleben. Ein Stein fiel ihm vom Herzen, als der Wein unversehrt aus dem Stiefel kam, den der junge Feuerwehrmann gleich mitgebracht hatte.

»Das dürfen Sie jetzt aber leider nicht austrinken ... Wir legen es vorsichtig zurück. Den Kofferraum können Sie ja abschließen. Dürfen wir sonst noch etwas für Sie tun? Vielleicht möchten Sie jemanden anrufen, der Sie in Pritzwalk abholen kann? Möglich, dass Sie nachher schon wieder nach Hause dürfen.«

Er überlegte kurz, ob er sie bitten sollte, Markus für ihn anzurufen, entschied sich aber dann dagegen, denn der hatte ja die rechte Hand in der Schiene. »Nein, danke«, sagte er daher. »Falls nötig, kann ich mir ja ein Krankentaxi rufen. Er bekam noch sein Handy und seine schwarze Herrentasche, dann ging es ab in die KMG-Klinik.

Die Untersuchungen verliefen günstig, einige Zeit konnte er sogar schlafen, während er, auf dem Gang neben frisch eingetroffenen Unfallopfern immer wieder in die zweite Reihe geschoben, darauf wartete, dass seine Halswirbel auf Haarrisse untersucht werden würden.

Beinahe zweieinhalb Stunden später, bei der abschließenden Untersuchung in Anwesenheit des Unfallarztes, wurde dann auf den Alkoholtest verzichtet. Der Mann kannte ihn von früher und fragte nur:

»Sie haben doch nichts getrunken, oder?«

Was Leo unwahrheitsgemäß verneinte. An dieser Stelle fand er das nachgestellte »oder?« ganz und gar nicht ehrenrührig.

»Sie haben Glück gehabt! Keine Fraktur.«

Gegen drei Uhr in der Nacht ließ er sich von einem Krankentaxi nach Hause fahren.

Mutter, aufgescheucht aus tiefstem Schlaf, war so verwirrt, dass sie sich, alle viere von sich streckend, auf den Boden warf, was sie normalerweise nur tat, wenn Sturm tobte oder ein Gewitter losbrach. Nachdem er sie hinreichend von seiner Existenz überzeugt hatte und sie also zu glauben schien, dass es kein Geist war, den sie sah, zwang er sich noch zu zwei abschließenden Erledigungen. Er vertauschte Maschas Trainingsjacke, die er noch immer trug, mit einem dünnen Anorak, nahm die große Stabtaschenlampe und ging nach draußen. Im Garten schaute er nach den Reben, anschließend verließ er das Grundstück und spazierte fünf Minuten weit zum Feuerwehrhaus.

Da stand er, sein ganzer Stolz, und das Herz blutete Leo, als er den Zustand der rechten Seite des Mustangs sah. *Das hast du nun davon, du Idiot,* dachte er. *Warum kannst du nicht einfach sein, was du bist: ein beknackter Rentner? Du hast es nicht anders gewollt.* Vom vorderen bis zum hinteren Kotflügel war der Wagen eine zerknitterte Blechtüte, die Türen vollkommen ruiniert, die Scheiben kaputt und selbst der Kofferraum an der rechten Seite ein Stück eingedrückt. Die Reifenmäntel waren sägerau aufgeschrammt, möglicherweise war sogar die Achse verbogen. *Das wäre dann also dein Ende,* dachte er. Totale Katastrophe. Wenn man es überhaupt wieder hinbekäme, wäre er für den Rest seines Lebens ein Almosenempfänger, der sich für ein paar Liter Benzin mit dem Hut an den Straßenrand setzen müsste ... Zur Reparatur würden die Einsatzkosten für die Feuerwehr kommen. Und wo war eigentlich die Polizei gewesen?

Er gab dem invaliden Wagen einen Klaps, dann kehrte er, ein gebrochener Mann, zu seinem Grundstück zurück und vergrub sich im lange entbehrten eigenen Bett. An Schlaf war erst einmal nicht zu denken, denn Schüsse gellten ihm in den Ohren, und ein Stroboskop von Blitzen ließ es hell bleiben, auch wenn er die Augen schloss. Unentwegt senkten sich Reparaturrechnungen auf seine waidwunde Seele wie Herbstblätter … immer mehr, bis er schließlich in einen unruhigen Dämmerzustand fiel.

27

Irgendwann musste ihn dann doch der Schlaf übermannt haben. Er hatte, als er gegen Mittag aufwachte, fünf Anrufe auf dem AB, allesamt von Vereinskollegen. Obwohl sein Hals fürchterlich wehtat und er Glieder- und Muskelschmerzen hatte wie nach einem übertriebenen Hanteltraining, schleppte er sich zur Feuerwehr, wo der Wagen umlagert war von dörflichen Schaulustigen. Natürlich war es keiner aus dem Verein gewesen, der ihn bedrängt hatte. Nachdem er die Geschichte dreimal erzählt hatte, war es genug, fand er, und man einigte sich, dass die Restaurierung gemeinschaftlich, gewissermaßen als Aufbaukurs, in den nächsten Tagen begonnen werden könnte. Vorausgesetzt, er würde die nötigen Euro für das wichtigste Material springen lassen. Als er wenig später nach der Mittagspause auf der Polizeidirektion in Perleberg anrief, wurde er sofort zu Ernst durchgestellt, der offenbar im Wochenenddienst gefangen war.

»Na, du Rowdy? Wieder nüchtern?«

»Lass die Scherze. Es hat mich einer abgedrängt!«

»Da haben die Augenzeugen aber anderes erzählt! In Schönholz stand eine kleine Abendgesellschaft, die hat kurz vor Mitternacht zwei Raketen vorbeischießen sehen, die erste warst du, die zweite dein zugegebenermaßen existenter Verfolger. Es sah aber so aus, meinten die, als hättet ihr euch ein Rennen geliefert und beide mindestens so um die 100, 120 Sachen draufgehabt. Was sagst du dazu? Im Gasthof *Moos* haben die Scheiben gezittert, als ihr an die Kreuzung kamt, die ganze Ortschaft musste psychologisch betreut werden und leidet seitdem an Schlaflosigkeit.«

Leo hörte Ernsts tonloses Lachen, das er schon immer gehasst hatte, auch ohne dass er es hörte.

»Bei so vielen Augenzeugen muss doch irgendjemand gesehen haben, was da hinter mir für einer fuhr? Oder sogar das Autokennzeichen?«

»Fehlanzeige. Dazu wart ihr viel zu schnell. Die Spekulationen reichen von zwei Testwagen von Daimler-Benz bis zu Ferrari-Prototypen.«

»Verdammter Mist. Wo wart ihr eigentlich? Ich kann mich nur an die Feuerwehr erinnern.«

»Typischer Fall von partieller Amnesie. Wir waren als Erste dar, wir hatten nämlich zufällig kurz vorher einen kleinen Betrüger an der Tankstelle kassiert. Also das übliche Landeier-Programm ...«

Wieder das verhasste tonlose Lachen. Leo konnte es deutlich erahnen.

»Und weiter?«

»Du hast wahrheitsgemäß ausgesagt, dass du wohl zu schnell gefahren bist. Auch an deinen Namen hast du dich erinnert. Dann bist du ein bisschen weggedämmert, aber die Kollegen – Willi und Stefan – haben dich ordnungsgemäß an den Rettungsdienst übergeben, da keine Fremdbeteiligung vorlag und du augenscheinlich keine lebensgefährlichen Verletzungen davongetragen hast. Wir werden morgen die Agrargenossenschaft verständigen, aber von denen wird keiner Anzeige erstatten, glaube ich. Was den Flurschaden betrifft, bist du glimpflich davongekommen. Ob der Mais da nun flach liegt oder nicht, das spielt für die keine Rolle – kommt sowieso alles in die Gasanstalt. Drei, vier Quadratmeter weniger fallen da nicht ins Gewicht.«

Der Anruf bei Markus, gegen drei Uhr am Nachmittag, wurde Leo nicht leicht. Es war wie eine Bankrotterklärung.

»Hi Leo!«

Markus' Stimme klang frisch und voller Tatendrang.

»Ich hab mir heute die Schiene abgenommen!«

»Schön für dich, richtig gemacht.«

»Na, gut heimgekommen?«

»Hm, wenn man so will. Ich lebe noch. Das ist manchmal mehr, als man erwarten darf.«

»Krass, was ist passiert? Erzähl!«

Leo resümierte kurz und endete:

»Hinter Reetz hab ich dann einen Maiskreis fabriziert. Die Karre ist total im Arsch. Und alle Vereinskollegen haben vorhin heilige Eide geschworen, dass sie gestern zu Hause waren. Also kann es nur einer gewesen sein, und zwar derjenige, der auch schon auf mich geschossen hat.«

»Was jetzt?«, fragte Markus.

»Morgen steigt das Winzerfest auf dem Wachtelberg in Werder, wo die ganzen Brandenburger Winzer, die schwäbischen Weinbruder und alle ihre illustren Bekannten versammelt sind. Da wollte ich eigentlich hinfahren. Und vorher wollte ich unbedingt noch mal zum Blutstein ... Warum ist Brändle gerade dort abgelegt worden? Aber wie, wie soll ich das jetzt machen, wo ich doch kein Auto mehr hab?«

Es knisterte in der Leitung, und Leo fragte:

»Bist du noch da?«

»Ja, bin ich. Und wofür hältst du mich eigentlich? Offensichtlich nicht für deinen *Freund*! Du sagst mir, wann ich morgen vorbeikommen soll, und dann fahren wir wieder gemeinsam. Erst nach Wiesnack, dann nach Werder – schließlich will ich nach den Tagen im Bettenknast auch mal wieder etwas vom Leben mitbekommen.«

»Einverstanden. Aber nur, wenn ich fahre.«

»Wie willst du denn hierherkommen, ohne Auto?«

»Ich setz mich aufs Fahrrad.«

»Ach, vergiss es! Ich kann ganz gut einhändig Auto fahren, auch mit links. Bis Krabbe ich, dann du. Aber wehe, du fährst meinen geliebten Opel auch zu Schrott! Dann wird es richtig teuer ... Das kostet dich nämlich meine Freundschaft.«

28

Leo hatte am nächsten Morgen seine Verfolgungsgeschichte mindestens dreimal wiederholt, und Markus hatte seine Kommentare ebenso oft dazu abgegeben, als sie durch Mellen kamen, den Ort mit dem Großsteingrab, der genauso hieß wie Jennys Kameramann.

»Schnapp dir mal mein Handy aus meiner kleinen Schwarzen« – er meinte seine Herrentasche –, »und suche im Telefonbuch den Eintrag *Sänger*. Wenn du ihn dran hast, gib es mir.«

Markus lehnte ab.

»In meinem Auto telefoniert keiner mit Handy am Steuer!«

»Jetzt sei nicht so ein Griesgram, geradeaus fahren kann ich schon mit einer Hand! Na, nun mach schon!«

»Ist ja gut. Mensch, warum hast du denn immer noch diese kleine Zwetschge? Habe ich dir nicht ein Smartphone geschenkt? Was muss ich denn hier machen?«

»Keine Sorge, sobald ich den Kopf wieder frei hab, fuchs ich mich da rein, Indianerehrenwort! Jetzt geh auf *Telefonbuch*, dann auf *Suchen*, tipp den Buchstaben *S* ein und wähle *Sänger*! Das kann doch auch für einen Smartphone-Benutzer nicht so schwer sein ... Wenn sich jemand meldet, frag nach Bruno!«

Markus befolgte widerwillig, aber genau alle Handy-Anweisungen Leos und wartete gespannt auf die Verbindung ...

»Ja, schönen guten Tag, mein Name ist Markus Nikolai, ich hätte gerne den Bruno gesprochen.«

Es dauerte einen Moment.

»Ach so? Okay, danke.«

Er drückte auf den roten Hörer. Zu Leo gewandt sagte er: »Der Vogel ist ausgeflogen ... Kein Sänger ...«

»Verdammt!«, sagte Leo und versank schon wieder im grundlosen Nachdenken wie im Morast.

»Hat dieser Sänger mit der Flasche zu tun, die hier auf dem Rücksitz liegt?«, forschte Markus.

»Ja.«

»Hat diese Flasche, die hier auf dem Rücksitz liegt, damit zu tun, dass wir heute nach Werder fahren?«

»Genau.«

»Mensch, Leo, wach auf! Sag mir, was Sache ist!«

»Diese Flasche enthält Wein, der in den Fünfzigern aus einer Rebsorte gekeltert und ausgebaut wurde, die heute offiziell nicht mehr für den Anbau zugelassen ist. Über diese Rebsorte, die Siegfriedrebe, hat dein Hausvorbesitzer Fuchs einiges geschrieben, zumindest hat er viel recherchiert, das war in dem Ordner, der bei dir noch stand bis vor ein paar Tagen und dessen Inhalt ich kopiert habe, zur Sicherheit.«

Er versuchte sich umzudrehen, ließ es aber sofort, da der Schmerz zu stark war.

»Da neben der Flasche liegen meine Kopien, such mal das über Müncheberg heraus. Ich hab da mit diesem Bruno Sänger gesprochen, der hat mir die Flasche überlassen. Mit dem würde ich gerne noch mal reden, über so eine alte Pflanzung. Ich dachte, vielleicht krieg ich noch was raus über diese alte Seilschaft ...«

»Was für eine Seilschaft?«

»Korb – Feldenhain – – Sänger der Ältere – Wagener der Ältere und Brändle der Ältere.«

»Du sprichst wieder in Rätseln: Brändle der Ältere? Brändles Vater kannte den Vater von diesem Sänger?«

»Ja, genau. Aber lies erst mal!«

Markus blätterte die Kopien durch, betrachtete die Liste mit Rebbezeichnungen und überflog auch den Nachruf auf Korb, in dem die fraglichen Zusammenhänge zwischen Bernward Feldenhain und der Siegfriedrebe erwähnt waren. Dann warf er Leo einen fragenden Blick zu.

»Sängers Vater war Assistent bei Feldenhain. Und Brändles Vater hat wiederum Kontakte zu den alten Münchebergern unterhalten. Die waren zusammen 1986 bei uns im Osten unterwegs und haben Erinnerungen begossen ... und diese alte Pflanzstelle besucht. Ich habe keinen blassen Dunst, wie das zusammenhängt«, sagte Leo.

»Diese alte Pflanzstelle, die nicht mit Müncheberg identisch war?«, fragte Markus, sich ebenfalls bemühend, die Zusammenhänge zu verstehen.

»Genau«, sagte Leo. »Müncheberg hat die Forschungsarbeit geleistet, die Reben gekreuzt und getestet, aber die Vermehrung und Vorbereitung für die massenhafte Anpflanzungen der neuen, selektierten, gegen Frost und Krankheit und Schädlinge abgehärteten Reben fand überall im Reich statt. Es gab auch mehrere Reichspflanzgärten im Norden der Mark, unter anderem in diesem kleinen Nest irgendwo im heutigen Naturpark Stechlin. Ich muss von Sänger dringend erfahren, wo das war.«

»Verstehe«, sagte Markus.

»Das sagt sich so leicht«, erwiderte Leo.

Kurz darauf standen Sie auf dem Wanderparkplatz am Wiesnacker Blutstein.

»Da sind wir, da geht's rauf«, sagte Leo. »Ich glaube, ich war hier zuletzt als Sportstudent.«

Sie gingen langsam um den Stein herum. Leo hatte eine Taschenlampe mitgenommen, denn es gab da verschiedene Stellen, die selbst bei Tageslicht durch Farnkraut und Büsche so verschattet waren, dass man ohne Hilfsmittel nicht die Hand vor Augen sah. Er hatte sich geschworen, jeden Millimeter dieses Steins zu untersuchen, weil ihm eine vage Vermutung suggerierte, er könnte dort etwas finden, das mit einem Mal die Dunkelheit, die wie ein schwarzer Samtvorhang über dem toten Brändle und dem Blutstein hing, zum Verschwinden bringen würde.

»Nichts, keine Spur!«, sagte Markus, der offenbar nicht einmal wusste, wonach er suchen sollte, als er seine Hälfte des Steins inspiziert hatte.

»Stell dir einmal vor«, sagte Leo, »dass du mit anderen einen Geheimbund schließen willst. Und ihr habt euch diesen Stein als euren geweihten Ort ausgesucht. Wie würdest du diesen Punkt markieren?«

»Du scheinst mir den Spieß beim Detektivspielen umzudrehen und die Lösung zu haben und jetzt nach den Spuren zu suchen, die die Lösung bestätigen.«

»Das ist doch gehüpft wie gesprungen. Ich will wissen, warum Brändle hier lag. Und irgendwie denke ich, dass es etwas gibt, das einen Rückschluss auf den Grund ermöglicht.«

»Keine Ahnung, ich habe mir nie überlegt, einen Geheimbund ins Leben zu rufen. Aber ich denke, ich würde meine Zeichen nicht hier unten anbringen. Du suchst doch sicher nach einer Art Markierung, einer Gravur, einem Steinzeichen, einem eingemeißelten Symbol, oder irre ich mich?«

»Das ist es«, sagte Leo, in dessen Erinnerung etwas aufzutauchen begann. »Die olympischen Ringe!«

»Wie bitte?«

Leo eilte die steile Steintreppe mit den eingeschlagenen eisernen Griffhilfen hinauf.

»Ich habe das schon einmal gesehen, und ich weiß jetzt, was das für Symbole sind …«

Markus war Leo gefolgt, sie standen nun auf der oberen Fläche des Steins.

»Die Leiche hat in der Mitte gelegen«, sagte Leo.

Aber da war nichts zu sehen.

Kann ja auch gar nichts zu sehen sein, dachte Leo, immer wieder erstaunt über die Langsamkeit eines Gehirns, das eigentlich alle Informationen zur Verfügung hatte. Denn solche Symbole wären selbstverständlich der Spurensicherung aufgefallen. Und sie wären selbstverständlich interpretiert worden. Höchstwahrscheinlich natürlich bloß als Einritzungen irgendeines Verrückten oder eines satanischen Klüngels, genau wie die Kultsteine am Seddiner Königsgrab, die gemeinhin als Zeichen dafür galten, dass sich nach wie vor Esoteriker aller Herren Länder an diesem Fleck versammelten, um kultische, vielleicht sogar blutige Rituale abzuhalten … Blutige Rituale. Nichts anderes interessierte die Menschen. Das konnte man schon an der belanglosen serienmäßigen Krimiproduktion ablesen. Er musste an Frau Moos, die Wirtin, denken, die ihm irgendwie als Sinnbild der heutigen Gesellschaft erschien, dumpf, neugierig, aber absolut fantasielos.

»Moment mal«, sagte er. »Auf deiner Seite ist jede Menge Moos! Du warst auf der Wetterseite – jetzt müssen wir noch einmal unten die Runde drehen und rundum das Moos abschaben …«

Das taten sie dann auch, nachdem sie über die hintere Flanke wieder hinabgeklettert waren. Ausgerüstet mit zwei Holzstöcken, fegten sie alles, was sich Moos nannte, von den Wänden des Rotsteins, des *Grooten* oder *Rooden Steens* oder des Blutsteins, wie er im Volksmund ganz richtig genannt wurde.

»Hast du schon was?«, fragte Leo, der am liebsten hinter Markus gestanden hätte, um zu sehen, ob er auch gründlich genug vorging.

»Nichts als Spinnen, Asseln, Tausendfüßler, kleine Würmer und Erdkrümel bisher.«

»Olympische Ringe!«, rief Markus.

»Was sagst du?«

»Olympiade … mit viel Fantasie. Hier sind solche Zeichen. Wurzelbürste und Wasser wären jetzt gut.«

»Hast du im Auto!«, sagte Leo, flugs an die fragliche Stelle kommend. »Verflucht – da sind sie! Komm wir holen deine Schneebürste und die Flasche Wasser, mit dem du immer deinen defekten Kühler auffüllst …«

Markus goss und Leo schrubbte …

»Ich werd verrückt!«, entfuhr es Leo.

»Schwer möglich, biste ja schon längst!«, wandte Markus ein.

»Das sind die Symbole, die ich auf einem Foto gesehen habe – in der kleinen Kammer von diesem Sänger. Das Foto zeigte die alten Herren bei den ›Weißen Häusern‹.«

»Wo?«

»Keine Ahnung. Ich hab Jenny gebeten, das für mich herauszufinden.«

»Kann ich auch«, sagte Markus und zückte sein Smartphone.

»Kannst du immer noch ... Jetzt mach erst mal ein paar aussagekräftige Fotos hiervon!«

Er selbst kramte einen Zettel aus einem Papierkorb am befestigten Aufstieg und fertigte eine Frottage der Einritzungen an.

Leo hatte lange gebraucht, um mit Markus' Opel den steilen geteerten Fahrweg hinaufzukommen, denn für Gegenverkehr war die kleine Zufahrt nicht geschaffen. Kurz vorm Wachtelbergplateau tat sich rechts ein großer Wiesenparkplatz auf. Leo schaffte es gerade so eben noch, sich neben einen Rolls-Royce mit Cottbuser Kennzeichen an den Zaun zu drücken. Markus war zum Glück schmal und gelenkig und gelangte nach dem Herüberrutschen durch die Fahrertür ins Freie.

»Auf ins Vergnügen!«, sagte Leo, der die Reste-Flasche vom Rücksitz geangelt und in eine blaue Umhängetasche gesteckt hatte.

Schon vom Parkplatz aus sahen und hörten sie das gesellige Treiben auf Brandenburgs zweitgrößtem Weinberg, dem Aushängeschild des zweitjüngsten und zweitkleinsten Weinlands Deutschlands. *Das scheint Brandenburgs ewiges Manko zu sein: Immer und überall Zweiter …*, dachte Leo. Selbst in puncto Weinbau hatte Mecklenburg dem Land schon den Rang abgelaufen, nachdem es bereits, was die touristische Attraktivität und die Anziehungskraft als Wohngebiet für sterbensreiche westdeutsche Rentner betraf, ins Hintertreffen geraten war.

Die Sonne stand bereits kurz vorm Versinken über der Südspitze des Großen Plessower Sees, als sie die wenigen Stufen zur Terrasse vor der Weintiene hinabstiegen – der ständigen Besenwirtschaft des Lindicke'schen Weinbaus in Werder/Havel. Es war für einen Septembernachmittag ungewöhnlich warm, und das Werderaner Weinfest hätte kaum bessere Rahmenbedingungen haben können. Hinter den letzten Bänken der Wirtschaft begann ein Plateau, auf dem ein hundert Meter langes Zeltdach aufgebaut war. Darunter tummelten sich bereits viele Hundert Personen. Eine ebenfalls überdachte Musikbühne auf der linken Seite war von einer Jazzband in Beschlag genommen worden, die ein kleines Stück improvisierte.

Leo und Markus machten zunächst einmal die Runde, denn das lange Zelt säumten Stände von Weingütern aus ganz Deutschland. Die aktiven Winzer der Weinbruderschaft Schwabenland waren allesamt vertreten: Träufle, Kinkel, Wagener und Fluppes. Überall lagen Flyer des Abendprogramms, das Leo nun studierte: In einer halbe Stunde sollte da, wo im Augenblick die Band spielte, der berühmte Weinkritiker Stephen Pott einiges über den jungen Brandenburger Landwein und seine eigenen Erfahrungen damit erzählen.

Pott stand gerade bei Fluppes und unterhielt sich lebhaft mit Michael Keller. Buchautor Jan-Dirk Fuchs sollte im Anschluss an Pott als Höhepunkt des Abends die Aufmerksamkeit der Anwesenden auf sich ziehen, indem er aus dem neuen, gerade entstehenden Buch, einem Weinland-Brandenburg-Krimi mit dem Titel *Letzte Lese*, vorzulesen gedachte.

»Ihr bleibt doch so lange?«, fragte Fuchs, als er Markus, den Käufer seines ehemaligen Hauses, und dessen Freund Leo vorbeischlendern sah, und ergänzte. »Das müsst ihr einfach!«

»Natürlich!«, sagte Markus und erbat sich einige Einzelheiten zur Geschichte des neuen Buches, denn es war sofort klar, dass er eine Rezension verfassen würde.

»Also, es geht um einen jungen Winzer, Guntram Erler, der angesichts der widrigen deutschen Gesetze im jungen Weinland Brandenburg verzweifelt: Er will expandieren und kann es nicht. Dabei hätte er durch Erbschaft eines alten Weinguts mit Weinstube und viel Geld die optimalen Startbedingungen. Er könnte gut zehnmal mehr an Volumen ausbauen und vertreiben, denn seine Weine sahnen alle Preise ab, die man hierzulande nur bekommen kann, als sächsische Qualitätsweine, versteht sich … Also muss er sich etwas einfallen lassen, um seinen Traum zu verwirklichen. Und weil es ein Krimi ist, lässt er sich Sachen einfallen, die er lieber gelassen hätte.«

»Spannendes Thema!«, bemerkte Leo.

»In diesem Land gibt es mit Sicherheit Potenzial für etliche Hundert Hektar Weinbaufläche!«, sagte er. »Aber was kann man tun als junger aufstrebender Winzer, dem hiesigen Terroir verhaftet und drauf und dran, Brandenburg zu einem Weinland zu machen?«

»Tärrchoar!«, ulkte ein schmaler grauhaariger Mann von fünfzig Jahren mit Fünf-Tage-Bart und großkariertem Sakko in schreiender Farbkombination: ein wandelndes pinkgrünes Küchenhandtuch.

»Kennt ihr euch schon?«, fragte Fuchs und setzte sofort hinzu, da er nicht annahm, dass es so wäre: »Stephen Pott – zwei Freunde: Markus Nikolai und Leo Pauluth. Das sind beides unter anderem auch junge Brandenburger Winzer!«

»Oh, zwei weitere Brandenburger, die ihre deutsche Weinseele entdeckt haben! Willkommen im Club! Ihr müsst euch gleich schwer an der Diskussion beteiligen!«

Schon war er auf dem Sprung zur Bühne, nicht ohne zuvor mit demonstrativer Heftigkeit und übertriebenen Grimassen Freund Fuchs noch eine Fünf zu geben. Der kam rasch mit seinen Ausführungen ans Ende:

»Welche Möglichkeiten gibt es, vom unwahrscheinlichen Zusammenkaufen der gesamten Fläche einmal abgesehen, über die drei, vier, fünf Hektar hinauszukommen, die ihm einmal zugestanden wurden? Darum geht es in meinem Krimi, und natürlich erwarte ich von Ihnen, lieber Kollege, dass Sie diese Geschichte in ihrer Brisanz erfassen und verbreiten werden. Ich habe gute Presse *sehr,* sehr nötig.«

Er zwinkerte Markus zu – ein bekannter Journalist, der einem anderen, völlig unbekannten den Ball zuwarf. Markus fing ihn natürlich begeistert auf:

»Wow, mein erster Artikel im *Tagesspiegel*, das sehe ich schon kommen.«

Ihre kleine Runde löste sich auf. Die Plätze unterm Baldachin waren fast alle besetzt, und die Gänge auf dem kleinen Bergplateau so voll, dass kaum ein Durchkommen möglich war. Nur da, wo Bacchus gerade zugange war – ein voluminöser Schauspieler, der den Weingott mimte und mit einem riesigen Römer in der Hand die Menschen zum Fröhlichsein und Trinken animierte, obwohl sie ohnehin fröhlich waren und tranken – entstand immer eine kleine Lücke. Mit großem Hallo wurden eben zwei Weinköniginnen begrüßt, Bärbel IX. aus Sachsen und Gundula I. aus Thüringen. Die sächsische Bärbel war natürlich Gast von Gundula, denn die Werderaner Weinberge gehörten nach dem Weingesetz zum Qualitätsweingebiet Saale-Unstrut.

Und da saßen sie alle, am Kapitänstisch, wie Leo bei sich dachte: die weltläufigen, distanzierten und schick uniformierten Frankenhainer – die wie Weinkellner in einem Interhotel aussahen –, die tonangebenden, hemdsärmeligen Diehloer – die mit ihrer Offenen Kellerei den Weintourismus-Vogel im Land abgeschossen hatten –, der Ulrich aus Elsterwerda mit der Krachledernen und der Kreissäge auf dem Kopf, aber auch der Potsdamer TV-Milliardär Jürgen Hauch – der sich aus den reichen Erträgen einer von ihm moderierten Quizshow ein hundert Hektar großes Weinbaugebiet an der Mosel gekauft hatte – sowie Heiner Mischke – Vorsitzender eines kleinen Weinvereins in Großmutz und ehemaliger Chef eines Vollei-Kombinats–, der leicht bedrückt neben dem Strahlepfannkuchen Hauch saß, denn die neuesten Entwicklungen auf dem Pilz- und Schädlingssektor waren alles andere als stimmungshebend für ihn.

Erfreut sah Leo schließlich Tilo Herbst vom prosperierenden Versuchsweinhang Wolkenwerda und Wladimir Abramow. *Der Rolls Royce aus Cottbus*, wurde Leo klar, *natürlich!*

»Leonid«, kam es nun auch von Letzterem, der sogar von der Bierbank aufsprang, was den Tisch ins Wanken brachte, »komm setz dich her!«

Auch Markus war sofort in diese Einladung inbegriffen, was sich allerdings sofort als problematisch herausstellte, denn Abramow fiel abrupt ein:

»Wartet, nein, da sitzt ja die Mascha! Die musste unbedingt mal raus aus der Pampa!«

Leo spürte den warmen Schauer eines freudigen Schrecks. In diesem Moment kamen sowohl Mascha als auch der Gastgeber dieses ganzen Events, Dr. Manfred Lindicke, an den Tisch zurück. Leo und Mascha sahen einander an und einigten sich durch windeseiligen Blick darauf, die Nähe ihrer Bekanntschaft für den Augenblick noch für sich zu behalten.

Breit grinsend hob Abramow gegen Leo das Glas, dessen Verlegenheit, ohne Getränk dazustehen, sogleich durch Lindickes Tochter beseitigt wurde. Sie drückte ihm wie auch Markus ein Glas des Lindicke'schen Brot- und Butterweins – 14er Müller-Thurgau – in die Hand, während Lindickes Ehefrau dafür sorgte, dass der Tisch durch eine weitere herangerückte Bank ergänzt und Sitzgelegenheiten genug geschaffen wurden, dass alle sich etwas ausbreiten konnten und auch Leo und Markus Platz fanden.

Leo stieß erst mit Mascha und dann mit Abramow an. Für einen kurzen Augenblick war es unangenehm still am langen Tisch. Alle Augen waren auf Markus und Leo gerichtet. Aber Abramow erlöste die Gesellschaft:

»Mit diesem jungen Brandenburger Winzer« – dabei hatte er Leo im Blick – »hätte ich gerne einmal gekämpft!«

Schon war genügend Gesprächsstoff für die nächsten Minuten vorhanden. Leo durfte sich – nach Abramows Starthilfe – als Initiator des künftigen Prignitzer Weinbaus gerieren und malte den projektierten Weinberg in der Perleberger Kiesgrube in den leuchtendsten Farben aus.

»Ihr müsst nachher wieder an unseren Tisch kommen!«, sagte Abramow zu Leo und Markus, als sie aufstanden, weil sie näher ans Podium heranwollten, wo Pott gerade mit seinen

Ausführungen begann. »Ich habe auf dem Bärenberg nichts gefunden. Ich habe jede Nacht die Runde gemacht. Nichts.«

»Danke, war die Polizei da?«

»Nein, ich dachte mir, das krieg ich selbst heraus.«

»Das kenne ich«, sagte Leo. »Ist nicht so schlimm, ich lebe ja noch. Jetzt müssen wir aber rüber. Bis nachher.«

Leo und Markus saßen bereits ein paar Minuten vor der Bühne, als sich plötzlich Mascha neben sie setzte.

»Wie schön, dass du da bist! Damit hatte ich am allerwenigsten gerechnet«, flüsterte Leo.

Er fasste nach ihrer Hand und sagte dann laut:

»Das ist mein Freund Markus. Markus, das ist Mascha!«

Markus lächelte Mascha an und zwinkerte Leo zu. Dann galt seine Aufmerksamkeit der Bühne. Während der ganzen Dreiviertelstunde, die Pott nun von seinen Erlebnissen im jungen Weinland Brandenburg berichtete, hielten sich Mascha und Leo unauffällig bei der Hand, und in dem Augenblick, als es unvermutet spannend wurde, ließ er sie nicht los, sondern drückte ihre Hand nur umso fester. Pott sagte:

»Zu diesem Zweck war ich kürzlich in einem traditionsreichen Forschungsinstitut, nämlich in Müncheberg zwischen Berlin und Frankfurt an der Oder! Die wenigsten Deutschen wissen, dass zu Zeiten, als Adolf Hitler noch das Sagen hatte, in Brandenburg, wo kein Mensch Wein vermuten würde, gerade das angeblich extreme Klima und der schlechte Boden die Gründe dafür waren, hier Versuche mit Weinreben anzustellen! In ganz großem Stil, so wie die Deutschen alles immer im ganz großen Stil machen und besonders damals gemacht haben.«

Pott trank einen Schluck Wasser, dann setzte er hinzu:

»Dabei stimmte weder das Vorurteil mit dem Klima noch das mit den Böden: Schon in den Dreißigerjahren des letzten Jahrhunderts hatte etwa die Lausitz mehr Sonnenstunden als die Moselregion. Und in ganz Brandenburg gab es Sandböden mit Lehm- und Mergelanteil, die für Wein geradezu optimal waren! Auch hat übrigens die Reblaus, zu deren Abwehr das alles veranstaltet wurde, in reinen Sandböden gar keine Chance. Aber damals wusste man darüber noch nicht so viel und sah nur: Der deutsche Boden wird von der amerikanischen Reblaus bedroht! Das war die Kriegserklärung gegen Amerika schon vor dem Ausbruch des Zweiten Weltkriegs!«

So verquer das alles war, so hatte Pott damit doch die Lacher auf seiner Seite.

»In Müncheberg war ich mit einem Mann zu Gast, der inzwischen nicht mehr am Leben ist. Die Polizei weiß nicht, was mit ihm passiert ist, und ich weiß es noch viel weniger. Es sieht so aus, als hätte ihn ein vagabundierender Wahnsinniger ermordet. Dieser Mann war Mitglied der deutschen Sortenkommission und auch verschiedener internationaler Weinbau-Gremien und hat mir versichert, dass dieses Institut in Müncheberg für die gegenwärtige Weinwelt trotz aller damaligen Unkenntnis ganz entscheidend war, denn dort hat man erstmals das gezüchtet, was man heute interspezifische Hybriden nennt – die biologische Waffe gegen Rebkrankheiten. Ihr Deutschen habt so einen knallharten Spruch: ›Nur die Harten kommen in den Garten!‹ Und dieser Mann, den ich leider darüber nicht mehr befragen kann, hat mir gesagt, dass da in Müncheberg noch ganz andere Dinge entwickelt wurden, aber davon erzähle ich Ihnen heute lieber nichts, um nicht in den großen Topf zu den Nazi-Verschwörungstheoretikern geworfen zu werden. Nein, es hat keine Nazi-Ufos gegeben! Und es hat auch keine Überreben gegeben! Sie wurden jedenfalls von niemandem je gesehen. Und keiner möchte sich vorstellen, wie wohl *der* Wein geschmeckt hätte …«

Das Publikum mochte Pott, ganz egal, was er erzählte, und es war sicher nur ein kleiner Teil, der seinen verworrenen Ausführungen bis ins Detail gefolgt war. In der sich anschließenden kurzen Diskussion kam selbst Leo kurz zu Wort, der auf Potts Nachfrage bestätigen konnte, dass auch im nördlichen Brandenburg der Wein *wie Unkraut* wachse, eine Pauluth'sche Formulierung, in die sich Pott sofort verliebte.

Nachdem die Jazzband wieder das Feld übernommen hatte, hing Pott nach der Erschöpfung des Auftritts mehr an Wageners Tresen, als dass er stand, und wollte sich gerade dem Spätburgunder zuwenden, als Leo hinzukam.

»Ha no, ja da guck an!«, begrüßte Wagener Leo mit breitem Grinsen. »Lebst du immer noch? Hat dich der Schuft also nicht verfolgt? Magst was trinken?«

»Hast du den Siegfried von deinem Vater schon vergessen?«, fragte Leo im Gegenzug und holte die Flasche von 1956 aus seinem Känguruhbeutel.

Er platzierte sie auf dem Tresen des kreisrunden Weinstandes direkt vor Potts Augen. Der hielt die Weinflasche ungläubig in Händen, stellte sie vorsichtig wieder hin.

»Der arische Wein!«, sagte er und stierte Leo an. Dann las er *Weingut Stettener Nonnenspital* und verlangte von Wagener eine Erklärung.

Der stellte drei Gläser auf und sagte:

»Den winzigen Rest probieren wir drei jetzt zuerst, bevor es an den Lemberger geht.« Und zu Leo: »Hätt net denkt, dass du dran denksch. Das ist ein Gruß aus der deutschen Vergangenheit, Stephen. Fünfzigerjahre, Wirtschaftswunder und eine halbe Großlage voll mit Siegfried-Reben von 1939!«

Stephen Pott spuckte schon den ersten Schluck auf den Boden und schob das Glas entsetzt von sich, nach Wasser verlangend.

»Das ist ein Amerikaner! Uh, warum ist Fuchs nicht hier? Das ist der typische Fuchsfellgeschmack. Ich hab das vor Jahren verkostet und … boah, ich hätte nicht erwartet, dass mich dieser widerliche Geschmack noch einmal einholt … Alexander, Carlos, Catawba, Clinton, Concord, Delaware, Isabella, Niagara, Noah, Norton, Scuppernong, Steuben und Taylor … So nennen die ihr Kraut, das sie da auch noch absichtlich anbauen und zu Weinreben erklären. Grauenhaft!«

Er verzog das Gesicht.

»Catawba! Schon das Wort lässt mir einen Erdbeershake-Schauer über die Zunge wandern …«

Wagener grinste, und Leo fragte:

»Wer hat deinem Vater eigentlich damals die Reben verkauft?«

»Der alte Brändle, schätz ich …«

»Der tote Rebhändler!«, sagte Pott.

»Dessen Vater«, erklärte Wagener. »Die waren später über die Reben aus den Dreißigern arg zerstritten, Vater und Sohn. Aber, Augenblick … ja, ich glaub, jetzt liest unser Großautor … Wenn ihr den hören wollt, müsst ihr zur Bühne zurück!«

Leo hatte es aber damit nicht so eilig wie Pott, der sofort weg war, und fragte:

»Es gab da einen Geheimbund, in dem Brändles und dein Vater Mitglieder waren, und auch der Feldenhain und der Korb und der Vater von dem Bruno Sänger aus Müncheberg. Was kannst du mir denn dazu erzählen?«

»Also woisch, ich hab das bisher nicht erwähnt, weil es mir peinlich ist … Das waren halt alles alte Kämpfer – an der Forschungsfront, an der Heimatfront, ganz wie du willst … Die haben noch etwas in dem alten Gleis weitergespielt, verstosch? Verstehst? Da ging's um Großdeutschland, um die Arier und um die Reinheit in der Rebkultur … Die hatten sich in den Kopf gesetzt, durch die Ergebnisse ihrer Arbeit in Müncheberg den Zweiten Weltkrieg doch noch zu gewinnen! Weder der Lothar noch ich wollten auch nur das Geringste damit zu schaffen haben!«

»Das heißt, du kannst mir nicht sagen, was das für ein Bund war und warum ich das hier an diesem Felsen entdeckt habe, wo man Brändle gefunden hat?«

Vinzenz Wagener der jüngere starrte fassungslos auf die Frottage vom Blutstein.

»I han koi Ahnung, was da bassiert isch! Den Club haben sie hier drüben auf der Bismarckhöhe gegründet, wo auch die

Galgenbrüder von dem verrückten Morgenstern sich getroffen haben. Die Kringel und die andren Zeichen, das waren ihre Symbole – das vom Feldenhain, vom Korb, vom Sänger, von meinem Vater, und das ist dem Brändle seinem Vater seins gewesen …«

»Was weißt du von diesem Garten, den sie 1986 besucht haben?«

Wagener zuckte die Achseln.

»Und von den ›Weißen Häusern‹? Ich hab bei dem Sänger ein Foto gesehen, da stehen eure Väter alle vor irgendwelchen Ruinen im Wald. Vielleicht war das in der Nähe von dieser Pflanzschule?«

»Da fragsch mi was! I wois es edda …«

»Dank dir trotzdem. Ich hör mir jetzt den Fuchs an. Hier, für dein Archiv!«

Leo gab Wagener die leere Flasche des Siegfriedweins und ging jetzt auch zur Bühne hinüber.

30

Für eine Lesung war es schon recht spät, doch die mangelnde Aufmerksamkeit wurde einfach über eine gute Mikrofonanlage wettgemacht. So konnte jeder auf dem Hügel, ob er wollte oder nicht, Jan-Dirk Fuchsens Stimme klar und deutlich vernehmen. Mascha, Leo, Markus und Stephen Pott hatten ganz vorne Plätze bezogen, wo kleine Schildchen mit den magischen Buchstaben VIP auf den Bierbänken lagen. Ein Scherzkeks hatte allerdings mit Kuli das VIP durchgestrichen und »QbA« daruntergekritzelt: Qualitätswein bestimmter Anbaugebiete ... *Der ist nicht auf dem neuesten Stand*, dachte Leo bei sich. Die neuen Stufen für deutsche Weine waren »Prädikatswein«, »Qualitätswein«, »Landwein« und »Wein«.

Jetzt sahen sie Jenny samt Team ankommen. Leo wies Markus darauf hin, und der sprang auf, lief hinüber und begrüßte Jenny, indem er sie umarmte, was sie, mehr oder minder bereitwillig, mit sich geschehen ließ.

»Langweilt dich das auch nicht?«, fragte Leo Mascha, doch diese erwiderte: »Ich sitze ja immerhin neben dir. Da kann er von mir aus lesen, was er will ...«

Jan-Dirk Fuchs nutzte die ihm dargebotene Technik mit Begeisterung. Seine Stimme war sicher auch in den umliegenden Wohngebieten unterhalb des Werderaner Wachtelbergs klar zu vernehmen. Er stellte sich kurz vor und umschrieb das Genre seines Romans als »krimineller Weinroman«. Dann goss er sich aus einer Magnumflasche purpurroten Cabernet Dorsa ein und begann mit seiner Lesung:

> Der korpulente Mann im weißen Anzug – ganz Gustav von Aschenbach in Thomas Manns Novelle *Der Tod in Venedig*, nur wesentlich fülliger – betrat vorsichtig den

Raum, es war unbekanntes Terrain, die Wohnung eines Winzers, mit dem er bislang keine Geschäftserfahrungen hatte, es ging um eine große Sache, nur deshalb hatte er sich überhaupt dorthin gewagt.

Wie üblich in solchen Fällen kam, ungeachtet der Tageszeit – es war gerade einmal zwei Uhr des Mittags – die ganze Weinpalette des Hauses auf den Tisch. Das waren junge Weine, denn es war auch ein junger Winzer, ein aufstrebender Winzer, wie man bildhaft sagen könnte, ganz den jungen Reben entsprechend, die rund ums Haus der Sonne entgegenstrebten. Mehrere kleine Wassertropfen vom oberen Ende der Laubwand einer Rebzeile (Merlot, sah der Dicke) sendeten Lichtsignalbotschaften, die Strahlen der Mittagssonne nach verebbtem Gewitterregen ausnutzend …

Dem Dicken gefiel die Umgebung, wiewohl er lächeln musste angesichts der Kleinheit der Verhältnisse. Aber das hätte er auch vorher schon wissen können, denn das Weingut befand sich in einem Land, das man für gewöhnlich nicht mit Wein in einem Atemzug nannte: in Brandenburg.

Es war ein winziger Kames, sprich: ein eiszeitlicher Hügel, weit im Norden, an der Grenze zu Mecklenburg, auf dem der Weinberg lag und auch das Haus stand, in dem er jetzt mit dem Hausbesitzer auf das bevorstehende Geschäft trank. In einem Dorf namens Mentin lag er, ein Bilderbuchhügel, wie für einen Weinberg geschaffen. Sein einziges Manko war, dass er überaus klein war und jeder Weinbauer aus süddeutschen Regionen darin nur einen Puppenweinhügel sehen konnte.

»Sie wollen expandieren?«

»Ganz genau!«

»Aber Sie wissen, dass Brandenburg keine Expansion mehr zulässt?«

»So ist es!«

»Was also haben Sie sich überlegt, dass Sie mich zu sich bestellen? Wollen Sie roden und eine neue Sorte anpflanzen?«

»Im Gegenteil: Ich will mehr anpflanzen!«

Der junge Winzer goss einen Schluck eines strahlend goldgelben Weines ein und schob ihn über den Tisch, einen pockennarbigen uralten Eichentisch, an dem schon Generationen gesessen und gegessen haben dürften.

»Johanniter. Von mir!«, sagte der Dicke, und der junge Winzer nickte.

»Das war nicht schwer zu erraten. Genauso werden Ihnen die anderen bekannt vorkommen, denn die Reben stammen alle von Ihnen. Der Cabernet Sauvignon, der Merlot und der Cabernet Franc.«

Der Dicke nippte, nickte und spuckte – in den silbernen Napf, der vor ihm auf dem Tisch stand.

»Wenn man hier sitzt, in Ihrem Schlösschen, könnte man glatt vergessen, wo man ist. Man darf nur nicht vor die Tür gehen ... Warum verabschieden Sie sich nicht von diesem Fleck und starten neu im Bordeaux? Das hier ist Brandenburger Bordeaux, ohne Frage! Exzellent! Chapeau! Aber was Ihnen fehlt, ist Fläche, sind große Lagen-Namen! Sie müssen raus hier! Sie können wahrhaft Großes erschaffen!«

Der junge Winzer lächelte, aber es lag ein leidvoller Zug um sein Lächeln.

»Ich verstehe, was Sie meinen, doch so leid es mir tut, ich kann einfach nicht aus meiner Haut. Ich bin Brandenburger, ich gehöre hierher, schon mein Urgroßvater hat hier Wein angebaut, und ich würde den Teufel tun und all das zurücklassen! Natürlich kann ich mir zusätzlich ein französisches Weingut anlachen, das wäre eine Lösung. Aber ich wäre doch weder ganz Franzose noch ganz

Brandenburger, wenn ich das täte. Wo sollte ich diesen Wein verkaufen? Und mit welchem Gewissen? Ich habe mir nun einmal in den Kopf gesetzt, meinen ›Bordeaux‹ vor Ort, da, wo ich lebe, in Brandenburg, zu erzeugen und auch hier zu verkaufen. Das ist mein Leben, etwas anderes kann ich mir gar nicht vorstellen. Etwas anderes würde mein Gewissen gar nicht zulassen. Ich weiß nicht, ob Sie mir folgen können?«, sagte er und schenkte dem Dicken im weißen Anzug noch einmal ein.

»Doch, das kann ich durchaus, und ich bin nach wie vor begierig, zu erfahren, was Sie nun in dieser Sache zu unternehmen gedenken. Wie wollen Sie aus diesem schrecklichen Dilemma zwischen Lage und Gewissen herauskommen?«

»Ganz einfach: mit Ihrer Hilfe!«

»Da bin ich aber gespannt, wie soll denn das gehen?«

»Das werde ich Ihnen erklären: Sie verkaufen mir je 50 000 Reben hiervon …«

Der junge Winzer schob dem Dicken dessen eigenen Katalog mit einem Kreuz vor den Rebsorten Cabernet Sauvignon, Merlot und Cabernet Franc zu, die einen guten Bordeaux ausmachen. Der Dicke lachte, verstand noch nicht.

»Auf den Schildern, auf denen bei jeder Lieferung der Name des Edelreises, des Klons und der Unterlagsrebe ausgewiesen sind, steht … das hier!«

Und er blätterte im Katalog zu einer anderen Seite. Der Dicke lächelte, las, und sein Lächeln erstarb.

»Aber das sind Tafeltrauben, und Sie wollen Weintrauben …«

»Jetzt haben Sie es erfasst. Das ist der Trick. Nur ein Versehen bei der Etikettierung Ihrer Reben.«

»Solche Fehler unterlaufen mir nicht.«

»Und wenn solche Fehler gut bezahlt würden?«

Der Dicke starrte in sein Rotweinglas.

»Wo wollen Sie diese Anzahl von Reben pflanzen? Bei einer Stockdichte von 10 000 pro Hektar brauchen Sie mindestens zehn Hektar.«

»Ich habe meine Fläche, wo genau, müssen Sie gar nicht wissen, nicht wahr?«

»Sicher, das ist mir im Prinzip egal. Doch was sollte mich dazu bewegen, dieses Versehen zu begehen? Bei zehn Reben mag das ja noch hingehen, aber bei 150 000?«

Der junge Winzer ging zum alten Küchenschrank aus gelbem Kirschholz, öffnete die Tür eines Gefaches, wo in einfachen dickwandigen Glasschütten die täglich nötigen Gewürze untergebracht waren, und zog aus einer davon einen kleinen Lederbeutel, der mit einem Bindfaden verschlossen war.

»Das stammt von meinem Vater. Fragen Sie mich nicht, wo er es herhatte. Ich wüsste nicht, was ich Besseres damit anstellen sollte. Es gehört Ihnen, wenn wir uns hier und heute handelseinig werden. Schauen Sie nach, was drin ist! Nun machen Sie schon!«

Der Dicke gehorchte, öffnete ungelenk mit seinen Wurstfingern den Lederbeutel, und heraus kullerten rund zwei Dutzend Diamanten im Vollbrillantschliff.

Der junge Winzer wiederholte seine Frage, leicht variiert:

»Sind wir im Geschäft?«

»Das wird einige Zeit dauern, das ist keine kleine Menge«, sagte der Dicke, auf die funkelnden Steine starrend wie das Eichhörnchen, von der Schlange hypnotisiert.

Der junge Winzer entspannte sich und erwiderte:

»Wann können Sie liefern, wenn Sie in den nächsten Tagen mit den Vorbereitungen beginnen?«

»In einem Jahr«, antwortete der Dicke resigniert, denn er glaubte nicht, dass sein Gegenüber damit einverstanden wäre.

Doch zu seinem Erstaunen holte der eine Flasche aus einem Korb mit Stroh, der man ansah, dass sie sehr alt war.

»Besondere Anlässe, besondere Getränke: Das ist eine Trockenbeerenauslese von 1902. Mein Urgroßvater hat die Reben gehegt und gepflegt, aus deren Trauben dieser Wein entstand. Acht Jahre später schon endete hier der Weinbau für eine lange Zeit.«

Er entfernte die dicke weinrote Schicht Siegellack vom Kopf der Flasche. Behutsam löste er den Korken heraus – mit einem bereits parat gelegten Korkenheber, der seitlich am Korken hinabfuhr, dann gedreht wurde und beim Hochziehen den heiklen Kandidaten mitnahm. Als sich der Flaschenhals und sein oberes Ende von allen Rückständen befreit zeigten, schenkte der junge Winzer ein.

Ölig, schwersuppend troff der Wein in die großen Gläser, füllte sie gerade einmal zu einem Bruchteil. Sie versetzten die ersten Schlucke durch wohl abgemessene kreisende Handbewegungen in Rotation. Kirchenfenster konnte man die Strukturen, die der uralte Wein beim Schwenken an den Glaswänden hinterließ, kaum mehr nennen. Es waren feinste Ziselierungen, Spitzendekorationen aus Zuckermolekülen, Schnitzereien in Goldberyll …

Sie stießen an, vorsichtig, um den so unverhofft aus seinem Ewigkeitsschlaf gerissenen Tropfen nicht zu verstören. Behutsam ließen sie den ersten Schluck der Zunge und dem Gaumen entgegenrinnen. Versanken in Seligkeit, mit geschlossenen Augen genießend, was die Arbeit längst vergangener Generationen in ihnen auslöste.

Es war dunkel, als sie voneinander schieden. Sie schieden als Freunde, als Freunde im Geiste des Weines. Dass sie überdies auch noch Komplizen geworden waren, fiel daneben fast gar nicht ins Gewicht.

»Ich danke Ihnen!«, sagte Fuchs, klappte mit einer resoluten Bewegung das Buch zu, aus dem er nur wenige Seiten gelesen hatte, lächelte und neigte kurz und knapp den Kopf.

Die kleine Erzählung wurde mit lebhaftem Applaus belohnt. Was Fuchs bezweckt hatte – dass man sich erstaunt zeigte ob der seltsamen Gesetzgebung, die den Brandenburger Weinbau sozusagen im Keim gleich wieder erstickte –, hatte er ohne Schwierigkeiten erreicht. Auch die Frage, ob es denn um die Jahrhundertwende Weinbau in der Gegend gegeben habe, konnte er mit Verweis auf seine eigenen Veröffentlichungen ohne große Schwierigkeiten glaubhaft bejahen. Nach drei Minuten kam wie üblich keine weitere Frage mehr, sodass er noch einmal darauf hinwies, dass in der Weintiene seine Bücher zum Kauf auslägen und er auch gerne bereit sei, seinen Namen in das ein oder andere hineinzuschreiben. Er wollte schon aufstehen, aber dann fiel ihm noch eine Kleinigkeit ein:

»Ach, jetzt hätte ich das Wichtigste fast vergessen! Hallo, auch der Herr da hinten, der beinah von der Bank fällt, weil er so viel Eisbein mit Sauerkraut gegessen und dazu drei Flaschen Müller-Thurgau getrunken hat … Ja, genau Sie! Wachen Sie noch einmal kurz auf und hören Sie zu! Es wird im nächsten Jahr ein Buch geben, um das alle Brandenburger … nein, um das alle deutschen Weinliebhaber nicht herumkommen werden! Es ist das Werk des größten deutschen Rebsortenkundlers der Neuzeit überhaupt. Er ist übrigens heute Abend hier, und wir sollten ihn alle einmal hochleben lassen! Hoch lebe Michael Keller! Sein Buch *Alte Reben* wird uns allen die Augen dafür öffnen, was wir durch die Sortenpolitik der Nazis und der noch immer amtierenden Nachkriegsweinbürokratie für einen Schatz verschenkt haben. Michael Keller hat einen eigenen Weinberg in der Pfalz nur mit alten Reben bestückt, die er in ganz Deutschland mühsam zusammentragen konnte. Im Auftrag des Bundeslandwirtschaftsministeriums übrigens, also müssen Sie nicht glauben, dass das, was er tut, ungesetzlich ist. Sie können bei ihm sogar eine Sorten-Cuvée Alte Reben kaufen, die alles in den Schatten stellt, was Sie im Supermarktregal unter ähnlichen Fakebezeichnungen vorfinden werden. Denn seine Weine entstehen aus echten alten deutschen Rebsorten! Das Buch *Alte Reben*, das ich die Ehre habe, zu redigieren und mit Michael Keller zusammen auf den Weg zu bringen, wird beim Berliner Weinmeister-Verlag erscheinen und zur nächsten Frühjahrsbuchmesse in Leipzig herauskommen. Es wird übrigens wahrscheinlich so viel kosten, dass es ganz egal ist, ob Sie sich nicht zusätzlich noch eine Kiste Alte Reben für 59,99 Euro aus der Pfalz bestellen. Dann hätten Sie auch den richtigen Wein im Mund, wenn Sie es lesen! Ich danke Ihnen. Und zu Ihrer Beruhigung – jetzt sind Sie mich wirklich los!«

Als er vom Podium herunterstieg, klopfte ihm Michael Keller dankend auf die Schulter. Fuchs hob Kellers Arm wie den eines siegreichen Preisboxers in die Höhe, und sie gingen zum Promi-Tisch.

»Uff, das wäre geschafft!«, stöhnte Fuchs, als er mit Keller an der Tafel Platz nahm, zu der inzwischen Leo, Mascha, Markus und die anderen üblichen Verdächtigen ihren Weg gefunden hatten, da die Stände nun geschlossen waren. In Fuchsens und Kellers Gefolge kamen auch Jenny, Mellen und Rölligk von der ARD hinzu. Das war nur durch eine weitere Expansion mit zusätzlichen Biertischen und -bänken machbar.

Jenny kam zu Leo und flüsterte:

»Ich hab mal recherchiert. Die ›Weißen Häuser‹, das sind irgendwelche Nazisteine kurz hinter der mecklenburgischen Grenze. Hier hab ich dir die Koordinaten aufgeschrieben. Ausgedehntes Waldgebiet, schwer zu finden, wenn du kein GPS-Gerät hast. Notfalls schau es dir auf Google an und mach 'nen Screenshot. Wenn du nicht weißt, was ein Screenshot ist, wende dich an den Herrn Journalisten Nikolai. Viel Glück.«

In Leo arbeitete es.

»Halt!«, sagte er. »Was ist mit den Reichspflanzgärten?«

»Fehlanzeige. Bloß einiges über die Pflanzgärten der SS. Das waren aber so Lebensborngeschichten. Widerliches Zeug. Oder es waren Umschreibungen für die Aufzucht von Führungsnachwuchs. Tut mir leid. Mehr hab ich nicht finden können!«

Leo gab die neuen Informationen an Markus weiter, der sich ärgerte, dass Jenny ihm zuvorgekommen war. Auch wurmte es ihn, dass sie sich nicht neben ihn setzte. Er rief sich nun selbst via Smartphone die besagten Gebilde auf den Schirm und sagte:

»Diese Rohbauten gingen als ›Weiße Stadt‹ und als ›Germania-Probebauten‹ in die Geschichte ein. Probebauten des baulichen Luftschutzes trifft es besser. Die ›Weißen Häuser‹ sind das Ergebnis von Überlegungen, die die Stadt Hamburg in einem Architektenwettbewerb und der Architekt Ernst Neufert als Normungsbeauftragter des Generalbauinspektors Albert Speer unabhängig voneinander angestellt haben. Es ging darum, den gefährlichen Fußweg zwischen Wohnung und Schutzplatz zu vermeiden, das heißt die Bunker in Wohnhäuser einzubauen. Sie sollten in Friedenszeiten als Bäder, Abstellraum oder Treppenhäuser genutzt werden und im Kriegsfall gleichzeitig als Etagenbunker dienen. Zu Versuchszwecken hat man solche Bunkerkerne für künftige Wohnhäuser – etwa auch in der geplanten Nord-Süd-Achse der Welthauptstadt Germania – bei Rechlin auf dem Versuchsgelände der Luftwaffe errichtet.«

»Irgendwo in der Nähe muss dieser eine Reichspflanzgarten gewesen sein, an dem Sängers Vater gearbeitet hat«, sagte Leo. Warte mal, auf der Fotografie stand hintendrauf irgendwas wie R.P.G. in A. … und dieser Garten war in … Annenwalde, glaube ich.«

»Das ist bei Templin, wo die Merkel herkommt.«

»Die ist in Hamburg geboren. Aber stimmt, das war was anderes! A…, Ampel, Adam und Eva … Arenswalde!«

Markus mühte sich, auf dem Minibildschirm etwas zu erkennen. Keller, der plötzlich hinter ihm stand, warf einen interessierten Blick auf das kleine Gerät.

»Da gibt es etwas«, sagte Markus, »liegt an einem See, etwa fünf Kilometer weiter. Keine normale Zufahrtsstraße. Bloß so etwas wie ein überwachsener Pfad. In direkter Linie zum ehemaligen Flugfeld. Die Landebahn von Rechlin läuft direkt darauf zu. Rundum vielleicht zehn Kilometer dichtes Waldgebiet. Gehört schon alles zum Naturpark Mecklenburgische Seenplatte. Große Gebäude. Obstgärten oder so was. Schau hier.«

Leo mühte sich, konnte aber absolut nichts erkennen.

»Das ist für mich nur Gries auf einem Brillenglas.«

Markus tippte noch einem Moment.

»Da sind historische Bilder. Arenswalde war zu DDR-Zeiten das Siedlungs- und Erholungszentrum des VEB Baukombinats Cottbus. Hier, 'ne Originalpostkarte.«

Er hielt Leo die spiegelnde Fläche vors Gesicht. In den typischen Fehlfarben einer Abbildung aus dem DDR-Kochbuch *Gerichte vom Balkan* sah er zwei erdbraune Q3A vor arg blaustichigem Kiefernwaldhintergrund mit Gebüschen in einem fluoreszierenden Grünton, wie ihn etwa die Mäntel unreifer Walnüsse aufwiesen. Ein DDR-Frühlingsbild.

»Oaah, geh mir weg mit diesem Ferienlagerhorror!«

Er schob Markus' Hand samt Smartphone sanft zur Seite.

»Aber wir müssen uns das ansehen. Wer weiß, vielleicht stehen da noch ein paar Reben? Baukombinat Cottbus passt zu der Erzählung von Sänger wie die Faust aufs Auge – angeblich wurde zuletzt an Reben für Plattenbauten geforscht.«

Markus tippte noch ein bisschen herum, bekam aber nicht heraus, was da heute war.

»Du kannst mal *Zum Oekonomierat* eingeben. Das war eine Weinkneipe in Schweinrich«, schlug Leo vor.

Während Markus tippte, wurden am Tisch wichtige Dinge diskutiert.

»Ob das nun so ein gut geplantes Verbrechen ist?«, fragte Fluppes gerade den Krimiautor Fuchs. »Auch wenn der Rebhändler die Steine akzeptiert und der Anbau gelingt. Wo will er diese enorme Menge keltern und zu Wein machen, ohne dass es auffällt? Zu einer Genossenschaft kann er nicht – die führen genau Buch. Und wenn er zu einem anderen Winzer mit eigener Kelter wollte, müsste er dem auch Schweigegeld bezahlen ... Er muss also noch einiges an Steinen im Hintergrund behalten. Oder er muss eine eigene Kelter bauen, eine eigene Kellerei. Aber das fällt auf, das muss abgenommen werden. Es sei denn, er sucht sich eine grenznahe Region weit ab vom Schuss, wo unauffällig Transporte rein- und rausgehen können ...«

»Du hast ganz recht. Da musst du meinen Roman lesen. Er findet für alles eine einfache Lösung. Nur in einem Fall wird die Lösung zu einem Problem. Es geht einfach nicht mehr so einfach. Und da« –Fuchs machte die Geste des Abknallens –, »wird dann alles erst recht schwierig. Wo einer nicht sauber arbeitet, kann kein reiner Wein entstehen ... Alter Winzerspruch. Daher bleibt es nicht bei einem Mord. Immer ist wieder einer da, der seinen Anteil fordert, wenn er schweigen soll. Und für einen zur Ruhe gebrachten, kommen zwei andere ...«

»Verstehe!«, sagte Wagener. »Des isch wie bei de Medusa!«

»Du bisch au so ä Medusalem«, unkte Kinkel, womit die Ernsthaftigkeit des Diskurses endgültig torpediert war.

Leo hatte die skizzierte Entwicklung des fingierten Falles mit Interesse verfolgt. Er fragte sich, ob Fuchs vielleicht mehr über Lothar Brändles Ermordung wusste, als er aus den Zeitungen hätte erfahren können.

Ein Schriftsteller konnte sich allerdings aus allen Quellen frei bedienen. Immer gab es eine unüberbrückbare Differenz zwischen Realität und Erzählung. Das war ein Feld, auf dem Leo sich nicht sicher fühlte, daher ließ er es auf sich beruhen. Zweifelsohne schien allerdings bei einem Schriftsteller ein

Mehrfaches an krimineller Energie als bei einem gewöhnlichen Sterblichen vorhanden, ja wahrscheinlich sogar ein Vielfaches.

»Du, da ist heute ein Vietnamese drin«, verkündete Markus das Ergebnis seiner Recherche.

»Was?«, fragte Leo.

»Na, du hast doch nach diesem *Zum Oekonomierat* in Schweinrich gefragt. Das ist heute so ein typischer kleiner Vietnamesenladen, wo man alles kriegt.«

»Hm. Könnten wir trotzdem vorbeifahren. Würde gern von der alten Wandbemalung ein Foto machen. DDR-Weinglas und Traube. Sehr selten in der Prignitz.«

Er wandte sich Mascha zu und fragte:

»Hast du nicht Lust, mit in die Prignitz zu kommen?«

»Würde ich gern! Aber was wäre dann mit Alexej? Der würde die Welt nicht mehr verstehen, wenn ich morgen früh nicht da wäre. Müssen wir besser vorbereiten ...«

»In den Herbstferien vielleicht? Platz ist genug bei mir, und an interessanter Beschäftigung sollte es auch nicht fehlen.«

»Ich kann's kaum erwarten«, flüsterte sie.

Markus hingegen fragte Jenny nicht, ob sie zu ihm mitkommen wolle, denn er wusste schon im Vorhinein sicher, was sie antworten würde. Sein Versuch hörte sich anders an:

»Wir sind morgen live auf der Suche nach Nazireben – der vergessene braune Weinberg! Feldenhains Vermächtnis.«

Sofort war Jennys Interesse geweckt.

»Nazireben klingt gut. Feldenhain braucht ohnehin noch eine Ergänzung in meinem schon gedrehten Beitrag. Findet ihr diese Nazireben? Oder wird das ein Flopp?«

Am Tisch war es still. Offenbar hatten sie etwas zu laut geredet. Aller Augen waren interessiert auf Leo gerichtet, den Jenny bei ihrer Frage im Visier hatte.

»Des isch doch ... Jetzt sucht der Leo nach der Überrebe!«, brüllte Wagener, und alles bog sich vor Lachen.

Leo wiegelte ab:

»Nun mal langsam – ich hab bisher nur die Koordinaten von etwas, das in der Nähe liegt.«

Fluppes warf ein:

»Ich kann euch sagen, was euch da erwartet: ein alter Zaun und ein verblichenes Schild: *Wir lesen für den Führer.*«

Brüllendes Gelächter.

»Na komm, Jenny, sei doch mal optimistisch! Das kann man doch auch anders verkaufen!«, sagte Markus, der seine Hoffnung noch nicht aufgab.

Leo atmete tief aus. Er hasste es, falsche Erwartungen zu nähren. Außerdem war er sauer auf Markus, weil jetzt alle dachten, dass er Lothar Brändles Marotte mit der Überrebe aufgegriffen hätte …

»Das ist mir zu wenig!«, sagte Jenny, in ihren Business-Entscheidungen inzwischen superschnell. »Wenn wir irgendwo hinfahren, um zu drehen, dann muss schon vorher klar sein, was dabei herauskommt. Da werdet ihr erst mal Expeditionskorps spielen und mich vielleicht später informieren, ob wir da was sehen können. Der Weinbeitrag liegt aber bloß noch maximal drei Tage auf Halde.«

Sie blickte hämisch zu Markus, der sich schon gefreut hatte, aber als sie sein Gesicht sah, fasste sie ihn beim Kinn, schüttelte es zärtlich und ergänzte:

»Nun mach nicht so ein Gesicht, sondern freu dich, dass ich wieder mit dir spreche!«

Während Markus noch bemüht war, diese üble Behandlung vor aller Augen gefühlsmäßig wegzustecken, worin ihn das halbe Glas Müller-Thurgau, das noch übrig war, lindernd unterstützte, wandte sich seine Beinahe-wieder-Freundin dem Schriftsteller Fuchs zu und sagte:

»Ich glaube, da könnten Sie Stoff für eine interessante Story finden. Der märkische Sherlock und sein Dr. Watson wollen da morgen braune Weinstöcke ausgraben …«

Sie verabschiedete sich und raunte Markus noch im Vorbeigehen zu:

»Was immer ihr macht, seid vorsichtig. Wer weiß, vielleicht steht da noch ein altes Bataillon im Wald, das nicht weiß, dass der Krieg schon aus ist. Man kennt das ja aus den einschlägigen Horrorfilmchen ... die du immer so gern anschaust ...«

Aus der halben Stunde, die sie letztlich noch hatten bleiben wollen, waren schnell anderthalb geworden. Die Gesellschaft am Tisch hatte sich in kleine Gesprächsgrüppchen zerteilt. Abramow und Mascha waren schon weg, auch die meisten Weinbrüder. Wagener klopfte auf den Biertisch und sagte:

»Hockt nur no a bissle! I muss morge z'rück ins Ländle, ond do wird dann au g'lese – aber net so wie der Fuchs g'lese hot. Mir san bei 285 Grad Oechsle!«

Er stand auf und sagte auch Leo Tschüss:

»Und du, du Rebenforscher ... verirr dich nicht im Gestrüpp. Komm doch ein paar Tage zu uns an die Rems! Wir können jede Hilfe gebrauchen. Lies lieber bei uns als bei dem Hitler!«

Er wurde mit Lachern verabschiedet.

Leo erhob sich und winkte in die Runde.

»Komm!«, sagte er zu Markus, der sich zuletzt lange mit Pott und Fuchs über Weinjournalismus unterhalten hatte. »Ihr müsst euch ein andermal treffen!«

»Haben Sie vielleicht Interesse daran, einen Fachmann dabeizuhaben, morgen?«, kam plötzlich eine Frage von der Seite, als sie schon auf dem Weg zum Auto waren.

Leo fuhr herum und blickte Michael Keller ins Gesicht.

»Diese Pflanzgartengeschichte interessiert mich doch irgendwie. Auch wenn ich die ganze Entwicklung verteufele ... Aber man will doch auch die Ränke des Gegners kennen, nicht? Ich habe eben den Namen dieser Ortschaft gehört. Da bin ich bei meiner Sortenerhebung damals nicht gewesen. Obwohl der Ort auf meiner ursprünglichen Liste stand. Wenn Sie mir sagen, wann und wo es losgeht, morgen früh, wäre ich gern dabei!«

»Neun Uhr. Nee, sagen wir lieber zwölf Uhr, Putlitz, Prignitz, Burghofer Feld 38, da, wo Ihr Freund Fuchs gewohnt hat und wo jetzt mein Freund Markus Nikolai wohnt! Waren Sie nicht schon mal da?«

Keller erinnerte sich:

»Die Fuchs'sche Pflanzung. Und der Blaue Heunisch bei dem Nachbarn!«

»So ist es.«

Leo machte einen unsicheren Zickzackschritt und merkte, dass es eigentlich hart an der Grenze wäre, jetzt noch einen – noch dazu fremden – Wagen steuern zu wollen.

»Er spricht von mir«, sagte Markus, der wenig genug getrunken hatte, um das Steuer an sich zu reißen. »Wäre klasse, wenn Sie mitkämen! Hier ist meine Karte mit Handynummer. Falls wir uns verpassen sollten – das sind die Koordinaten, zu denen es geht!«

Leo begriff gar nicht mehr, dass es Markus war, der fuhr. Im Schlummer auf dem Beifahrersitz des Opels machte er manchmal Handbewegungen, als würde er steuern und schalten. Nach der anderthalbstündigen Heimfahrt wurde Leo in Krabbe zwar von Mutter lebhaft begrüßt, doch es war Markus, der sie mit dem Nötigsten versorgte. Nachdem er Leo aufs Bett gehievt und notdürftig zugedeckt hatte, legte er sich selbst auf die Pauluth'sche Couch.

31

Es war ein kühler Septembermorgen. Die Nebel zogen durch die Reben und zerfaserten sich erst, als sie die karamellbraune Rauputzwand von Leos Haus erreichten.

»Kann mich gar nicht erinnern, heimgefahren zu sein ...«, sagte Leo, als er gähnend und sich streckend in seiner Küche erschien und nur leicht verwundert war, Markus anzutreffen.

»Bist du auch nicht. Du hättest nicht mal mehr den Weg zum Auto gefunden. Ich war so frei, deine Couch zu benutzen. Weißt du noch, was du uns für heute vorgenommen hast?«

Leo goutierte die Formulierung mit einem Grunzen.

»Fahrt zur Wolfsschanze ... Ich geh erst mal duschen. Brau mir doch mal einen Türkenkaffee. Und sag diesem Keller Bescheid, dass wir uns in Schweinrich vor dem Vietnamesen treffen, dann muss er nicht erst nach Putlitz fahren, und wir auch nicht. Wie spät ist es jetzt? Okay, dann bleibt es bei zwölf, vor der ehemaligen Weinstube *Zum Oekonomierat*. Steht ja noch dick an der Wand, wie du mir gestern gezeigt hast.«

Markus war wieder einmal von den Socken.

»Ja«, sagte Leo. »Ich mag zwar was getrunken haben und nicht mehr zum Auto finden, aber die wirklich wichtigen Dinge habe ich mir vorher eingeprägt. Haben wir bei der Behörde gelernt. Spezielle Mnemotechnik ...«

Markus versuchte, Kellers Handynummer aus dem Internet zu fischen.

»Die Nummer steht im Briefkopf. Liegt in der Mappe mit den Kopien von Fuchsens Unterlagen, da drüben auf dem Fensterbrett ...«, rief Leo, schon auf dem Weg zur Dusche.

Kellers Wagen haute sie um: ein silberner Winnebago Sunflyer – ein Wohnmobil mit einer kompletten Laborausstattung, wie ein kurzer Blick durch die Seitentür zeigte.

»Hab ich bei meiner Tour durch die Staaten wegen der Foxruten gekauft, hat einem Area-51-Typen gehört. Hab's an meine Bedürfnisse angepasst: Ich kann hier sämtliche Untersuchungen machen, für die ich früher zum Niebeldinger Geißenweiherhof, nach Freiburg ins Staatliche Weinbauinstitut, nach Weinsberg oder nach Meisenheim gefahren bin. Weil ich da überall Hausverbot habe, musste ich mir was anderes überlegen.«

»Foxruten?«, fragte Markus.

»Ich habe eine kleine Bestandsaufnahme der Amerikanerreben angefertigt. Sehr wichtig, wenn man sich mit Neuzüchtungen nach 1900 beschäftigt. Die ersten Pfropfreben gab es ja schon im antiken Griechenland. Bis ins 19. Jahrhundert war es aber vor allem der Sortenwechsel, der im Vordergrund stand. Große Stückzahlen einer neuen Rebsorte ließen sich so einfacher heranziehen.«

»Wieder was gelernt!«, sagte Leo, deutete auf das Haus vor ihnen und bat Markus, ein Foto zu machen.

»Die Kneipe gehörte ursprünglich dem Vater von Korbs Mitarbeiter Sänger.«

»Der, den du in Müncheberg getroffen hast?«, fragte Markus.

»Der Müncheberger ist sein Sohn.«

Sie gingen hinein und kauften ein paar Kleinigkeiten. Der Laden war gut bestückt – es gab alles, was man brauchte. Sogar reichlich Getränke, Obst und Gemüse.

»Holt mein Mann täglich frisch in der Metro, Berlin. Wir haben noch fünf Läden!«

»So sieht heute der Konsum im Osten aus. Toller Laden!«, sagte Leo. »Übrigens, wir wollen nach Arenswalde. Wie fahren wir da am besten?«

»Oh, Arenswalde, da liefern wir jede Woche ne Mengen Konserven hin, auch Gemüse, und viel, viel Bier!«

Die kleine Frau mit dem lebendigen Gesicht strahlte ob der Biermenge.

»Man muss vor Qualzow links in Wald fahren. Immer geradeaus, und vor den Weißen Häusern vobei, immer weiter, immer weiter. Schon ist man in Arenswalde.«

Eine halbe Stunde später standen sie im Wald. Das Verbotsschild am Anfang des Fahrweges war für Nicht-Anlieger angebracht worden. Sie dagegen hatten ja ein Anliegen.

»53.32123 | 12.8228051«, hatte Markus in sein Smartphone eingetippt, auf dem eine Geocaching-App installiert war.

»Hier müsste es eigentlich sein. Ich seh aber nichts. Immer noch keine Allianz von GPS und Galileo. Stattdessen weiterhin eiernde Satelliten«, sagte er.

Sie standen an einer kleinen Weggabelung, die laut GPS-Karte der Abzweig nach Arenswalde war. Der Hauptweg verlief endlos in beide Richtungen. Solche kerzengeraden Waldwege hatten etwas Gespenstisches.

»Da hinten leuchtet was durch die Tannenzweige«, sagte Leo. Ein weißlicher Schemen tauchte auf. »Auf geht's. Erst mal diese ›Weißen Häuser‹, danach Arenswalde.«

»Warum nicht gleich Arenswalde?«, fragte Markus.

Keller signalisierte absolute Gleichgültigkeit in dieser Frage – zum Flunsch gezogene Lippen plus angewinkelte Unterarme, die Flächen der gespreizten Hände empfangsbereit nach oben zeigend. Er war nun einmal der Gast bei dieser Expedition und stellte keine Ansprüche.

»Ganz einfach: Ich will einfach wissen, wie Germanias Treppenhäuser aussehen sollten, du nicht?«

Leo hatte einmal die aufgebauschten Erinnerungen Albert Speers gelesen, zu einer Zeit, als noch keiner wusste, dass er maßgeblich in die Deportation der Berliner Juden involviert und sogar einer der Architekten des Lagers Ausschwitz gewesen war.

»So soll Germania ausgesehen haben?«

Markus brach in Lachen aus. Man sah vier recht schmale Betontürme, drei Quader, viergeschossig, vorgehängte schwere Betonreliefleisten an der Traufe. Ein Klotz war etwas niedriger, offenbar nicht mehr fertig geworden. Alle Betonseiten waren verklinkert gewesen, vielleicht auch verputzt und angemalt, doch die ganzen Backsteine lagen inzwischen auf großen Halden am Boden, und aus den rohen Betonflächen der Wände, an denen man die Schalbretterabdrücke sehen konnte, ragten nur noch Verankerungshaken und Eisen heraus.

»Schaut mal hier!«, rief Leo, während sie am Absperrungszaun vor den recht nah beieinanderstehenden Quadern entlanggingen, und zeigte auf eines der seltsamen Bauwerke. »Da hat sich einer einen Spaß erlaubt ...«

Zwar waren hier wie bei den anderen dreien jeweils zwei große rechteckige Fensteröffnungen von vielleicht zweieinhalb Metern Höhe und einem Meter Breite zu sehen, blind und leer, was dem ganzen beinah den Charakter postmoderner Rohbauten gab, doch über diesem war eine Fraktur-Inschrift eingemeißelt: »Himmelreich«. Und neben der Öffnung, die ganz den Dimensionen der herbeigesehnten germanischen Superrasse entsprechend bemessen schien, war genau die gleiche schematische Weinstubendeko wie am ehemaligen *Oekonomierat* in Schweinrich angepinselt. Eine Aussparung im Maschendraht erlaubte es sogar, wenn man nur ein paar Drahthaken entwirrte, hineinzugehen, und sich umzuschauen.

»Total abgefahren, eine Weinstube in Germania«, sagte Markus. »Jenny wird jubeln, wenn ich ihr das zeige.«

Er filmte das karge Interieur, das eigentlich nur aus zwei Sperrmülltischen und zehn Stühlen bestand, zusammengesucht und achtlos im Raum verteilt. Wer immer hier gelegentlich seine Gelage feierte, legte auf ausgefeilte Dekoration keinen großen Wert. Dafür war der Ort bereits gruselig genug. An eine der Außenwände war mit roter Lackfarbe ein gespenstischer, in die Länge gezogener Totenschädel gemalt.

»Hier!«, rief Keller und zeigte erfreut auf einen knorrigen Baum, der sich an der gigantischen Betonstele mit der abartigen Weinschenke emporgearbeitet hatte.

»Das ist …«, begann Markus eher fragend, doch Leo ergänzte mit strahlenden Augen:

»Eine Weinrebe!«

»Und was für eine!«, bestätigte Keller.

»Der Hauptstamm hat die Dicke eines ranken und schlanken Hitlerjungen!«, sagte Markus.

Keller wieselte um das Ungetüm herum wie ein Forscher, der im Regenwald eine unbekannte Lianenart entdeckt hat.

»Da oben hängen Trauben!«, stellte Leo fest und war schon wieder im Bauwerk, um die Grundfunktion des NS-Bunker-Treppenhauses zu testen.

»Blätter und Reiser sind wichtiger!«, rief ihm Keller nach. »Ich kann im Wagen gleich mal ein paar Tests laufen lassen. Das ist ja ein Monstrum. Wenn es woanders stünde, würde ich sagen, vierhundert Jahre alt. Aber das kann ja hier wohl nicht sein. Wenn die Bauwerke vom Anfang der Vierziger stammen, dann ist dieser Rebstock …«

»Um die siebzig Jahre!«, antwortete Leo, der von oben zurückkam und Keller Reiser und Blätter übergab. Auch eine Handvoll weißer Trauben hatte er dabei. »Die Rebe war sicher der Grund, warum der Bund der alten Männer sich hier hat fotografieren lassen. So genau habe ich mir das Foto nicht angeschaut, aber ich möchte wetten, dass sie genau hier standen und dass man die Rebe erkennen kann.«

Die Trauben waren süß und wohlschmeckend und hatten keinen Foxton. Leo drängte darauf, die ehemalige Versuchspflanzstation unter die Lupe zu nehmen. Dennoch wollte er, wie Markus, den Beginn der Rebenuntersuchung verfolgen.

»Von wann sind eigentlich die ältesten lebenden Weinstöcke?«, fragte Markus, als sie kurz darauf in Kellers silbernem Winnibago saßen und gespannt den Vorbereitungen für die Tests beiwohnten.

»Laut Guinnessbuch ist es ein Schwarzsamtener bzw. Blauer Kölner in Maribor, Untersteiermark, Slowenien«, antwortete Keller nebenhin. »Ich bin aber dabei, nachzuweisen, dass es gar kein Schwarzsamtener ist ... Die Rebe wurde am Ende des Mittelalters gepflanzt, als Maribor von den Türken belagert wurde. Die Belagerung hat sie überstanden, weil sie sich an einem Haus emporrankte, das Bestandteil der Stadtmauer war. Sie hat auch die vielen Stadtbrände überlebt, weil das Haus ein Steinhaus war und immer nur das Reetdach Feuer fing. Tja, und nach vierhundert Jahren treibt sie immer noch aus.«

Eine erste Beurteilung des Erscheinungsbildes der Riesenrebe hatte bereits mehrere wahrscheinlich beteiligte Arten geliefert. Hierzu hatte Keller die Blätter eingescannt und die Scans mit den gespeicherten Bildern in einer genetischen Sortendatenbank verglichen, die ein verrückter Amerikaner betrieb. Jetzt kamen Mikroskopbilder von den Schnitten der Reiser an die Reihe. Mit einem Skalpell hatte er feine Schnitte unters Objektträgerglas eines elektronischen Industriemikroskops gelegt, das mit seinen Kühlaggregaten die halbe Wageninnenseite einnahm. Die gemachten Bilder wurden nun ebenfalls mit Schnittbildern verglichen.

»Das kann jetzt eine Weile laufen.«

Leo und Markus gingen nach draußen. Keller sagte:

»Wenn's dahinten noch mehr gibt – einfach abschneiden und mitbringen!«

Leo und Markus gingen den Agrarweg entlang. Der mittlere Grasstreifen war von gelegentlicher Befahrung geplättet. Wenn man es genau nahm, schien hier zuletzt ein Wagen in Richtung auf das »Objekt« gefahren zu sein, zu dem sie jetzt unterwegs waren.

»Pssst! Komm lieber von dem Weg runter!«, sagte Leo, und sie gingen parallel zu diesem im Unterholz weiter.

»Sänger hat mir das hier verheimlicht. Er sagte, es sei nur nicht mal mehr ein Zaun da. Auf den Satellitenfotos sieht man aber mehr. Dass ich Sänger nicht mehr erreiche, kann nur zwei Gründe haben: Entweder ist ihm etwas zugestoßen. Oder er lässt sich verleugnen.«

»Weil er inzwischen weiß, dass du herausfinden willst, wer Lothar Brändle auf dem Gewissen hat, und befürchtet, dass du ihn nach dem fragen wirst, was hier vor uns liegt!«

»Haargenau. Aber von Gewissen würde ich nicht sprechen. Der oder die, wahrscheinlich *die*, sind davon völlig frei. Deswegen sollten wir uns nicht so offen dieser Anlage nähern. Und irgendeine *Anlage* wird es sein, darauf kannst du ein Glas Siegfried trinken.«

»Aber dann kann das ja nur eines bedeuten ...«, begann Markus den Gedanken Leos fortzuspinnen und vollendete die Überlegung: »... dass man uns vielleicht sogar *erwartet*!«

Leo nickte. Sie waren stehen geblieben.

»Wenigstens dürfte hier jetzt Alarmstufe Rot herrschen. Zeig mir noch einmal das Ganze von oben«, sagte er.

»Scheiße, ich hätte den Akku aufladen sollen«, entfuhr es Markus, denn sein Smartphone war plötzlich tot.

»Macht nichts. Was ich mir gemerkt habe: Es ist ein großes Karree, und die hintere Seite läuft parallel zum Ufer des Gundelasees, der bereits zu Mecklenburg gehört. Hier direkt am Ufer verläuft die Landesgrenze. Eine alte Regel besagt, dass der Verteidiger am wenigsten vermutet, dass er von hinten angegriffen wird. Banal, aber in der Regel zutreffend. Vor allem bei einem so großen Objekt. Wir müssen zum Seeufer runter.«

Sie pirschten sich vorsichtig weiter vor, bis Leo Markus bei der Schulter fasste und sagte:

»Halt! Da ist die Mauer, links davon das Tor, zwei Kameras in den großen Tannen hinter den gemauerten Pylonen mit den scheußlichen DDR-Laternen. Lass uns rechts an der Mauer entlanggehen und auf weitere Überwachungskameras achten. Notfalls müssen wir größeren Abstand halten.«

Eine geschlagene halbe Stunde schlichen in Sichtweite einer verwitterten grauen Plattenbetonmauer entlang. Die Betonplatten waren zwischen senkrechte Führungsschienen aus Eisen gesteckt. Wildschweine hatten hier keine Chance. An zwei Stellen im vorderen Teil waren ihnen Kameras aufgefallen: grüne Wildkameras, an hohen Kiefern hinter der Absperrung aufgehängt, sodass man sie im ersten Moment für Nistkästen halten konnte. Das vor ihnen auftauchende Unterholz aus dichtem Holundergestrüpp kam wie gerufen. Dabei ging es rapide bergab.

»Scheißreiher!«, sagte Leo, als er in einen weißlichen Fleck am Boden trat, ausrutschte und sich auf den Hosenboden setzte. »Aber gut, dass diese Kolonie hier oben in den Kiefern nistet! Dieser Kot ist ein optimaler Stickstofflieferant. Er bewirkt, dass wir jetzt ungesehen weiterkommen. Der Holunder wächst wie blöd.«

Sie erreichten die hintere Ecke der Mauer, die zugleich ihr tiefster Punkt war, und sahen kurz darauf, dass sie sich direkt am Seeufer befanden. Die Mauer lief nach einem Linksschwenk an diesem entlang – bestimmt ein paar Hundert Meter. Das Ende war nicht zu sehen.

»Was empfindest du eigentlich, wenn du so eine Mauer siehst? Vor einem so wunderschönen See?«, fragte Markus, und Leo antwortete spontan:

»Heimat!«

Er stellte sich mit dem Rücken zur Mauer, machte eine Räuberleiter und sagte:

»Schau mal vorsichtig drüber und guck vor allem, ob da Kameras sind. Dann sag mir, was du noch siehst!«

Markus trat mit dem rechten grünen Turnschuh in den Steigbügel aus Leos Händen und legte, um sich abzustützen, die Handflächen gegen die kühle raue Betonwand, die an dieser Seite wegen der Nähe zum Wasser reichlich mit Moosen und Flechten überzogen war. Schaukelnd ließ er sich nach oben drücken, bis er, obwohl ihn die verletzte Hand noch schmerzte, die obere Kante erreichend und sich anklammernd, einen vorsichtigen Blick riskieren konnte.

»Entwarnung!«, sagte er mit deutlichem Zittern in der Stimme. »Keine Kamera, keine Menschenseele. Grüner Weidengürtel hinter meterhohem Schilf, mehr sehe ich nicht.«

»Dann wechseln wir! Ich muss als Erster rüber. Ich bin der Detektiv.«

Markus lachte gequält und antwortete:

»Aber ... ich ... bin der ... investigative Journalist! Und hab den Vorteil, schon fast drüber zu sein. Schieb noch ein bisschen! Sonst falle ich dir auf den Kopf.«

»Okay.«

Leo stemmte mit aller Kraft beide Beine des Hängenden nach oben, bis Markus die Arme wie Pinguinflügel über der Mauerkante liegen hatte. Dann richtete Leo sich auf.

»Achtung! Leg deine Beine zusammen und drück die Knie durch! Ich schieb dich noch ein Stück, bis du raufkommst. Kannst du da irgendwo runter, ohne dir was zu brechen?«

»Ich lass mich langsam so weit runter, wie ich kann, dann springe ich. Sieht weich aus. Wie willst du denn jetzt nachkommen?«

»Überleg ich mir gleich. Falls du irgendwas findest, wirf's rüber. Am besten 'ne Leiter ...«

Markus lachte kurz, während er über die Mauerkrone grätschte.

»Und?«, fragte Leo, während er nach einer Kletterhilfe Ausschau hielt.

Er hörte ein schwaches Stöhnen, Rutschen und Aufschlagen von der anderen Seite. Es folgten ein Fluchen und ein schmerzhaftes Zischen.

Leo lief zwischen Ufer und Mauer entlang, so weit es ging. Weiter vorne war kein Land mehr zwischen Betonwand und Wasser. Das Schilfrohr, in das sich auch kleine Bestände von Froschlöffel, Breitblättrigem Rohrkolben und Sumpfschwertlilien gemischt hatten, stand schon im Wasser. Aber da lag ein angeschwemmter Fichtentorso mit Aststubben. Er zog ihn aus dem mecklenburgischen Wasser ans Brandenburger Ufer, die erste Aversion gegen die totale Besudelung hintankämpfend. Algenfäden und Schilfgras, Wasserpest und Entengrütze regneten auf ihn herab, als er den vielleicht drei Meter langen toten Baumkörper an der Mauer aufstellte, schräg genug, damit er die Aststubben wie die Sprossen einer Leiter vom Typ Neandertal benutzen konnte.

Das untere morsche Ende knirschte, brach zweimal ab, der Rest schien die Last – Leo – zu tragen, und dieser kam nun ebenfalls relativ rasch auf die Mauer. In der Tat: Weidengeäst, dicht wie ein Wandteppich, versperrte die Sicht. Da er in den Armen gut trainiert war, gelang ihm das Selbstherablassen auf der anderen Seite etwas sanfter und kontrollierter als seinem Vorspringer, der unten hockte und sich den linken Fußknöchel rieb.

»Gebrochen?«, fragte Leo, und Markus verneinte.

»Verstaucht. Tut ein bisschen weh beim Auftreten.«

»Müssen sehen, wo wir gelandet sind, was hier ist und wie wir wieder rauskommen«, fasste Leo ihre bevorstehende Aufgabe zusammen.

Sie sahen sich um. Die Mauer verlief auf einem schmalen Landstreifen und trennte wohl einen kleinen Binnenhafen vom See ab. Die Weiden und der Röhrichtgürtel versperrten jedoch den Blick darauf.

»Nichts sehen und nicht gesehen werden!«, sagte Leo und begann in Richtung auf die Mauerecke vorzudringen. »Kumpel, komm und humpel mir nach!«

Am Mauereck gingen sie nach rechts, dann langsam den Hang hinauf, immer an der Wand lang … Hier deutete ein breiter Schwimmgürtel aus alten Schilfhalmen, kleinen Ästen, Kiefern-, Tannenzapfen und allerlei Plastikunrat der Neuzeit den höchsten Wasserstand des See an.

Kaum waren sie einige Schritte auf dem nun festeren Grund nach oben gegangen, da öffnete sich der Blick übers Röhricht und über die dichten Weiden.

»Ich fass es nicht!«, sagte Leo, und Markus nickte dazu, sprachlos angesichts dieses Anblicks.

Ein weiter Hang begann schräg über ihnen, hinter dem Wasser des richtig vermuteten umfriedeten Hafenbeckens. Der Hang war schätzungsweise fünfhundert Meter lang und fünfhundert Meter breit. An ihm verliefen Terrassen, jeweils im Abstand von etwa drei Metern, auf welchen eine Fahrspur und eine schmale Art von Feldgehölz oder Hecke zu sehen waren. Diese ungezählten dichten grünen Gürtel liefen, jeweils hart an der Grenze zur nächsten Stufe, quer über den ganzen Hang. In großen Abständen gab es vertikale Verbindungswege von ganz oben bis ganz unten, von denen aus die Terrassen zu erreichen waren.

»Ein Weinberg!«, sagte Markus.

»Falsch«, erwiderte Leo, nachdem er den Anblick einige Sekunden hatte auf sich wirken lassen. »Eine Rebschule!«

Der feine Unterschied war Markus nicht gleich verständlich.

»Weinreben an einem Berg sind ein Weinberg, oder etwa nicht?«

Leo ging mit ihm zur untersten der Terrassen:

»Da steht Stöckchen neben Stöckchen, ohne jeden Abstand! Die sind im Frühjahr gesteckt worden und haben den ganzen Sommer in dieser Enge nur Wurzeln ausbilden und Reservestoffe für ihren ersten Winter einlagern dürfen. Den werden sie im Kühlhaus verbringen, nachdem man sie hier wieder aus ihrem gut bewässerten Folienschlauch gezerrt, zurückgeschnitten und die oberen Enden in Paraffin getaucht hat. Die sind schon siebzig, achtzig Zentimeter hoch, bevor die jungen Triebe beginnen: Das sind Hochstammreben. Die müssen nicht von unten aufgepäppelt und angebunden werden. Auch Karnickel lassen die in Frieden.«

»Was macht hier eine Rebschule?«, fragte Markus.

Leo rekapitulierte noch einmal die Fakten, soweit sie bereits zusammenpassten:

»Nach dem Zusammenbruch des Dritten Reiches machten Feldenhain und Korb in der Pfalz weiter; Sänger senior blieb vor Ort in der Mark Brandenburg, und zwar arbeitete er zuletzt hier als Gärtner, in diesem ehemaligen Reichspflanzgarten Arenswalde, der nach Gründung der DDR zum Erholungsheim für Bauarbeiter mutierte. Wer immer das hier jetzt gekauft hat, will scheint's an die alte Pflanzgartentradition anknüpfen.«

»So wie der junge Winzer in Fuchsens Krimi!«, sagte Markus.

»Da sagst du was«, entgegnete Leo. »Der Fuchs hatte diese Kopien in seiner Recherchemappe. Lauter Orte mit Reb-Formeln ... Die hatte er von Keller. Genau wie Brändle auch ...«

Er kratzte etwas Paraffin von einem Stämmchen, und stockte verunsichert.

»Aber ich finde die Veredlungsstelle nicht ... Was ist ... Das sind Originalträger!«

»Verdammt, was sind denn nun bitte schön Originalträger?«, wollte Markus genervt wissen.

»Originalträger, auch Direktträger genannt, sind Reben, die nicht aus einem Stückchen Edelreis bestehen, das auf eine namenlose Unterlage gepfropft wurde. Du kannst einen Direktträger durch Runterlegen oder einfaches Steckenziehen herstellen. Das ist strafbar, weil du damit vielleicht eine neue Reblauskatastrophe im Reich ... äh, im Land auslöst!«

»Also sind das hier keine auf amerikanische Unterlagen gepfropfte Edelreiser, sondern Edelreiser mit eigenen Wurzeln«, schloss Markus. »Können doch eigentlich dann nur Amerikaner sein. Amerikanerreben. Oder irre ich mich wieder?«

Leo richtete sich auf und ließ die Arme sinken.

»Könntest recht haben. Da haben wir uns umsonst abgemüht ... Dann wären das also amerikanische Tafeltrauben. Was weiß ich, vielleicht New York, Schuyler, Festivee ... Keine Ahnung. Ist auch uninteressant. Ich glaube, wir sollten machen, dass wir hier unauffällig wieder rauskommen.«

»Da hängen kleine weiße Trauben. Lass uns die mal probieren!«, sagte Markus.

Leo nickte und konstatierte:

»Die hat einer beim Ausputzen vergessen. Sollten an frisch eingeschulten Reben nicht dran sein.«

Sie probierten.

»Mensch! Gar kein Erdbeeraroma, kein feuchter Fuchspelz, kein erdiger Dachs, kein räudiger Waschbär, kein nasses Wiesel ... Schmecken genauso wie die von der Urwaldrebe droben!«

Leo kam ins Nachdenken.

»Moment mal, bei dem Geschmack können wir die letzten Schlüsse wieder streichen: Das sind keine Amerikaner. Das sind Europäer, wenn nicht gar Deutsche! Wenn doch Keller bloß hier wäre. Wie hieß noch die neue dritteldeutsche Unterlage aus Müncheberg? Sämling ... Sämling ... Sämling Naumburg! In Niebeldingen später Börner genannt!«

Leo riss einige Blätter ab und suchte nach weiteren kleinen Trauben, von denen er auch einige noch fand.

»Reiser!«, forderte Markus. »Keller braucht sie für die exakte Bestimmung.«

Leo zückte sein Taschenmesser, schnitt Reiser und gab sie Markus, damit er sie verwahrte.

Dann versuchte, er die Stellungnahmen der Schwaben zur Wolfsrebe, der angeblichen ultimativen Hervorbringung des Müncheberger Instituts, zusammenzukratzen.

»Alle im *Blautopf* haben Brändles Eifer für das angebliche Züchtungswunder in den letzten Kriegsjahren verlacht. Fluppes ausgenommen. Der hat sogar gesagt: ›Hätte er die mal gehabt ...‹ Daran kann ich mich ganz deutlich erinnern!«

»Und waren es wirklich alle, die Brändle für einen Spinner erklärt haben, was diese ominöse Nazi-Superrebe angeht?«

Leo nickte vorsichtig.

»Selbst Sänger ...«

Leo war sich plötzlich nicht mehr sicher. Hatte Sänger das wirklich? Hatte er tatsächlich gesagt, »eine Wolfsrebe hat es nie gegeben«?

Das heißt, halt … Der Sänger hat, als ich bei ihm in Müncheberg war und ihn danach gefragt habe, ja bloß gemeint, dass es keinen Anbau einer Hitler-Rebe gegeben habe. Das wäre ja dann ein großer Unterschied. Denn das könnte auch bedeuten: Sie hatten zwar das Ziel erreicht, aber dann kamen die Russen, bevor …«

Sie hatten etwa die halbe Höhe des Hanges erreicht. Oben tauchten die Gebäude des alten DDR-Erholungsheims auf. Links stand ein noch älteres, weil eindeutig gemauertes Gebäude, wahrscheinlich aus Zeiten des Reichspflanzgartens Arenswalde stammend.

»Wir müssen uns da oben umsehen. Es muss Gebäude geben, in denen diese Reben nach der Ausschulung weiterbehandelt und eingelagert werden. Die müssen ja bis zum nächsten Frühjahr auf Eis liegen, bildlich gesprochen.«

»Vielleicht finden wir dort einen Hinweis auf die Sorte. Ich glaube, ganz oben rechts hinten steht so ein weißer Würfel«, sagte Markus, der einen Kopf größer war.

»Also nichts wie quer rüber und rauf«, entschied Leo nun. »Und zwar wie bei der Asche! Denn ich wette, von da oben hat einer dauernd ein Dutzend Kameraaugen auf die grünen Schützlinge.«

Markus konnte inzwischen ganz offensichtlich genügend Ostdeutsch, um zu wissen, dass das Stichwort »Asche« aufs Militär hindeutete und somit nur die unbeliebteste Fortbewegung bei der Grundausbildung gemeint sein konnte. Während sie losrobbten, spann er Leos Gedanken weiter:

»Dann hat sich Brändle also in Müncheberg bei Sänger umgehört und auch Keller eingeschaltet – aber der wollte nichts mit den Feldenhain'schen und Korb'schen Neuzüchtungen zu tun haben. Der hat ja sowieso einen Hass auf die beschneidende, vereinheitlichende und bereinigende deutsche Sortenpolitik, die unter den Nazis ihren Anfang nahm.«

Leo sprach leise vor sich hin:

»Die Überrebe wäre – nach Fluppes' Worten – die ›eierlegende Wollmilchsau des Weinbaus‹! Man bräuchte keine teuren Spritzmittel, hätte trotzdem gesunde Reben und Trauben; zudem keine Frostschäden bis minus vierzig Grad und keine erfrorenen Gescheine nach Spätfrost. Wuchskräftige, ertragsstarke arische Reben ohne Amerikanergeschmack! Und wenn das da oben nun die Rebe ist, die jeder verleugnet hat«, schloss er, »dann sind das hier ihre Kinder ... äh, Ableger ... will sagen: vegetativ vermehrte Wolfsreben-Klone.«

»Das sollen alles Wolfsreben sein?«, fragte Markus und schaute fast ängstlich auf die Myriaden harmloser Vertreter der Gattung *Vitis vinifera* am Berghang. »Das kerngesunde, gegen alles gefeite Rebgeschöpf? Blonde Blätter und blaue Trauben?«

»Wär doch möglich. Dann ist das hier Platin mit Wurzeln ...«

Leo hielt im Robben inne und machte die Finger-Reibe-Geste für den großen Reibach.

»Dann kann Lothar Brändle nur gestorben sein, weil er quergeschossen hat.«, schlussfolgerte Markus.

»Sehr gut!«, sagte Leo. »Und weil wir nach der Gravur am Blutstein schon wissen, dass die alten Müncheberger einen Geheimbund geschlossen hatten – was liegt näher, als zu vermuten, dass die Söhne das Spiel der Alten fortgesetzt haben bzw. nicht fortsetzen wollten ... Als es um die Wolfsrebe ging, schieden sich die Geister. Und da Korb und Feldenhain nicht mehr leben und keine Söhne haben, blieben neben Brändles Sohn Lothar nur noch Sängers Sohn Bruno und Wageners Sohn Vinzenz ...« Er seufzte. »Gerade ein Autonarr muss mit dabei sein. Und zwar einer, der offensichtlich zugleich ein Waffennarr ist.«

»Du meinst, dieser fröhliche Weinbruder hat auf dich geschossen und dich von der Straße gedrängt?«

»Sieht so aus. Dem Sänger traue ich es irgendwie nicht zu. Der ist für den Berg hier verantwortlich.«

»Und es muss noch einer dabei sein. Denn es geht bei dieser Sache vor allem um Vertrieb und gute Vermarktung. Da ist noch eine höhere Kategorie gefragt«, sagte Markus.

Leo nickte.

»Um richtig Geld zu machen, braucht man Geld. Los, wir müssen da rauf.«

Und sie robbten weiter in Richtung auf den letzten vertikalen Verbindungsweg am Berg zu.

32

Oben angekommen, steuerten sie den weißen Würfel an, den Markus gesehen hatte.

»Hier stehen wir wie auf dem Präsentierteller«, sagte Leo mit der Erfahrung des Personenschützers. »Wir müssen näher ran an die Halle, aber versuchen, in Deckung zu bleiben. Hier gibt es garantiert wieder Kameras.«

Markus humpelte hinter ihm her. Das Gehen fiel ihm mit dem schmerzenden Fuß äußerst schwer.

»Sieh an, sieh an!«

»Was ist?«, wollte Markus wissen, doch Leo legte den Finger auf die Lippen und bedeutete ihm, rasch hinter einem Stapel großer Plastikboxen Schutz zu suchen, die hier auf ihren Einsatz im November warteten.

»Da vorne ist das Haupttor, und da hängen schon zwei Kameras!«

»Was jetzt?«, fragte Markus.

»Ich wüsste zu gerne, was in dieser Halle ist, aber ich fürchte ...«

Er brach ab und deutete auf die Tür, unerreichbar in der weißen Hallenwand, die sich jetzt öffnete. Heraus kamen Sänger und Wagener.

»Ich hab dir gesagt, ich schieße nicht!«, rief Sänger, und Wagener knurrte:

»Du musst sie nicht erschießen, du schießt einfach in ihre Richtung. Die Drecksarbeit kann ja dann wie üblich *ich* machen.«

Leo zuckte bei dieser Stimme zusammen. Wagener schwäbelte nicht länger – er sprach stattdessen reines, kriminelles Hochdeutsch und schoss in die Luft.

»Da waren wir wohl nicht schnell genug«, sagte Leo.

»Die wollen uns kaltmachen!«, kam es von Markus.

Leo zückte seine Waffe.

»Bist du wahnsinnig? Was ist *das* denn?«

Markus war starr vor Schreck. Statt zu antworten, befahl Leo:

»Achtung, wenn ich ›jetzt‹ sage, läufst du, so schnell du kannst, auf die Tür zu, aus der die beiden gerade gekommen sind.«

»Und was ist mit denen? Die sind doch direkt zwischen uns und der Tür …«

»Ja, jetzt noch. Aber die werden gleich woanders sein«, sagte Leo, drehte den morschen Eckklotz einer Europalette heraus, der nur noch an einem schrägen Nagel hing, wog den Holzwürfel kurz in der Hand und schleuderte ihn dann die hinterste Ecke des Plastikwannendepots.

Es gab einen unglaublichen Lärm, als er eine der grauen Kiste auf der obersten Etage traf, die daraufhin herunterfiel und auf den gepflasterten Boden donnerte. Sänger und Wagener hasteten in diese Richtung, und Leo wartete kaltblütig noch einige Sekunden, bis sie außer Sicht waren. Dann rief er:

»Jetzt!«

Wenige Sekunden später drängte er sich hinter Markus durch die Tür ins Innere des großen weißen Lagergebäudes. Ein einfacher Schlüssel steckte im Schloss. Leo drehte ihn herum.

»Das hilft uns nur für den Augenblick, sie werden irgendwo anders reinkommen. Aber wir haben vielleicht ein paar Sekunden, um uns umzusehen.«

»Wo hast du die Knarre her, und was willst du damit machen?«, fragte Markus mit schmerzverzerrtem Gesicht.

»Die habe ich mir als Andenken an meinen letzten Fall zugelegt. Wenn die auf uns schießen, dann kann ich damit zurückschießen.«

Markus schüttelte im Hinken den Kopf. Sie kamen an die Produktionsstraße, deren Stationen Leo alle sofort einzuordnen wusste. Da wurden die Reben ins Band eingesteckt, da auf ausreichende Kallusbildung an der Veredlungsstelle getestet, da wurden die Wurzeln automatisch beschnitten und die oberen Enden der Stöcke paraffiniert, dort wurden die Wurzeln von Erde frei gebürstet, dort wurden die Reben gezählt, gebündelt, hier endlich in die Kartons fürs Kühlhaus gepackt, wo sie bei ein bis zwei Grad über Null bis zum Versand im Frühjahr lagern mussten.

»Was steht da drauf?«, fragte Leo, der nach hinten schaute, wo die Verfolger ihren Weg durch eine Seitentür herein gefunden hatten, wie deutlich zu hören war.

»Was, wo?«, stotterte Markus.

»Da auf den Kartons, aus denen die Lagerkisten gefaltet werden. Sie sind schon etikettiert«, präzisierte Leo, die Waffe auf einem anderen Karton abstützend.

»*Finest Wines* – www.NetzRebe.de – Peter Fluppes Inc., Badenweiler.«

»Und was für eine Rebsorte?«

»Heliodor!«

»Alles klar, das ist also ihr Deckname für die Überrebe.«

In diesem Moment flog die erste Kugel. Leo riss Markus zu Boden, der vor Schmerz aufschrie – aber nur wegen des verstauchten Fußes.

»Bleib unten! Am besten kriechst du da hinter die Paletten«, sagte Leo, während er über Kimme und Korn nach Wagener suchte.

»Du bist ein guter Rennfahrer, aber als Schütze geht's nur aus der Nähe, was?«, rief er.

»Du hältst jetzt endlich dein Maul!«, kam zur Antwort, und ein Abpraller, der fast einmal im Raum die Runde machte, landete an einem Regal.

»Du triffst dich noch selbst«, ätzte Leo. »Der Trick mit der Jacke war gut, oder?«

Sänger hatte unterdessen einen anderen Weg genommen, denn er tauchte jetzt links hinter der Packstraße auf, die Waffe lustlos auf den Boden gerichtet. Als er Leo sah, schoss er in die Decke, was einen feinen Regen aus Betongrus hervorrief, der alles einnebelte. Eine weitere Kugel Wageners prallte an einem Stahlträger ab und zerschmetterte eine große Fensterscheibe.

»Los, da rüber!«, sagte Leo zu Markus, und sie gelangten, ohne von Wagener getroffen zu werden, hinter das dickwandige Stahlbecken, in dem bei Betrieb der Anlage das Paraffin aufgeheizt wurde. Er gab ihm sein Handy.

»Such die Nummer der Polizeidirektion Neuruppin und ruf da an.«

Er wandte nicht den Blick, um Wagener nicht zu verfehlen, wenn er ihn sehen sollte. Mit Donnern schlug eine Kugel gegen die Wanne. Leos Antwortschuss verfehlte ebenfalls sein Ziel.

»Gib's auf, du Schwachkopf! Gegen mich hast du keine Chance!«, rief Wagener.

Leo sah die Silhouetten Wageners und Sängers als verzerrte Spiegelungen in der Plexiglaskabine des Büros. Sie trennten sich wieder und kamen aus beiden Richtungen um die Wanne herum, die Markus und ihm eben noch Schutz geboten hatte.

»Das war's!«, raunzte Wagener, während er blitzartig um die Ecke schnellte, die Pistole vorgereckt, mit seinem Schuss jedoch Sänger traf, der eben um die andere Ecke der Wanne kam. Leo und Markus waren durch die Reinigungsklappe hineingeklettert.

»Stimmt ... Jetzt ist es aus!«, sagte Markus. »Kein Netz ...«

Draußen war plötzlich ein unheimlich anschwellendes Rumoren zu hören. Ein Helikopter kreiste über der Halle. Gleichzeitig flog mit einem lauten Knall das Haupttor aus den Angeln und schlug auf dem Betonboden auf. Staub hüllte alles ein. Vier kleine Explosionen an der Decke deuteten an, dass einige der Plexiglashauben über den Oberlichtern abgesprengt wurden. Leo und Markus konnten sehen, wie Schwerbewaffnete an Seilen herabsurrten. Eine Megafonstimme gellte:

»Keine Bewegung – es wird scharf geschossen!«

Statt eines weiteren Schusses hörten Leo und Markus jedoch nur noch das Klicken und Klappern einer zu Boden geworfenen Pistole, kurze, knappe Befehle, eilige Laufschritte und das Quietschen und Knirschen von griffigen Gummisohlen auf Industriebeton.

Ein Gesicht erschien in der Reinigungsklappe der Paraffinwanne.

»Hier sind noch zwei! Waffe runter!«

Leo starrte ins Gesicht eines Insektenbrillenträgers, der ihm eine MP7 von Heckler und Koch vors Gesicht hielt. Er ließ seine in Wittstock bei Waffen-Waller gekaufte antike Makarow ganz sachte auf den Wannenboden gleiten.

»Wir sind die Guten!«, beteuerte Markus, und legte – in Ermangelung einer Waffe – Leos Handy neben die Makarow. Der Soldat zog die Brille ab, lächelte schwach und meinte nur, ihnen mit der MP den Wink zum Rauskommen gebend:

»Das sagen sie alle.«

Er führte sie nach draußen, wo sich die Lage für sie jedoch entspannte. Ihr Begleiter bekam Entwarnung und trollte sich zur übrigen Truppe, die neben dem Mannschaftshubschrauber und drei gepanzerten Fahrzeugen stand. Einfache Pkw und zwei Krankenwagen waren ebenfalls zur Stelle.

»BKA!«, sagt Leo zu Markus.

Sie konnten sehen, wie der am Arm verletzte Sänger in einen der Krankenwagen getragen wurde. Wagener, rot wie ein Krebs, wurde mit auf dem Rücken gefesselten Händen in ein Polizeifahrzeug verfrachtet.

Und da sah Leo Michael Keller auf sich zukommen, der ihm gleich darauf ins Ohr flüsterte:

»Terrorismus zieht immer! Vor allem, wenn der Hinweis nicht von einem Ampelografen, sondern von einem Freund der Regierung kommt! Ich hab die Schüsse gehört und sofort Abramow angerufen. Hab ihm gesagt, dass auf dich geschossen wird. Eine halbe Stunde später war diese Invasion hier. War wie D-Day!«

Ein drahtiger Kriminaloberrat, auf dessen schwarzem Multifunktionsoverall mit Weiß *KOR Koch, BKA, Berlin-Treptow* eingewebt stand, baute sich vor Leo auf.

»Und jetzt erzählen Sie mal! Wir haben einen Anruf vom Innenministerium bekommen. Müssen ja ganz oben einen kennen, der Sie richtig gern hat.«

Koch ließ das aufgegangene Lächeln sofort wieder verschwinden wie die Klinge im Klappmessergriff.

»Aber wo ist denn jetzt diese terroristische Vereinigung? Und was ist das hier? Eine Fabrik für Anthrax? Oder eine Plantage für psychodelische Drogen?«

Keller gab dem Einsatzleiter ein A4-Blatt und reichte auch Leo und Markus je eine Kopie. Darauf stand:

> Hybrid aus Oberlin 716, Aris, Siegfried und Hibernal; Unterlagsrebe: Kreuzung aus dem »Sämling Naumburg«, später Börner genannt (*Vitis riparia* x *Vitis cinera*), und *Vitis amurensis*
> (ursprüngl. Bez. evtl. DXC 6745)
>
> Züchter: Feldenhain/Korb/Sänger
> Ort: Wald in der Nähe des ehemaligen Reichspflanzgartens Arenswalde (Außenstelle Feldenhain-Institut Müncheberg 1942–45)
>
> Bestimmt durch Michael Keller, freier Ampelograf, 14.09.2015

»Keine Ahnung, was das bedeutet …«, sagte Koch, den Zettel zweimal faltend und in eine Reißverschlusstasche an seinem Overall steckend, »… aber da haben wir ja in ein richtiges Wespennest gestochen!«

Er grinste, das alles als realitätsnahe Übung abhakend, drehte sich um und rief zu seinen Leuten:

»Abflug!«

33

Wie oftmals, wenn der kühle Herbst gekehrt,
Gelungen war des Jahrs mühsel'ger Plan,
Die Speicher hoch mit reicher Frucht beschwert,
Der neue Wein in seine Haft getan,
Hat er das erste Glas davon geleert –
Nie setzt' er eines ruhig wohler an –
So saß der Mann inmitten seiner Sippe
Und trank den jungen Wein mit froher Lippe.

»Auf den märkischen Marlowe!«, rief Jan-Dirk Fuchs, an einer langen Tafel im Weingarten seines ehemaligen Hauses in Putlitz sitzend und mit erhobenem Bier Leo Pauluth an der Seite Maschas zuprostend, dem Freund des jetzigen Hausherrn Markus Nikolai, dessen Freundin Jenny die Szene mit im hopfenüberrankten Flechtzaun versteckter Kamera für die Ewigkeit festhielt.

Die Reben waren schon ihrer Trauben ledig, und zweihundert Liter roter Traubenmost, vor Ort von Hand gekeltert, standen in einem rumänischen Eichenholzfass in der pittoresken Wingerthütte, die ein bisschen aussah wie ein Holzmodell einer amerikanischen Gemini-Kapsel im Maßstab eins zu eins.

»Dass der jetzt Hölderlin zitiert und Bier säuft!«, empörte sich der Weinbrüder-Vorsitzende Häcker und stieß den neben ihm sitzenden Carlo Kinkel an.

»Der Halbdackel!«, rief Rudi Träufle.

»Reingefallen! Das war Gottfried Keller!«, wehrte sich Fuchs. »Bei *der* Hitze geh ich erst nachher zum edlen Rebensaft über! Dann sitz ich noch hier, während ihr schon unter den Weinstöcken liegt. Ein Hoch auch auf den Hausherrn, der den Brunnen, den *ich* noch einst gegraben, in Ehren hält und mit *Tannenzäpfle* so reich bestückt hat!«

»*Tannenzäpfle* – das ist das einzige schwäbische Wort, das ihr hier oben kennt!«, sagte Träufle.

»So ist es!«, bestätigte Fuchs und stieß mit Leo und Mascha an, die es genauso hielten wie er.

Er wollte auch mit Gottfried Kellers Namensvetter anstoßen, doch Michael Keller, der anfangs mit am Tisch gesessen hatte, war verschwunden – er hatte von einem alten Weinstock erfahren, der drei Straßen weiter an einem Haus stand. So sprach er stellvertretend für den Ampelografen:

»Laut Michaels Analyse der Fluppes-Klone, die ihr da gefunden habt – bereits vorbereitet, um als ultraresistente Rebsorte die ertragsorientierte Weinwelt zu erobern –, stammen die alle von der alten knorrigen Überrebe an dem Betonklotz im Wald«, sagte Fuchs.

»Dann hat also der alte Sänger als Gärtner im Erholungsheim Arenswalde heimlich weiter mit der letzten Hervorbringung von Feldenhain und Korb herumexperimentiert«, sagte Leo, und Fuchs nickte.

»So muss es gewesen sein. Der Sohn hat schließlich weitergemacht. Und ist bei Wagener und Fluppes auf Interesse gestoßen, während der Brändle, dieser Herr Penibel, bei dem lukrativen Geschäft, das ihnen vorschwebte, nicht mitmachen wollte!«

Leos Exkollegen aus Perleberg, die bis dahin an der offenen Feuerstelle gestanden und gewerkelt hatten, und kamen jetzt mit einer ersten Charge von Würsten und Steaks an die Tafel.

»Wie will das der arme Rentner denn eigentlich alles bezahlen, den der gütige Himmel so unverdient vor dem Verderben gerettet hat?«, fragte Karl Ernst, nachdem sein gröbster Hunger gestillt war, und er zählte auf: »Einbruchdiebstahl, Unterschlagung von Beweismaterial, Bestechung einer Staatsbediensteten zwecks Beschaffung interner Informationen« – hier sah er Lucy Unckel an, die ihr Gesicht hinter einer Stoffserviette versteckte –, »Verkehrsgefährdung durch Fahren mit überhöhter Geschwindigkeit – vermutlich unter Alkoholeinfluss –, Hausfriedensbruch und Diebstahl von Rebreisern« – Gelächter –, »und nicht zuletzt: unerlaubter Waffenbesitz und unerlaubte Waffenführung, ja selbst versuchter Totschlag …«

Leo stand auf und hob sein *Tannenzäpfle* gegen seinen großen und noch immer supergewichtigen Freund Wladimir Abramow, der sich breit in einem extraschweren alten Ledersessel am Kopf der Tafel niedergelassen hatte und ihm mit einem Humpen Rotwein (Lauffener Katzenbeißer) Bescheid gab.

»Ich habe zum Glück schwerreiche Freunde, die mir mit kleinen vorgestreckten Summen unter die Arme greifen, bis mein eigener Weinberg und der Perleberger Versuchsweinbau der Prignitzer Weinfreunde, an dem ich einen Anteil zeichne, genügend Dividende abwerfen werden …«

Alle applaudierten Wladi, der sich in dieser kleinen dörflichen Welt sichtlich wohlfühlte. Außerdem war es so sonnig und warm wie Anfang Oktober auf der Krim.

»Na, wenn das so ist, dann werde ich oben sagen, dass du das ausgelobte Kopfgeld nicht brauchst … Es sei denn, du willst es in euer Vereins-Weinbauprojekt stecken!«, sagte Ernst und lächelte.

Leo machte große Augen. An die Belohnung hatte er gar nicht mehr gedacht.

»Und ihr seid alle zum ersten Weinbergsfest eingeladen!«, sagte er bloß.

Mascha schmiegte sich an ihn, als er sich wieder neben sie gesetzt hatte.

»Was mich da jetz no interessiere dät …«, begann der kauzige Kinkel. »Was hoat no oigentlich der Brändle mit dem Ganza zum Schaffa g'hett?«

»Nun«, begann Ernst, »wir leben ja im digitalen Zeitalter, wo jeder ein kleiner James Bond ist. Auch Brändle hatte da so seine Ambitionen.«

»Gerade Brändle, der Weinspion!«, rief Kinkel.

»Genau«, sagte Ernst. »Brändle fand raus, dass Fluppes und Wagener etwas mit dieser alten Rebe am Laufen haben. Und er hat immer, wenn er sich mit einem von denen traf, seinen kleinen Diktierkuli aktiviert. Ich spiele euch nur eine Stelle vor ... Toni, hilfst du mir mal?«

Der junge Kollege des Exkollegen hatte zwei Miniboxen auf den Tisch gestellt und mit seinem iPhone verbunden. Plötzlich wurden sie in einen Dialog zwischen Wagener und Brändle geschleudert. Brändles Stimme kratzte, und man merkte ihm den Asthmatiker an, der besonders starke Atemprobleme bekommt, wenn er sich beim Sprechen aufregt:

[...]

»Das hätt unsren alten Herren gefallen! Meinst nicht auch?«

»Sagst du – ich glaub das nicht. Mein Vater war kein Krimineller! Und das ist kriminell, was ihr da vorhabt! Du kannst doch nicht einfach eine nicht zugelassene Sorte aus den Dreißigern vermehren und mit gefälschten Papieren weltweit verbreiten. Noch dazu eine, die im Grunde nach Adolf Hitler, sprich ›Wolf‹, benannt war. Du kannst doch nicht einfach so hergehen und ein paar Herren schmieren, damit sie dir die falschen Papiere zu diesem ›Heliodor‹ richtig abstempeln. Ob das deinem Vater gepasst hätte oder dem alten Sänger? Das glaub ich nicht ...«

»Mag ja sein, aber die Zeiten haben sich halt geändert! Wir würden das nie durchkriegen. Die Reben sind sicher illegal, da könnten wir uns drehen, wie wir wollten. Das ging ja nie und nimmer ohne zwanzig Jahre Vorlauf. Aber du ... du bist in den entscheidenden Kommissionen! Du kannst das beschleunigen. Und zwar mit Lichtgeschwindigkeit! Du hast die Kontakte im Sortenamt. Und der

Fluppes hat die Mittel, die noch immer zur Überredung gereicht haben! Das große Kleingeld, weißt? Du tätst das ja nur anleiern. Nur die Kontakte herstellen. Das wär ja schon alles. Dafür hättest du keine Sorgen mehr.«

»Und ob ich Sorgen hätte! Mehr als jetzt! Schon genug, dass ich euch erst hintenrum draufkommen musste … Erst zieht ihr mich auf über all die Jahre, und am Ende habt ihr die Überrebe sogar schon am Start! Sich einfach am Gesetz vorbeidrücken? Das ist eine unmögliche, blöde Geschichte! Und es ist dumm zu glauben, man könnte so was verheimlichen! Irgendeiner kommt einem drauf, trotz aller Schmiermittel – und was dann? Wir wandern alle hinter Gitter. Bloß wegen ein paar Reben, die vielleicht einen Wein bringen, der die ganze Sache nicht wert ist. Was hilft's, dass sie vor allem in Chile, Kalifornien, Südafrika und China verkauft werden soll?«

»Ja, Herrgottsack – sei doch kein Narr! Bist du dafür verantwortlich, was einer aus deinen Reben macht? Wie das Ergebnis ausfällt – das ist bei neuen Sorten nie gesagt, das ist immer ein Wagnis. Jeder weiß das, der die Rebe anbaut. Aber wir haben es hier doch nicht mit irgendeinem Unkraut zu tun, sondern mit einer herausragenden Hervorbringung deutschen Forschergeistes, mit einer Hybridrebe, wie sie nur in Müncheberg entstehen konnte! Keine spätere PIWI-Sorte hat diese Widerstandskraft! Dieser Rebe kann nichts etwas anhaben! Am Geschmack lässt sich immer drehen, das ist heut das kleinste Thema.«

»Das ist doch ein gewissenloses Geschwätz! Ich weigere mich, etwas zu verkaufen, was ich im Ergebnis nicht mit ganzem Herzen vertreten kann. Und erst recht, wenn ich noch unzählige bezahlte Mitwisser an der Backe habe, von denen mich jeder drankriegen kann, wenn er durchdreht.«

»Lothar, ich sag's ja nur ungern, aber wir haben uns am Blutstein einst Treue und Kameradschaft geschworen, genau wie die Alten seinerzeit. Wir machen das gemeinsam oder gar nicht. Aber glaubst du, du könntest da so einfach raus und uns jetzt hängen lassen? Wo wir schon so viel investiert haben? Und dir alles angeboten haben, was man sich nur denken kann? Dein Name erscheint nirgends, nur den Kontakt herstellen würdest du ... Den Völker aus Weinsberg haben wir schon, den Böckser auch – das Einzige, was uns fehlt, ist der Draht ins Sortenamt. Da bist du in der Pflicht. Wenn man einem Kameraden goldene Brücken bauen muss, dass er einen ja nicht verpfeift ... na, dann ist das schon ein Trauerspiel, findst nicht?«

»Du kannst reden, so viel du willst – das ist mir egal! Wir haben uns nicht verbündet, um Recht und Gesetz zu brechen! Meldet die Sorte an und dann lasst das Ding offiziell laufen! Und wenn es zehn Jahre dauert. Aber hintenrum – nicht mit mir!«

»Du könntest des Geld gut brauchen, vergiss das nicht ...«

»Wenn's rauskommt, nutzt mir das nix! Da ist mein Ruf ruiniert. Und außerdem auch der von unseren Vätern und Familien.«

»Du und dein Ruf. Familie hast du ja gar keine! Statt dass du mal auf deine Konten gucken tätst! Wie blöd kannst du denn eigentlich sein? Dass du nicht mehr zwischen Ebbe und Flut unterscheiden kannst?«

»Was weißt denn du von meinen Finanzen? Hackst du dich jetzt auch durchs Internet, um zu gucken, was ich auf meinen Konten hab?«

»Da brauch ich gar kein Internet! Das erzählt mir doch jeder, was der Brändle für ein armer Schlucker ist!«

»Besser ein armer Schlucker in Freiheit als ein reicher Verbrecher hinter Gittern!«

»Wir sprechen uns noch! Wenn du uns anzeigst, bist du geliefert, dass du das nur weißt!«

»Dummes Geschwätz. Was willst du denn machen? Mich umbringen?«

»Mensch Lothar, jetzt komm mal runter ... Wir meinen es doch nur gut mit dir! Wir füllen dein Konto auf, und schon ist der Käs gegessen!«

»Ich sag Nein!«

»Dann lies mal die neue Zahl ... Mehr is aber wirklich nicht drin!«

»Ich glaub, ich spinne – und ihr seid sicher, dass der Rest noch langt für euch drei?«

»Dann hat jeder gleich viel.«

»Und dann will ich das Doppelte! Damit ich mich absetzen kann, bevor es zu spät ist!«

»Das ist doch ein Wort. Jetzt sind wir schon ein Stück weiter. Ich werd mit dem Peter und dem Bruno drüber schwätzen. Ich kann dir nix versprechen. Komm einfach am Sonnabend in den *Blautopf*. Nach der Gedenksitzung für den Korb stecken wir wieder die Köpfe zusammen. Bis dahin musst du noch stillhalten.«

»Da bin ich ja wirklich gespannt.«

[...]

Ernst zog die Stecker aus den Boxen und sagte:

»Wagener hat gestanden, dass er es war, der geschossen hat. In Brändles Hotelzimmer. Mit der Walther, die er auch auf dich angelegt hat, Leo. Natürlich mit Schalldämpfer. Sänger, der auch bei der Gedenkveranstaltung gewesen ist, musste Brändles Wagen fahren, Wagener hatte die Leiche in seinem Kofferraum. Die Idee mit dem Blutstein war Wagener gekommen, denn da hatte mit dem Bund ihrer Väter ja alles irgendwie angefangen. Außerdem war das weit genug weg von Berlin. Es sollte so aussehen, als wäre Brändle dort getötet worden.«

»Ich bin so froh, dass du noch lebst!«, sagte Mascha leise zu Leo.

Lucy war aufgestanden und kam an den beiden vorbei, um sich zu den Rauchern ans Lagerfeuer zu stellen.

»Vermeide die Fehler der Vergangenheit!«, sagte sie zu Leo, einen vielsagenden Blick zu Mascha sendend.

Leo überlegte noch, was das genau für welche gewesen waren, da hörte er Wladis Stimme:

»Mein Freund, du musst mir gut auf Mascha aufpassen! Ich erwarte euch am Donnerstag!«

Er verschwand durch die hintere Gartentür, denn sein Rolls-Royce stand auf dem Parkplatz neben dem großen Sozialbau.

Da kam Keller zurück, selig über den Fund, den er gemacht, und ganz offensichtlich überhaupt nicht traurig darüber, dass er nichts von den Gesprächen mitbekommen hatte.

»Ich habe da gerade eine sehr interessante Spezies entdeckt – könnte eine Spielart von Tauberschwarz sein. Vielleicht aber auch eine Pechschere ...«

»Sag mal, Michael«, fragte Fuchs, ihm nun doch noch eine Wurst und ein Steak bringend, die sie ihm übrig gelassen hatten, »warum sind denn weder Feldenhain noch Korb auf die Idee gekommen, die Wolfsrebe im Niebeldinger Geißweiherhof weiterzuentwickeln? Sie hätten doch bei ihrem Besuch an den ›Weißen Häusern‹ oder in Sänger seniors geheimem Rebgarten in Arenswalde Reiser zum Klonieren mitnehmen können?«

Keller verdrückte den letzten Wurstzipfel und meinte, nachdem er sich den Mund abgetupft hatte:

»Das haben sie auch versucht. Ich fand das Kürzel DXC 6745 ja auch in den Niebeldinger Akten. Aber die Dinger sind in der Pfalz alle eingegangen. Warum? Ich glaube, der Pfälzer Boden war einfach zu gut! Die Wolfsrebe gedeiht nur auf minderwertigem Boden.«

»Also wäre das wohl gar kein so tolles Geschäft geworden!«, schloss Jenny.

»Nur nördlich des Wein-Polarkreises, in Wüsten, Steppen und in der Tundra«, bekräftigte Keller.

»Was passiert jetzt mit dem Arenswalder Rebmaterial?«, fragte Markus.

»Die Freiburger und die Weinsberger und die Niebeldinger streiten sich drum. Es wird in irgendeine legale Neuzüchtung einfließen. Oder am Ende sogar zugelassen!«, sagte Keller. »Aber wie dieser Hitlerwein schmecken wird, das steht noch auf einem ganz anderen Blatt!«

»Oechslegrade kannsch de Rebe oifach au net aazüchte!«, resümierte Kinkel, worauf man lächelnd anstieß.

Die Weinbrüder, Jan-Dirk Fuchs und Michael Keller waren auswärts einquartiert und ließen sich kurz darauf von der Perleberger Kripo eskortieren, die jetzt aufbrach.

»Wenn dir langweilig ist, komm vorbei! Wir heben dir alle Leichen auf, die wir finden!«, spöttelte Ernst aus dem heruntergekurbelten Seitenfenster heraus und winkte Leo im Davonfahren.

»Tschüss, ihr beiden!«, sagte Leo wenig später zu Jenny und Markus. »Ich werde Mascha jetzt endlich das große Krabbe zeigen und meinen Weinberg! Ich krieg doch deinen Wagen, Markus, oder?«

Markus gab ihm widerwillig die Schlüssel.

»Aber nicht kaputt machen!«

Leo seufzte und dachte an seinen lädierten Mustang. Immerhin war die Reparatur jetzt zu finanzieren.

»Auf nach Krabbe!«, sagte er. »Mutter wird uns schon sehnsüchtig erwarten!«

»Mutter?«, fragte Mascha entsetzt.

»Ach, ich glaube, ihr werdet euch prima verstehen!«

© Foto: Tanja Nittka

TOM WOLF

Geboren 1964 in Bad Homburg, studierte Literaturwissenschaft und Philosophie in Mainz, Bamberg, Marburg und Tübingen. Von 2001 bis 2015 ließ er in seinen erfolgreichen PreußenKrimis den preußischen Hofküchenmeister Honoré Langustier im Auftrag des Alten Fritz ermitteln. Seit 2011 lebt und schreibt Tom Wolf in Putlitz, der ältesten Stadt in der Prignitz. Er wurde im Jahr 2005 mit dem Berliner »Krimifuchs« ausgezeichnet und war von Februar bis Juni 2006 »Stadtschreiber zu Rheinsberg«.

Leo Pauluths erster Fall, »Märkisches Blut«, kam 2014 heraus. 2015 erschienen der PreußenKrimi »Nachtviolett – Viel Mord um nichts« und der Potsdam-Führer »111 Orte in Potsdam«. Als Hintergrundlektüre zu »Roter September«empfiehlt sich »Weinland Brandenburg«.

Besuchen Sie den Autor im Internet:
www.tom-wolf.jimdo.com

Ein schmutziger Job

Christoph Spielberg
Der Ein-Euro-Schnüffler
Ein Neukölln Krimi
9,95 €
ISBN 978-3-89809-536-5

Oskar Buscher bessert mit einem Ein-Euro-Job sein schmales Hartz-IV-Budget auf. Als er eines Nachts auf mehrere Hundeleichen in einem Müllcontainer stößt, ist er bald nicht mehr nur den harmlosen Kleinkriminellen des Bezirks auf der Spur, sondern gerät in die Fänge eines mafiös agierenden Clans …

»Spielberg erzählt glaubwürdig und rasant.«
Berliner Zeitung

»Üb immer Treu und Redlichkeit …«

Christine Anlauff
Der Fall Garnisonkirche
Ein Verloren-in-Potsdam-Krimi
9,95 €
ISBN 978-3-89809-537-2

Ein Sprengstoffanschlag zerstört den Turm der Potsdamer Garnisonkirche. Wenige Tage zuvor ist Justus Verloren ein Manuskript zugespielt worden, das den Hergang des Anschlags minutiös schildert! Justus geht der Sache nach – und verstrickt sich in einem Geflecht aus Hass, Eifersucht, Gier und Politik …

»Temporeich, humorvoll und pointiert.«
Potsdamer Neueste Nachrichten